完本 神《かみ》坐《いま》す山の物語

浅田次郎

双葉社

目次

装幀　大路浩実
写真　ゲッティイメージズ

完本　神坐《かみいま》す山の物語

赤い絆

その男女の客は月のない真冬の山道を、抱き合いながら登りつめてきたのだと伯母は言った。

枕を並べて耳を欹《そばだ》てる子供らは、寝物語の初めのひとことで怖れをなし、悲鳴を上げて蒲団《ふとん》に潜りこんだ。


静かに聴けないのなら続きはよしにするよと、ちとせ伯母は清らで厳《いかめ》しい貴顕の声で言った。

私たちはたがいをたしなめ合いながら、黒羅紗《くろラシャ》を縫いつけた夜具の縁《へり》に顔を出した。

伯母は八畳の客間にみっしりと敷かれた蒲団の枕元に、面白くもおかしくもない顔で座っていた。背にしたガラス窓には氷が張っているのに、伯母は地味な紬《つむぎ》一枚で羽織も着てはいなかった。

私の母とは親子ほども齢《とし》の離れた姉だった。

「こんばんは、と呼ばれて私が出て行ったの。まだ九つか十か、あなたらぐらいのころだった。まさかそんな夜更けにお客さんだとは思わなかったから」

私は伯母の肩ごしに豁《ひら》ける夜空を見た。標高三千尺、眺望絶佳が売りの山頂の宿である。杉の巨木に押し上げられるような冬の星空だった。

「夜分あいすみません、お部屋はございますか、と男の人が訊いたの。ひとめ見て尋常じゃあないと思った。ケーブルカーのない時代に、冬の夜道を登ってくるのも妙だけれど、二人の手首が女の帯揚《おびあげ》でくくられていたから。あの真赤な紐の色は、今でもよく覚えている。私は怖くなっておじいさんを呼びに行った」

おじいさん、という人が私の祖父であるのか、曾祖父であるのかはわからなかった。いずれにせよ山上の神社で神官を務める故人が、玄関の式台で夜更けの客を迎えた。旅宿の看板を掲げてはいるが、本来は講中《こうじゅう》の信徒を泊める宿坊であるから、客に対しては必ず羽織袴《はかま》で向き合うのが当主の常であった。

「男の人は学生服に角帽を冠《かぶ》って、紺色の外套《がいとう》を着ていたけど、女の人は堅気に見えなかった。夜道ではぐれたらいけないと思って、と言いながら女の人は手首をくくった帯揚を解《ほど》いて、道行の袂《たもと》にそそくさと隠したっけ。男の人も女の人も、きれいな顔をしていた」

いったい、いつの時代のことだろうと私は考えた。伯母は明治四十三年の生まれであったから、その少女時代だとすると大正年間の話で、私の母はまだ生まれてはいない。だとすると玄関の式台に端座して客を迎えたのは、白髯《はくぜん》を胸まで垂らした曾祖父であろうと私は思った。

「ヒゲのおじいさんだよね」

私が話を確かめようとすると、伯母は人差し指を唇に当てた。

「口はきゝっこなしよ。睡《ねむ》たい子から眠ればいい」

伯母はいつまでも寝つかずに騒いでいる子供らのために、寝物語をしてくれているのだった。だからひどく間延びした悠長な語り口だった。しかし、その間《ま》の長さはかえって私の想像力をかきたて、睡気が兆《きざ》すどころではなくなった。子供らはみな抱き合って耳を澄ませていた。

この伯母は若い時分に嫁ぎ先を追われて、実家に出戻った人だった。面ざしは私の母に似ていたが、華やかな母に較べて静謐《せいひつ》な印象があった。同じ世代の伯母たちはみな、東京の宮様御殿か華族の屋敷に行儀見習に出されたそうだから、母とちがう慎ましさはそのせいにちがいないと私は考えていた。明治生まれのこの伯母は松方公爵のお屋敷に上がり、昭和初年に生まれた私の母は女学校を出た。

伯母の居ずまいたたずまいは、いちいちが切絵のようだった。

「わけのありそうなお客だとは思っても、そんな夜更けに断われるわけはないやね。もし断わってよそのお屋敷の迷惑になるくらいなら、うちが迷惑を蒙ろうとおじいさんは肚《はら》をくくったんだろう。それで、この五番のお部屋に通した」

子供らはまた悲鳴を上げて蒲団に潜りこんだ。階下は講中の団体が泊まるための大広間で、二階は廊下の両側に座敷が並んでいた。五番の部屋は大階段を昇ったすぐ手前の南向きだった。

「ほかのお部屋は襖《ふすま》一枚でお隣りとつながっているけど、この五番だけはそうじゃないからね。それに、何かあったら下の茶の間に物音が聴こえるし」

初詣の客が引いてしまえば、山上に泊まりの客はいなくなる。ちょうどそのころあいの出来事だったのだろうと、私は勝手な想像をめぐらした。

伯母は感情のない高雅な声で話を続けた。

男と女は茶漬の夜食をとり、長いこと湯殿を使った。湯上がりに見かけた女の顔は思いがけぬ若さで、伯母といくつもちがわぬ少女のようだった。きっとお女郎さんだ、と女中たちは噂をした。そのお女郎という職業を私は知らなかったが、大方の見当はついた。当時は選良にちがいない大学生と、それにふさわしからぬ身分の女が道ならぬ恋に落ちて、赤い絆でたがいの手首をくったまま人里離れた山上の宿坊にやってきた、という経緯ぐらいはわかった。

男よりも先に湯殿から出てきた女は、大階段に腰をおろしてお手玉をついた。絞《しぼ》りの花柄の、緋と紫と黄の色鮮かなお手玉が浴衣《ゆかた》の胸前に躍るさまを、伯母は姉妹とともに手を叩いて見物した。歌声は清らかだった。

やがて男が湯殿から出てくると、女は三人の子らにひとつずつお手玉をくれた。伯母が貰ったそれは、熾《おき》のような緋色だった。

翌《あく》る朝、二人は何ごともなく朝食をすませると、散歩に出た。霜解けの山道は難儀だからと、曾祖父はゴム長靴やモンペを貸し与えた。もしかしたら山中のどこかで首を吊るかもしれぬ二人を、そうした気遣いで思いとどまらせようと曾祖父は考えたにちがいなかった。まさか心中はおやめなさいとも言えず、またその覚悟を見極めたわけでもないから、あくまで万が一の事態を察して、ていねいに名所を教え、門前まで見送った。男と女は手をつないで杉林の小道を登って行った。

武蔵御嶽《むさしみたけ》神社は太古の森に鎧《よろ》われた山頂に鎮《しず》まっている。日本武尊《やまとたけるのみこと》を祀《まつ》った社《やしろ》の裏手には、大《だい》菩薩峠《ぼさつとうげ》を越えて甲州にまでつらなる深い山が拡がる。渓流に沿うた岩石園があり、多くの滝が落ちるそのあたりは、飛び降りるにしろ首をくくるにしろ、自殺には格好の幽谷であった。実際に、神職と林業と旅宿の主《あるじ》を兼ねる男たちは、年に何度となく自殺者や遭難者の後始末をせねばならなかった。

曾祖父が神社に上がり、勤めをおえて屋敷に戻ってからも、二人はまだ帰らなかった。冬の陽は西の峰に傾いて、人々が大いに気を揉み始めたころ、疲れ果てた二人がひょっこりと戻ってきた。伯母の目には、いかにも死にきれずに帰ってきたように見えたそうだ。

その夜、曾祖父は二人を大広間の御神前《ごしんぜん》に座らせて祝詞《のりと》を上げ、身の上を訊ねた。たとえどのような事情があれ、お二人の絆は大神《おおみかみ》の御前《おんまえ》にて結ばれたのだから、けっして来世などに恃《たの》むのではないと、曾祖父は切々と説諭した。

二人が語るところによれば、男は帝国大学の学生で、その親は名の知られた財界人であった。悪友に誘われて上がった吉原の遊廓で女と相惚《あいぼ》れの仲になったのだが、もとより許されざる恋愛である。女は齢こそ若いが金看板の太夫《たゆう》であったから、そうそう逢おうにも小遣が続かず、無心をするうちにその仲が親の知るところとなった。そこで、いっそのこと足抜けをして逃げられるだけ逃げ、金が尽きたら心中をしようと決めた。どこをどう逃げたかは知らぬが、懐の尽きた場所が奥多摩の、この霊山の麓だったというわけだ。

「神妙な話ではありますが、いささか大時代な話ですなあ」

と、曾祖父は笑いながら二人を諌《いさ》めた。明治の昔ならいざ知らず、お二人がそれほどまで想い合っているのなら、話してわからぬ親御様でもありますまい。僭越《せんえつ》ながらわたくしからもお口添えをさせていただきますから、明日にでも親御様にご足労願ってはいかがでしょう。もし今さらお電話がしにくいとおっしゃるなら、わたくしからご連絡をさし上げますが――。

曾祖父は進退きわまった二人を強引に説得し、善は急げとばかりに男の家に電話を入れた。そのころ、神社の社務所にだけは電話が引かれていたのだった。

旧官幣大社《かんぺいたいしゃ》の宮司の権威というものは、たいそうであったらしい。なにしろ宮内省から幣帛《へいはく》を供されて、天皇や皇親祖宗を祀る役職を与えられているのだから、それら官幣社のうちでも最上格の大社の宮司といえば、社会的権威は華族にも匹敵した。

その曾祖父からかくかくしかじかと事情を聞かされて、男の親はまったく畏《おそ》れ入ったのであろう、ともかく翌日の一番列車で伺うと答えた。

「あの晩のおじいさんは立派だった。こんな山の中に生まれ育って、世の中のしがらみなんて何ひとつ知らぬはずなのに、宥《なだ》めすかしたり叱ったり、一所懸命に二人を説得してらっしゃった。ああいうことはお坊さんや牧師さんにはできますまいね。神主ならではの気概だろう」

伯母は話しながらしみじみと言った。話を聞く子供らは、みな神主の子か孫であるから、神道なり神主なりは身近にすぎてむしろよくわからなかった。だから伯母の言う「神主の気概」の意味も、ぼんやりと聞き流すほかはなかった。


ところで、私の母もその屋敷で生まれた神主の娘である。十三人もいた子供のうち、伯母が上から二番目、母が下から二番目で、年齢の差は十七もあった。

子供らは惣領の男子を残してみな山を下りるから、学校が休みに入ると夥《おびただ》しい数のいとこはとこが、父母の里である山上の屋敷に集まった。その冬の夜に同じ齢ごろの子らが五番の部屋に枕を並べて寝ていたのは、そうした事情による。嫁ぎ先にわが子を残して出戻った伯母は、私たち甥姪をたいそう可愛がってくれた。

実はそのころ、私の父母もすでに離婚をしていた。気丈な母は実家に戻ることなく、夜の商売をしながら私を育ててくれた。東京の女学校を出たあと、身分の釣り合わぬ父と駆け落ち同然に所帯を持った母は、姉のように実家に戻ることができなかった。

私と母は泥川の臭いのする下町の古アパートに暮らしていた。母は盛り場から三十分も夜道を歩いて、アパートに帰ってきた。いつも正体のないほど酔っていたが、午前零時の帰宅時間をほとんどたがえることはなかった。

私はその時間まで本を読んで待っていた。そして階段を踏む草履《ぞうり》の足音を聴くと、電気スタンドを消して狸寝入りを装った。

母はドアを開けると小声で「ただいま」と言い、私の頰に酒臭いくちづけをした。私は「おかえりなさい」と言った。それから母はよろめきながら帯を解き、着物を衣桁《いこう》にかけ、鏡台に向いて念入りに化粧を落とした。

襦袢《じゆばん》姿で一つ蒲団にすべりこんでくる母の体は、冬には氷のように冷え切っていた。慄《ふる》えながら私の体を背中から抱きすくめ、私も足を絡めて母の体をぬくめた。そうこうして肌をすり合わせるうちに、二人して寝入ってしまった。

ある晩、耳元で母が囁いた。

「冬休みには、山に行っといで」

山、というのは母の実家のことである。かつては休みの大半を過ごしていた母の里も、父母が別れてからは疎遠になっていた。

「一緒に行こうよ」

「おかあさんはいいよ」

母にとって実家の敷居が高いのはわかっていたが、私が体をぬくめてやらねば母は寒くて眠れないだろうと思った。

「ほんとに行っていいの」

「ああいいよ。みんなと遊んどいで」

形ばかりの正月を祝ってから、私は何年ぶりかの里帰りをした。母から貰ったお年玉で古道具の電気アンカを買い、押し入れの蒲団の間に忍ばせて家を出た。

山手線を新宿で中央線に乗り換え、立川からは青梅《おうめ》線に乗った。渓谷を望む山間の御嶽駅で降り、ボンネットバスとケーブルカーを乗り継ぎ、さらに山道を三十分も歩くと、神官の屋敷が杉林のあちこちに建つ山上の村にたどり着いた。半日がかりの旅であった。正月を父母の実家で過ごした同年配のいとこたちが、大喜びで私を迎えてくれた。

東京はオリンピックを間近に控えて、めざましく変容していたが、同じ東京都の西の端にあるこの山は何ひとつ変わりばえがしなかった。むしろ世の中の高度成長とはうらはらに、太古から神を祀ってきたこの山上の村は、旧官幣大社の立派な社《やしろ》とそこに仕える神官たちの屋敷ばかりを形骸にとどめて、没落してしまったようにも思えた。

神社の縁起は遥かな神代だが、私の祖先が山に入ったのはそう昔のことではない。言い伝えによれば、家康の関東入封に際して熊野の修験《しゅげん》であった私の祖先が一行の先達を務め、その功によって宮司に封じられたらしい。関東鎮守という霊的な役目のほかに、甲州に通ずる奥多摩道中の備えの務めもあったのだろうか、蔵の中には武具甲冑《かっちゅう》の類いがたくさん蔵《しま》われていた。

神職というものは、そもそもそうした務めを少なからず担っていたのかもしれない。だとすると伯母の言った「神主の気概」も、わかるような気がする。

話の合間にも私はふと、冷え切った母の肌を思い出した。


話が安穏な落着を見るはずはなかった。子供らは伯母に「こわい話」をせがみ、伯母はそれに応えて枕元に座ったのだから。

案の定、事件はその夜のうちに起こった。神妙に親の到着を待つと思えた二人が、毒を嚥《の》んだのだった。

不穏な物音に気付いた女中が、おそるおそる大階段を伝い上がってゆくと、女の片足が障子を蹴り破って廊下に突き出ていた。女中は階段を転げ落ち、大声で人を呼んだ。

曾祖父と祖父と、男衆が駆け上がってみると、男のほうはきちんと学生服を着たまま床の間を枕にして横たわっており、女は破れた障子に片足を取られてもがき苦しんでいた。乱れた夜具の上に、殺鼠剤の缶が転がっていた。当時は誰でも簡単に手に入れることのできた、「猫イラズ」という劇薬だった。

曾祖父と祖父が二人に水や醬油を飲ませ、毒を吐かせようとする間に、女中や男衆は手分けして近隣の宿に走った。山麓の隣町まで行かなければ医者はおらず、頼みの綱は山中に点在する宿坊のどこかに、医者が投宿していることだけだった。

たまたま屋敷から少し下った一軒の宿坊に、大人数の講中が宿泊しており、その中に老いた医師がいた。医師は寝巻の上に褞袍《どてら》を着て、男衆の担ぐ駕籠《かご》に乗ってやってきた。

医師が到着したとき、男はすでに事切れていた。脈をとり、胸に耳を当て、瞳孔を覗いてから医師は、「こっちはだめだ」と言った。女はその宣告を聞くと、咽《のど》をかきむしりながら「殺して殺して」と懇願した。

のたうち回る女を男たちが押さえつけ、医師が口移しで水を飲ませようとした。その治療に従えば死ねないと知ってか、女は拒み続けた。

格闘するうちに医師は音《ね》を上げた。女の吐き戻した毒が医師の唇を焼いてしまったのだった。

「これはだめかもしれんね。黄燐《おうりん》系の毒物は咽も胃も焼いてしまうから、手に負えん。苦しむよ、これは」

医師は唇を褞袍の袖で押さえながら、眼鏡をはずして殺鼠剤の缶の成分を読んだ。

駕籠に乗せて山から下ろそうと誰かが言ったが、医師は諾《うべな》わなかった。こうまで大量に嚥下《えんか》してしまったからには、手の打ちようがないという答えだった。女がかろうじて生きているのは、咽を焼く痛みに噎《む》せていくらかを吐き戻したからなのだが、それはむしろ不幸なことだったと医師は言った。

屋敷の中はてんやわんやの大騒ぎだった。心中というのはそのころ、世間を騒がす事件の華のようなものだったから、愕《おど》きあわてるというよりもむしろ、人々がただ興奮しているように伯母には見えた。真夜中にもかかわらず野次馬が集まってきて、女たちは玄関や勝手口の仕切りに追われていた。

そうしたさなか、伯母は二つ齢かさの姉と抱き合って、五番の座敷とは半間の廊下を隔てた一番の部屋から、事件の一部始終を見ていた。障子に穴をあけて、大人の世界の究極のかたちを覗き見る姉妹の存在など、誰も気付かなかった。

ほんとうは助かる命だったかもしれないけどね、と伯母は話しながらぽつりと言った。幼い伯母がそのときそう思ったのだから、同じ齢ごろの子供らが理解できぬはずはなかった。

死ぬほど愛し合っていた男女が文字通りに死を決し、その結果ひとりが死んでひとりが生き残るというのは、子供にでもわかる悲劇だった。その悲劇にあえて加担する合理的な理由は、誰も持つまい。人の命を助けることが使命の医師ですら、その努力には不合理を感ずるはずであった。身悶《みもだ》えながら「殺して殺して」と叫ぶ女の懇願は、助けようとする人々の意志よりも明らかに正当性があった。その道理を知ったればこそ、医師は匙《さじ》を投げたのだった。

「介錯《かいしゃく》をいたしましょう」

曾祖父のその言葉を、伯母ははっきりと記憶していた。当然そうするべきだと、幼な心にも思ったそうだ。

曾祖父は江戸時代の生まれで、剣術の免状も持つ武人でもあったから、世代の良識としても、またいわゆる武士の情としても至極当然にそう考えたのであろう。

「いや、それでは御師《おし》さまが殺人罪に問われます」

と、医師が否《いな》んだ。

「残りの猫イラズを嚥《の》ませればよいでしょう。人殺しにはあたりますまい」

曾祖父がそう言うと、女は虚空に白い手を挙げて、「ちょうだい、ちょうだい」とうわごとのように言った。

五番の座敷の電灯はほの暗く、むしろ南に豁《ひら》かれた杉林の星あかりの空が、青々とまさって見えた。人々の声が途切れた一瞬には、茅葺きの大屋根に霜の降りる音が聴こえた。

毒薬の缶を摑んだ曾祖父の腕を、医師の手がおしとどめた。

「それはなりません」

「なにゆえですか。私は人殺しをするのではなく、人助けをするのです」

「いや、人殺しです」

「本人に手渡すだけのことが、人殺しのはずはない」

「いや、それも立派な人殺しです」

押し引きするうちに、曾祖父が屈した。「もはや神様にお任せするよりほかはありません」という医師の言葉が効いたふうだった。曾祖父は一個の人間や武士である前に、やはり神官であった。

痛ましい儀式があった。相変わらず悶え苦しむ女をよそに、五番の座敷は取り片付けられ、一組の蒲団に糊の利いた敷布がかけられた。帝国大学の学生服を着た男の亡骸がまず仰向けに寝かされ、そのかたわらに添い寝をするかたちで女が運ばれた。二人の手首は赤い帯揚で結ばれた。

そこまでを見届けると、医師は宿坊に帰って行った。曾祖父は男の親元に連絡をするために山頂の社務所へと向かい、命ぜられた祖父が白い式服に浅葱色《あさぎいろ》の袴を付けて、二人の枕元に座った。

そして、二人はともに死んだものとみなして、昇霊の祝詞《のりと》を上げた。

ふしぎなもので、祖父の祝詞を聞くうちに女の苦しみは鎮まった。苦痛が限度を超えて神経を冒したのか、薄い瞼をとざしたまま細々と息をつき始めたのだった。

その容体のまま、女は生き続けた。

マザー・コンプレックスという言葉は聞くだにおぞましい。

いったいに何でもかでも、表現しづらいことを外来語でひとからげに解釈しようとするのは、非人間的であると思うからである。聖書に述ぶるごとく、言葉は神なるものであるけれども、けっして人そのものではない。すなわち、人は言葉の力を借りて表現をなすべきであり、もし言葉が人の存在を規定してしまえば、たちまち人間の尊厳は喪《うしな》われてしまう。

マザー・コンプレックスという猥褻《わいせつ》きわまる外来語で規定されるほど、母と子の関係は単純ではあるまい。

私は母を心から愛していた。その感情は後年に経験した恋愛とどこも変わらず、どれにもまさっていたとまでは言わぬが、恋愛をする上での感情の基準となっていた。そこには英語のComplexの主意であるところの「複雑さ」などはなく、いわんや日本語的解釈の主意である病的さもありえない。

愛していたからこそ、母を打擲《ちょうちゃく》する父を憎んだ。母との暮らしは貧しいなりに幸福であり、母の恋人には激しく嫉妬した。もしあのころ、母が生活に苦悩して心中を思い立ったとしたら、私は彼女の支配下にある子供としてではなく、彼女を愛するひとりの男性として、その企みを諒としたであろう。

母の帰りを待つ間、気もそぞろに読書を装っていた私は、後年同様に恋人の足音を待っていた私とどこも変わらなかった。闇の中で帯を解き、化粧を落とす間のときめきも同じである。むしろ性的な成熟をしていなかった分だけ、その恋愛感情は醇乎《じゅんこ》たるものであったと思う。

孔子のいう「孝」の徳目の核心は、実はこれであろう。彼はおそらく、古代の国家形態にふさわしい個人の心構えを、帰納的に、もしくは都合よく理論化したのであろうが、多くの徳目のうちの「孝」だけは、どう考えたところで政治的普遍性を欠くと思えるからである。彼の天才的頭脳はすべての人間的感情を国家のために振り向けることに成功したが、顧みておのが母に対する恋愛感情だけは、うまく帰納させることができなかった。そのむりやり理論化した結果の「孝」

ばかりが、時代を超えて今日もなお不変の徳目であるのは、まことに皮肉である。

母は父と別れてから、二度も自殺を図って果たせなかった。そのあげく、手元に取り戻した私が生きる支えとなった。ともに暮らし始めてからは、私を育てることに懸命であった。

ところで、ちとせ伯母が年端もいかぬ甥姪に聞かせたこの夜話は、教育的な見地からいえばおそろしく適切さを欠いている。こわい話にはちがいないが、そのこわさの正体は男女の業《ごう》だからである。

もしや伯母は、ほかの子供らはともかくとして、私ひとりにこの話を聞かせていたのではなかろうか。蒲団の中にちぢこまって耳を欹《そばだ》てていた子らのうち、話の内容を誠実に受け止めることができたのは、母を通して大人の世界を覗き見ていた私だけであったはずなのだから。

ともあれ私は、伯母の話を聞きながら頭の別の部分で母のことばかりを考え続けていた。

私のいない夜を、凍えながら過ごしているのではなかろうか。あるいは私のいぬことを幸いに、ほかの男と添い寝をしているのではあるまいか——などと。

伯母は星あかりの窓に切絵のような姿を定めたまま、心中事件の顚末《てんまつ》を続けた。

子供らのあらかたは眠ってしまったが、私は両の掌《てのひら》を頰の下に添えて、伯母の影を凝視していた。

「翌る朝早くに、男の人のご家族が山に上がってきたの。一番列車のお客よりもずっと早かったから、たぶん東京から車を飛ばしてきたんだろう。三つ揃いの背広を着たおとうさんと、やっぱり帝大の学帽を冠ったおにいさん。それと、執事か秘書のような男の人が二人。おかあさんはいらっしゃらなかった」

父親という人は、立派な口髭を立てた恰幅のよい紳士だった。兄は死んだ弟にこわいくらいよく似ていたという。

酷《むご》いことには、彼らが到着したとき、女はまだ恋人の骸《むくろ》のかたわらで生きていた。もはや苦痛を訴える気力もなくなっていたが、意識ははっきりとしていた。

曾祖父を始めとする屋敷の家族たちは、もとより善意の第三者である。身勝手な心中の大迷惑を蒙ったにすぎなかった。しかしこの際、善意のなすべき裁量は甚だ難しかった。つまり、この有様をどういう形で遺族に見せればよいかということに、家族は微睡《まどろ》みすらせずに心を摧《くだ》いたのだった。

結論はありのままを見せるということだった。すなわち、二人は整頓された座敷のひとつ蒲団の中で、潔くしめやかに毒を嚥み、男は先に死んだが女はいまだ死に切れずに添い寝しているという理想のかたちを――いくぶん虚飾ではあるけれども、提示すべきであると判断したのだった。ありのまま、というより、正しくは心中した二人にとってかくあるべき、ありのままである。何ら他意のない、純然たる善意の第三者としては、それ以外の演出はできなかった。

二人が翌日の話し合いを待たずに心中を敢行したのは、今さら親の理解など得られるはずはないと考えたからで、だとすると来訪する親にその結末を見せるのは彼らの本意であったろう。取り返しのつかぬ現実を目《ま》のあたりにして遺族が悔悟の涙を流せば、心中劇はめでたしめでたしと幕が下りる。

しかしこの大団円には、芝居ではまさか有りえぬ不調和があった。遺族が玄関の式台に立ち、曾祖父に先導されて長い廊下を歩み大階段を昇り、五番の座敷の体良《ていよ》く嵌《は》めかえられた障子を開けたとき、心中の相方である女はまだ生きていたのである。

第三者としては、女を死んだものとみなして場面を誂《あつら》えるほかはなかった。

男の兄である学生は、紙のような白い顔をして慄《ふる》えていた。連れの紳士たちもみな青ざめて声がなかった。

しかし、いかにも明治の傑物という感じの父親はちがった。

「この馬鹿者が。女郎などにまどわされおって」

と、嘆くどころか吐き棄てるように死せるわが子を罵《ののし》った。それから枕元に屈みこんで、細い息をつきながら目を剝《む》く女の顔を覗きこんだ。

「おまえはなぜ死なぬ。倅《せがれ》が不憫《ふびん》ではないか。はよ死ね」

女は焼けただれた咽を絞って何かを言ったが、声はガラスに爪を立てるような音にしかならなかった。そのかわりに女は、小さな白い掌をようよう胸前に合わせて、父親に詫びるしぐさをした。このときもその片手に赤い紐が結ばれているさまを、伯母ははっきりと認めた。

父親は恕《ゆる》さなかった。「はよ死ね」ともういちど低い声で叱った。それから何の感慨もないふうにくるりと背を向けると、曾祖父に向き合ってかしこまり、慇懃《いんぎん》な礼を述べた。

「ご当家のみなみなさまに、手前どもの倅があらぬご迷惑をおかけいたしました。また、日本武尊のおわしまするお山を穢《けが》しましたること、どうかお許し下さい」

父親は畳の上に脱ぎ置いた外套の内懐を探ると、いかにもかねて用意してあったような袱紗《ふくさ》を曾祖父の袴の膝元に進めた。

「些少《さしょう》ではございますが、寄進をお納め下さいまし」

口止め料ならば受け取るわけにはいかぬが、寄進と言われてしまえば断わりようがなかった。さすがに曾祖父は躊躇《ちゅうちょ》したが、「納めさせていただきます」と答えるほかはなかった。

それから階下の茶の間で曾祖父が経緯を説明し、人々は炬燵《こたつ》にぬくまって燗酒を酌んだ。祖父は五番の座敷で昇霊の祝詞を上げ続けていた。

そのころまだ若かった祖父は、麓の千人同心の家から迎えられた婿養子で、曾祖父の言いつけにはまるで家来のように従うおとなしい人だった。

伯母は姿の見えない妖精のように大階段を昇り降りして、子供には納得のゆかぬその光景を観察し続けていた。納得ゆかぬというのはつまり、生きている女の人が死人として扱われている事実である。

「おもうさん」

と、伯母は生きている人間を弔う父の背に声をかけた。神事を行う曾祖父や祖父に呼びかけるのは禁忌であったが、それくらい納得がゆかなかったからである。

「おもうさん。おねえちゃん、かわいそうだよ。お医者さまを呼んであげようよ」

祖父は榊《さかき》を掲げたまま顔だけを顧みて、あっちへ行けというふうに顎を振った。伯母は階下の台所に行って、祖母の袂を引いた。

「おたあさん。あのおねえちゃん、まだ生きてるよ。ほんとうだよ」

祖母は困り顔で、「もう亡くなったの」と答えた。

納得できぬまま子供部屋に行って、二歳齢上の姉に訊ねた。すると思慮深い姉はしばらく考えるふうをしてから、「おもうさんとおたあさんがそうおっしゃるのなら、まちがいはないのよ」と言った。

当事者本人を含む人々の総意は、真実とみなされたのである。

そうこうするうちに、麓の駐在所の巡査と隣村の開業医が連れだってやってきた。どちらもよく見知った顔だった。老巡査は月に一度、山上の神官の屋敷を巡っていたし、医師はしばしば往診にきた。ただしこの二人が連れだって山に登ってくるときは、自殺者の死体検分と決まっていた。

事情聴取と検屍はひどくあっけなく終わった。さすがにその現場だけは覗き見ることができなかったが、巡査と医師はものの五分で大階段を下りてきた。

「きのう診ていただいた先生にお会いになりますか」

と、曾祖父が医師に訊ねた。

「いや、その必要はないでしょう。講社の氏子さんにこれ以上のご迷惑をおかけするのも何です」

そのやりとりには、ともかく仕事を早くすませようとする魂胆が見えすいていて、伯母は子供心にも不快を感じたそうだ。

巡査と医師は茶も飲まずに帰っていった。伯母は二人の後をこっそりと追いかけて、杉林の坂の中途で呼び止めた。

「先生」

「やあ、元気かね」

子沢山の屋敷を往診しているせいか、その中年の医師は子供のあしらいが上手だった。鳥居前の広場で、山の子らを相手に相撲をとることもあった。

伯母はその親しみのある医師に訴えようとしたのだった。人々の総意によって歪められた真実を直訴しようとした。検分があまりにもあっけなかったので、おそらく息のある女は別の座敷に隠されたのだろうと伯母は疑っていた。

男の人は死んでしまったけれど、女の人はまだ生きている。助けてあげて、と伯母は慄《ふる》えながら言った。

そのときの巡査と医師のとまどう姿を、伯母は古いアルバムに貼られた一葉の写真のように記憶していた。

南中した冬の陽が神さびた常磐木《ときわぎ》の枝間から射し入って、医師の白衣を輝かせていた。その神々しい姿は山中に踏み惑った日本武尊とも見え、制服に地下足袋《じかたび》をはいた老巡査は忠実な従者のようだった。

もし告白によって家族が科《とが》を蒙るようなことになっても仕方がないと、伯母は肚《はら》を定《き》めていたのだった。

「ああ、あの女の人なら亡くなっていたよ」

伯母は落胆した。検分の前に死んでしまったのか、あるいは医師がそれなりの処置をしたのかは知らないが、嘘はまことになってしまった。

ふと気付くと、片方の掌に緋色のお手玉を握っていた。今は形見の品となってしまったそのお手玉が、伯母に直訴の勇気を奮い立たせたのはたしかだった。

「これ、おねえちゃんにいただいたの」

べそをかきながら、伯母はそう言って気まずい間《ま》を繕った。巡査は証拠の品でも検《あらた》めるように、差し出された品物をしげしげと眺めた。

「着物をほどいてこしらえたものでしょうが、さすがは名のある太夫ですな」

緋や紫や黄色の艶《あで》やかな裲襠《うちかけ》を着た女の姿を、伯母はありありと思い描いた。

「それにしても、子供にあんなありさまを見せてしまうとは、御師さまらしくないですな」

「よほど動顚《どうてん》してらしたのでしょう。やれやれ、迷惑にもほどがある」

医師と巡査はそんな囁きをかわし合いながら、杉林の急坂を下っていった。

伯母は屋敷に駆け帰った。ちょうど大階段から下ろされた男の亡骸が、戸板に乗せられているところだった。死体は顔まですっぽりと蒲団をかけられ、戸板の四隅を屋敷の男衆が持ち上げた。

曾祖父と祖父が広縁に陽を受けて正座しており、男の父親が庭に佇んで長たらしいお礼をした。

去りゆく葬列にはさほど悲しみのいろがなかった。陽は高いのに、男たちの群が吐き出す息が煙のように立ち昇る寒さだった。葬列が門の先に消えてしまうと、屋敷には箍《たが》がはずれたような緩気《かんき》がやってきた。

縁側に座ったまま、祖父が「あー」と声を上げて伸びをした。不調法をたしなめるどころか、曾祖父も続いて「あー」と両腕を上げげた。それから二人の神主は、しばらく言葉もかわさずにぼんやりと居並んでいた。

伯母は広縁に上がると、厠《かわや》に行くふりをして裏階段から二階に昇った。屋敷には回廊がぐるりと繞《めぐ》っており、大小とりまぜていくつもの階段があった。

ひとけの絶えた二階の廊下を、足音を忍ばせて歩んだ。

とうとう二人ははなればなれになってしまった。女の亡骸をうち捨てて、わが子の遺体だけを引きとっていった親が、伯母は憎くてならなかった。男女のかかわりごとなどは何も知らぬ少女にも、人の情ぐらいはわかっていた。ひどい話だと思った。

廊下に座って、五番の座敷の襖を開けた。とたんに伯母は、何が何やら頭の中が混み合ってしまった。

女が、生きたまま取り残されていたのだった。

「おみず、ちょうだい」

女は虫の息で言った。掛け蒲団は蹴りのけられており、剝き出しの両胸は激しく戦《おのの》いていた。腰巻の紅絹《もみ》を割って大の字に拡げられた奥に、獰猛《どうもう》な感じのする女の体が覗いていた。

「おみず、ちょうだい」

伯母の腰は抜けてしまった。生きていた人が死ぬことより、死んだ人が生き返ることのほうがずっと怖ろしいに決まっていた。だが、じきに気を取り直した。女は甦《よみがえ》ったのではなく、はなから死んではいなかったのだ。

医師も巡査も、やはり女を死んだものとみなしたのだった。そのことを悟ると、うち続く波のような別の恐怖が伯母に襲いかかった。

「おみず、ちょうだい」

女は咽をかきむしって、もういちど言った。

「待っててね、じきに持ってくるから」

廊下を這い伝う伯母の前に、祖母がいかめしい顔をして立ちはだかった。

「なりません」

「どうして」

「もう誰も、かかわりあってはなりません」

それが心中の片割れに対する、正しい儀礼と人情であることを、伯母はようやく知ったのだった。

「その女の人は、二日二晩そうして生きていたの」

と、伯母は子供らの寝静まった五番の座敷の、私ひとりに向かって言った。

「おまえの寝ているそのあたりでね。赤い帯揚の片方は、手首に結わえたままだった。ずうっと男の人の名前を呼び続けて、三日目の朝にようやく息を止めた」

誰も迎えにこなかったと、伯母は淋しげに付け加えた。女の亡骸は神官とその眷属《けんぞく》の眠る山上の奥城《おくつき》に葬られることなく、麓の里の寺に無縁仏として届けられた。

「お女郎さんなんだから、仕様がないやね」

事件の不可解な部分は、伯母のそのひとことで瞭《あきら》かになった。たぶん幼い日の伯母も、誰かが口にしたそのひとことであらましを納得したのであろう。

金で売り買いをされる女は、人間というより物であり、奴隷であった。金で売られたときに親との絆は切れ、足抜けによって買主との縁もみずから断ち切った。そして最後に残っていた赤い絆も、男の死によって断たれてしまった。事件にかかわった人々は非情であったわけではなく、女との絆を誰も持っていなかっただけなのだ。

伯母は背骨の折れるような溜息をついた。それからわずかに首を転《めぐ》らして、子供らの寝顔を確かめながら呟《つぶや》いた。

「おまえ、おかあさんのそばにいておやり。はたが何を言ってきても、好きな女の人ができても、おかあさんの手を放すんじゃないよ」

私は闇の中で肯《うなず》いた。嫁ぎ先に息子を奪われた伯母のその言葉は、骨の軋《きし》みが聞こえるくらい切実だった。

やはり伯母は、私ひとりに聞かせるために話を始めたのだと思った。

大正の昔に、この五番の座敷で淋しく死んでいった女が、母のおもかげに重なった。母の命を保証する、あるいは人間たらしむる絆は、私の手首にくくられた一本きりにちがいなかった。そのころの母は物語の中の女と同じくらい美しく稚《おさな》かった。

おばちゃんは死なないよね、と私はおそるおそる訊ねた。

「さあ、どうだかねえ」

おそらく本心からではなく、私を力づけるつもりで伯母はそう言った。


五番の客間はそれから長いこと封印された。因縁などは何も知らぬはずの泊まり客が、しばしば怪しい体験をしたからだった。

ある客は夜中にひどく咽が渇くと訴えて、台所に水を貰いにきた。またある客は、一晩じゅう熱い熱いとうなされた。

ことに極め付きは、真夜中に何ものかが蒲団の中に忍んできて、背中をするりと抱きしめるというのである。

幸い曾祖父は験力《げんりき》をよく使う人であったから、家伝の秘法を用いてこの霊魂を調伏したが、ともあれその部屋は縁起が悪いというわけで客を通すことはなくなった。封印が解かれたのは、戦後まもなく祖父も亡くなって伯父の代になってからである。伯母は事件を記憶していたが、弟にあたる当主は言い伝えにしか聞いてはいないので、そろそろよかろうということになったらしい。

嫁ぎ先から出戻って五番の座敷が開けられていると知ったとき、伯母ばかりは古い記憶を掘り起こして、いい気持ちがしなかったそうだ。しかし以来何ごとも起こらずに、五番の部屋は休みのたびに集まってくる甥姪たちの寝室に使われていた。大階段の降り口にある座敷だから、客にとっては居心地が悪いが、朝寝坊の子供らを階下から呼ぶには都合がよかった。

「さあ、もうおやすみ」

伯母は母とそっくりの高い張りのある声でそう言い、私の蒲団の襟《えり》を斉《とと》えてくれた。そして寝入ってしまった子供らに気遣いながら足音を忍ばせ、静かに障子を開けたてして部屋を出て行った。

星を算《かぞ》えることにも飽いて瞼をとざすと、たちまち赤い絆のまぼろしが闇に翻った。この屋敷でやんごとなく生まれ育った母は、かつて多くの強く太い絆で守られていたはずであった。

純血を保とうとするのは旧家のならいで、子女の結婚相手は血縁の者と定められていた。遺伝学的には好もしからぬならわしだが、たぶんその成果で、一族にはふしぎなくらい美形が多かった。ことにその習慣の掉尾《とうび》を飾る伯母や母の姉妹たちは、勢揃いした集合写真などを見ると、齢こそちがうがいずれ劣らぬ映画女優を並べたようだった。

そうした境遇に生まれた母は、たまたま親元を離れて東京の女学校に行き、よく耳にしたたとえからいえば「どこの馬の骨ともわからぬ」父と夫婦になった。母と許婚《いいなずけ》との結納の席に父が匕首《あいくち》を呑んで飛びこんだという、虚実の不確かな伝説もあった。その結果、父と母は駆け落ち同然の夫婦となり、母をつないでいた多くの絆が、父の匕首で断ち切られてしまったのは確かだった。

のちに父は財をなして、母の実家と神社に莫大な寄進をした。講の発起人となって参詣も欠かさなかった。しかしそのようにして再び糾《あざな》われた絆も、父の破産と夫婦の離婚によってまたしても断ち切れてしまったのだった。

母は三十の半ばになってから夜の女になった。私が夢ごこちに見たものは、母の体から次々にほどけ落ちて、闇に舞い踊る赤い絆のまぼろしだった。夜の底へと落ちてゆく母の手首には、かろうじて一本の帯揚が絡みついており、私はどこかの高みにしがみついて、その端を懸命に握りとめているのだった。

まぼろしはやがて紗《しゃ》にくるまれ、私は深い眠りについた。

咽の渇きを覚えて目覚めた。大屋根に霜の降りる音が聞こえる夜更けであった。私はたちまち伯母の話の後日譚を思い起こし、しきりに唾を呑んで渇きに耐えようとした。そのうち手足が熱くなった。指先に感じ始めた熱が、這い上がるように肘や膝を冒してきた。

これは何かの錯覚なのだから、手足を出せばたちまち皹《あかぎれ》るだろうと考えて辛抱した。

やがて、その感覚が特殊なものではないことに気付いた。母と暮らすアパートの便所は廊下の端にあったので、私は夜にはつとめて水気を摂《と》らぬよう心がけていた。だから渇きを覚えて目覚めるのはいつものことだった。寝しなに体が熱くなるのも子供ならば当たり前だが、私は体を凍えさせて帰ってくる母のために、手足をぬくめておかねばならなかった。

大階段が軋りをあげた。私は眠るでも覚めるでもなく、夜を憚《はばか》るその物音を母の足音と聴いた。

一歩を気遣いながら、足音は階段を昇りきり、廊下を近付いてきた。障子が開いて、檜《ひのき》の匂いのする夜気が流れこんだ。

　私はわずかに瞼をもたげ、睫《まつげ》の間から冬の星ぼしを見やった。三千尺の山頂に豁《ひら》けた夜空は、眩《まばゆ》いほどの星あかりに満ちていた。遠い昔に、すべての絆を失って身じろぎすらできなくなった瀕死の女が、この世で最後に見た景色にちがいなかった。

　夢とうつつとが判然としないまま、私は「おかえりなさい」と呟いた。

　何ものかが私の背中に体を合わせてきた。氷のように冷え切った手が首筋に滑りこみ、もう片方の手が胸を抱き寄せた。私は十分に熱した掌で、その両手をくるみこんだ。冷たい素足に、私のあしうらを当てた。

　慄えがおさまると、耳元に圧《お》し殺した噎《むせ》び泣きが聞こえた。その悲しみを癒すすべは、熱しきらぬこの体のぬくもりでしかないことを私は知っていた。なるたけすきまのあかぬように身を綿にして、私は無力だけれども万能にちがいない私の熱を、女の体に分かち与えた。

　今さらその体のあるじが、母であるのか伯母であるのか死んだ女であるのか、そんなことはどうでもよい。

お狐様の話

昼ひなかでも月の光に洗われているような、それはそれは色白の娘だったと、ちとせ伯母は言った。

肌が白いばかりではなく、面ざしもいずまいたたずまいも、いちいちが雅《みやび》な人形のようだった、と。

伯母の十八番《おはこ》であるお狐様の話は、いつもそのような前ふりから始まった。子供らの中には、それだけはやめてと懇願する者もいたが、耳を塞《ふさ》いで蒲団《ふとん》に潜りこむほかはなかった。話の始まる前のそうしたやりとりは、いわばこの怪異譚の枕のようなもので、べそをかく子供をみんなして宥《なだ》めながら被虐的な興奮はいや増し、やがて座敷はしんと静まった。

「御神前で騒いではいけないよ」

幕開けを告げる一丁の柝《き》のように伯母がそう言うと、子供らは夜具の中で息を詰め、身じろぎもしなくなった。

百畳の広間は「奥」と呼ばれていた。ふつう武家屋敷では、奥居《おくい》といえば家族の住まう奥座敷をさすのだから、なぜ玄関にも近く、講中《こうじゆう》の団体客が寝泊まりするための大広間がそう呼ばれていたのかは不明である。

夏休みなどで親類の子供らがことのほか大勢集まった折には、この広間に蒲団が敷き並べられた。百畳の東側には、軸を掲げ鷹の剝製を置いた大きな床の間があり、西側にはガラス戸を隔てた立派な神殿が造りつけられていた。そして南北には、涯《は》てもなく純白の障子をたてた大廊下が繞《めぐ》っていた。

霊山として知られる御嶽山《みたけさん》の頂に建つ母の里は、そうした屋敷だった。

大広間が「奥」と呼ばれた所以《ゆえん》を、あえて推量すればこういうことになろうか。

私の母とは親子ほど齢《とし》の離れた伯母は、松方公爵のお屋敷で行儀見習をした。東京の女学校を出たのは昭和二年生まれの母が初めてであったというから、それまでの女子はみなこの伯母のように、貴顕の屋敷に奉公して礼儀と教養を修めたのであろう。

だとするとさらに以前の娘たちは、江戸の大名屋敷に上がったのであろうし、中には江戸城の大奥に入った娘もあったかもしれぬ。そうした娘たちが勤めをおえて生家に戻り、賓客を迎えたり神を祀《まつ》ったりする大広間を、屋敷の中の貴い神秘の場所として、「奥」と呼び始めたのではなかろうか。

ともあれ、祖先がこの霊山の神官に封ぜられてから二十代目に当たる子供らは、百畳の闇のただなかに枕を並べて、とっておきの恐怖譚――お狐様の話を聞いた。

季節は夏のさかりだったが、鬱蒼《うっそう》たる杉林に囲まれた山頂の屋敷は、綿入れの蒲団を着ねばならぬほど薄寒かった。

「おじいさんの験力《げんりき》を頼って、お狐憑《きつねつ》きがよくやってきた。まだ電車もバスも、ケーブルカーもない時分の話さ。お狐様が憑くのは、ちょうどおまえたちぐらいの齢ごろの、きれいな女の子と決まっていた」

枕元に座る伯母の絽《ろ》の着物には、襟《えり》から続く襦袢《じゅばん》の白さが透けていた。屋敷は信仰心のない旅客も泊めていたけれど、元来は講中のための宿坊であるから、男は常に袴《はかま》を付け、女は夏ならば黒無地の絽を、冬は袷《あわせ》のお召を着るのがならわしだった。

「その験力というのも、ヒゲのおじいさんまでの話だがね。おまえたちのおじいさんは、からきしだった。うちのご先祖はもともと熊野の修験《しゅげん》だったから、家伝の験力が代々伝えられていた。ずっと昔に、東照大権現様のお指図でこのお山に上ってきてから、うちのおじいさんたちはみんな、よその御師《おし》さんらとはちがうお役目を言いつかっていたの。熊野権現のお力を借りて、公方《くぼう》様と江戸の町をここからお護りする。だからその験力を向ければ、お稲荷様のいたずらなんかはたいてい調伏することができた」

その女の子は、まるでフランス人形のようだった、と伯母は言った。

玄関の木鐸《ぼくたく》が鳴らされたのは、千年の森に蜩《ひぐらし》の鳴き上がる夏の夕刻だった。貴人の駕籠《かご》を担ぎ上げるための広い式台に端座したまま、曾祖父はしばらく挨拶もせずに、その女の子を見つめていた。幼い伯母は曾祖父の背にした衝立《ついたて》に隠れて、招かれざる客を覗き見た。

十歳ばかりの女の子は、レースの飾りがたくさん付いた藤色の洋服を着ており、造花を飾った鍔《つば》の広い帽子を冠《かぶ》っていた。両の掌を二人の大人に、つなぐというよりつながれたまま、曾祖父に薄笑いを向けていた。

その付添人たちが少女の父母でないことは、ひとめでわかった。麻背広を着て蝶ネクタイを締め、パナマ帽を胸にかざした男は家令で、もう片方の掌を握りしめた中年の女は、乳母か女中頭のようなものであろう。二人は中に置いた少女を、丁重な物腰で気遣っていた。

曾祖父は家令の差し出した紹介状を読み、老眼鏡を懐に収《しま》ってから、お力添えをいたしましょう、というようなことを言った。とたんに付添人たちは、体中からふうっと息を抜いた。

「しかしながら、ひとつだけご承知おき願いたい」

曾祖父は端座したまま権高《けんだか》な口調で言った。官幣大社《かんぺいたいしゃ》の宮司が謙《へりくだ》る相手は、皇族か勅使か、せいぜい華族の当主だけだった。

「こうして当家までお運びになられるのは、よくよくお困りになられた果てでございましょう。荒療治に堪えざる不測の場合もままありますが、よろしいか」

御前《ごぜん》も奥方もすでに覚悟めされている、と家令は答えた。

尋常ならぬ大人たちのやりとりを聞いて、少女は脅えた。「おうちへ帰る」と言って後ずさるのを、家令と女中頭が乱暴に引き止めた。彼らにはその小さな主《あるじ》を思いやるだけの余力が、もはや残っていないようだった。

すると曾祖父は、欅《けやき》の一枚板の式台の上を膝で滑って、レースの両袖を握ると胸元にぐいと引き寄せた。

「お嬢の名は何と申されますか」

少女は答えなかった。

「しっかりなさい。父母から戴いたおのれの名を言いなさい」

力に抗《あらが》って身悶《みもだ》える少女のうなじには、まるで祭の面を背負ったような、もうひとつの顔があるように見えた。首がぐるぐると回って、いたいけな少女の顔と怖ろしげな獣の貌《かお》とがこもごもに顕《あらわ》れた。そこで伯母は、これがお狐憑きだとわかった。

「かな、です」

何かほかの名乗りを上げようとする猛々しい力を押し分けるようにして、少女はようやく呟《つぶや》いた。

そうか、と言ったなり、その頭を撫でようとして曾祖父の掌が止まった。

「もしや、お嬢は十月の生まれかな」

「はい。どうしてわかるのかしら」

それは曾祖父の験力ではなかった。少女は「かな」と名乗ったが、「かんな」とも聞こえたからである。もし洋花の名ではないとすると、十月の古名にちなんだ命名であると思えた。

「やよい」が三月生まれで、「さつき」が五月生まれならば、「かんな」は十月生まれにちがいないという類推である。しかし弥生《やよい》や皐月《さつき》ならばともかく、「神無」ではいかにも字面が悪いから、平仮名で「かんな」と称したか、あるいは「かな」としたか、ともかく曾祖父の推理は的を射ていた。

神の無き名を持った子供に、狐がとり憑いた。よほど不憫《ふびん》に思ったのか、曾祖父は少女をがしりと抱き寄せて、白髯《はくぜん》を蓄えた頰をその顔にすりつけた。

「わしが治してさし上げる。少々手荒なまねもするが、辛抱せい」

曾祖父は何ものかに乗っ取られた少女の体を、両手で愛おしみながらそう言った。


「付添いのおじさんとおばさんは、お二階にお部屋をとった。でも女の子は、そこの御神前にお蒲団を敷いて寝たの。襖《ふすま》を立てて、三度のお膳もそこに運んだ」

伯母の指先をたどって、子供らは闇に目を凝らした。

神殿は大広間から裏庭へと張り出すように造りつけられており、抱稲《だきいね》の家紋を金箔で捺《お》した大ガラスの前には純白の幕が掛けられていた。

御神前と呼ばれるその一間は、大広間の一部にはちがいないのだけれど、けっして蒲団を敷いて寝たり、飲み食いなどをしてはならぬ聖域だった。講中の団体客やら、林間学校の生徒たちが宿泊するときは、その一角だけに襖が立てられるので、大広間は鉤《かぎ》の手に変形した。

当主は毎朝早く、潔斎して御神前に赴き、祝詞《のりと》を上げた。山上に点在する神官たちの屋敷から、一斉に太鼓の音が鳴り響いた。神事とはかかわりのない宿泊客がいようが、隣座敷で子供らが眠っていようがいまいが、神官たちの打ち鳴らす太鼓は明けやらぬ山頂の気を震わせた。

そうして朝の神事をすませたのち、神官たちはそれぞれの屋敷を出て、見るだに殆《あやう》い浅沓《あさぐつ》を履き、正装をこらして神社へと向かった。

「何様のお嬢かは知らないけれど、たいそう行儀のいい子供だった。ヒゲのおじいさんが祝詞《のりと》を上げ始める前に、きちんとお蒲団を畳んで、着替えもすませて、御神前の脇にちょこんとかしこまっていたっけ」

伯母が言うには、人の手を借りなければ何もできないのは、成り上がりの坊っちゃん嬢ちゃんなのだそうだ。重代の貴顕といわれるような家の子供は、みな自分のことは自分でして、他人の手を煩わせなかったという。

仮に、香奈という字を当てておく。

その香奈という娘は、少なくとも武家大名かお公家の姫様、いやもしかしたら、いとやんごとなきお血筋の、宮号なんぞお持ちの方だったのかもしれない、と伯母は言った。ほどなく麻布仙台坂の松方公爵邸で行儀見習をした伯母が、顧《かえり》みてそう思ったのだからまちがいはあるまい。

伯母は話しながら、子供らの耳にも聞き慣れた祝詞を朗々と口にした。あの、「高天原《たかまがはら》に神留《かむづま》り坐《ま》す神漏岐《かむろぎ》神漏美《かむろみ》の命《みこと》以ちて」に始まり、「天《あめ》の斑駒《ふちこま》の耳振り立て所聞食《きこしめ》せと畏《かしこ》み畏みも白《まを》す」で終わる、禊祓詞《みそぎはらえのことば》である。

私の家は父方の祖母も神事を怠らず、嫁である母も巫女《みこ》であったから、毎朝この祝詞はいやでも聞かされていた。いずれも神主の子か孫である子供らは、蒲団にくるまったまま小声で伯母に唱和した。この禊祓詞は、仏教の般若心経やキリスト教の聖言のようなものであろうか。神事といえばまずこの短い祝詞から始まるのである。

曾祖父はかたわらに香奈を座らせたまま、朝の神事をとり行い、太鼓を叩き、それから関東平野を一望する裏廊下に立って、息吹《いぶき》の行《ぎょう》をした。

両手を腰に当てて朝日に向き合い、体を左右に捻じるようにしてゆっくりと息を吸う。それから曙光《しょこう》に正対して、同様に深く長く呼吸をする。掌を袴の臍《へそ》のあたりに重ね置いて、俯きかげんにしばらく瞑目《めいもく》する。

曾祖父に教えられたものか、それともかねてより知っていたのか、香奈もおとなしくこの行に従った。

その様子を垣間見ながら、やはりお姫様《ひいさま》はたいしたものだと伯母は思った。同じ齢ごろの子供らはみな、神事だの行だのが嫌で逃げ回っているのに、香奈は素直に曾祖父に服《まつろ》い、またその所作も垢抜けて見えた。

屋敷にやってきた翌朝には、香奈は上等な絞《しぼ》りの振袖を着た。一行は手ぶらだったが、後を追うようにして鉄道の小荷物《チッキ》が届けられたのだった。それも屋敷から人を出したわけではなく、どこかの駅の赤帽が雇われて、大きな行李《こうり》を二つ、振り分けに担いで山まで登ってきたのだった。

その赤帽がしばらく勝手口の上がりがまちに腰を下ろして、汗を拭きながら煙管《キセル》を使う姿を、伯母はとりわけはっきりと記憶していた。

麓の駅には赤帽などいなかったから、行李は実はチッキなどではなく、東京のどこかの駅からその男がずっと担いできたことになる。だが、なぜかその行李には、正しいチッキの作法で亀甲型に麻紐がかけられ、荷札まで付いていた。

お姫様の錯乱は極秘にちがいないから、世間を憚《はばか》ってそんなふうに赤帽を雇ったのだろうと、二つちがいの伯母と姉は噂し合った。

赤帽が珍しくて、二人の娘は帰り途を少し追って行った。すると赤帽は何を勘違いしたものか、杉林の木下闇《このしたやみ》に立ち止まり、チッと舌打ちをして十銭の白銅貨をひとつずつ二人に押しつけた。つまり赤帽は幼い姉妹が小遣ほしさに後をついてきたと誤解したわけだが、もとよりそんなつもりのない、また他人から小遣を貰うことなどない神官の子らは、その思いがけぬ十銭玉にどことなくうしろ暗い、たとえば口止め料か何かの背徳を感じた。

伯母が赤帽の姿をよく記憶していた理由は、その小遣銭を心ならずも受け取ったことで、この秘密の魔陣の中に引きこまれてしまったように感じたからであろう。

「よくよく神社に登ってお賽銭箱《さいせんばこ》に投げてしまおうと思ったんだけれど、それも何だし、結局おねえさんと二人して、懐に入れてしまうことにしたの。おまえたちも、他人様《ひとさま》からやみくもにお金を貰ったりしてはいけないよ」

その十銭玉には何ら他意があったわけではない。だがその金を受け取らぬか、せめて神社の賽銭箱に投げこんでさえいれば、伯母はその後に起こった怖ろしい出来事を見ずにすんだ、と信じている様子だった。

行李の中には香奈の衣装が詰まっていた。そのほとんどは色とりどりの振袖と帯と小間物で、祖母はそれらに風を通しながら溜息まじりに、

「おまえたちにも不自由はさせていないけれど、いやはや、上には上があるもんだ」

というようなことを言った。

衣桁《いこう》に掛け並べられた着物は、清浄なばかりで色艶のない神官の屋敷の居間を、いっとき御殿の絢爛《けんらん》に染めた。

曾祖父に服《まつろ》って息吹の行をするときも、香奈はそのうちの一襲《ひとかさね》を着ていた。日がな一日、目にも彩《あや》かな振袖をまとい、どうかすると日に一度はちがう柄に着替えた。

長い髪は背の下で結わえただけだったが、少し巻き癖のあるせいで、ふっくらと肩の上に拡がるさまは、いかにも貴人のおすべらかしに見えた。そしてその豊かさが、香奈の白い顔をいっそう白く、いっそう小さく演じていた。

屋敷に来たときはフランス人形であったものが、一夜明くれば雛人形に変わっており、しかもその変容に何のふしぎも感じさせなかった。貰い人はやっぱりちがうと、幼いなりに貴種の自覚を持っていた伯母も、しみじみ思ったそうだ。

ところで、ふしぎというならよほどふしぎなことがあった。

玄関の式台で初めて見たときの、瞭《あきら》かな憑きものの印象が、あくる朝には嘘のように消えていたのである。到着したその夜のことは伯母の記憶にはなかった。たぶんお狐憑きが怖ろしくて、覗き見る気にもなれなかったのであろう。しかし一夜明けたとたん伯母が目にした香奈は、何ら異常を感じさせぬ、美しく愛らしいばかりの子供だった。

曾祖父が神社に上がったあと、誰に言われるでもなく伯母と姉は、香奈を誘ってお手玉をついたり、広い屋敷の案内などをしたそうだから、たしかに恐怖を感じさせるほどの不自然さは何もなかったのである。

涼やかな風が裏廊下から表の庭へと吹き過ぎる大広間で、三人の少女はおやつを食べた。

フランス人のペストリーが焼いたという西洋菓子は、頬の落ちるほどおいしかった。そのころはこの屋敷にも住みこみのコックと板前はいたのだが、まさかフランス人の菓子職人まではいなかったので、やはりお姫様の暮らしぶりはちがうと、伯母はしんそこ羨んだ。菓子を食べながら、けっして膝の上に食べかすを零《こぼ》さぬ香奈の所作を、どうにか真似ようとしたがうまくできなかった。

香奈はビスケットを小さく噛るたびに、片方の掌で懐紙を胸元にかざした。そのしぐさが実に鷹揚としていて、手で迎えるでもなく首もすっくりと伸びたまま動《ゆる》がない。ひとつを食べおえると懐紙は三角に折り畳まれて、絞りの襟に挟みこまれた。

そのときから伯母と姉は、ごく自然に「カナさま」と呼ぶようになった。貴人の子息や息女が、参拝や山登りに訪れることはしばしばで、そうした折にはあらかじめそのように呼ぶよう言いつかっていたのだが、誰に言われるでもなく「カナさま」と呼んだ。

一方の香奈は、子供らの名を訊ねるでもなく、姉も伯母もひとからげにして「すずき」と呼び捨てた。

「すずきはあまり西洋菓子を知らないのね」

という具合である。

鈴木は当家の、つまり私の母の実家の姓であるが、世間に広く分布している鈴木姓とは発音が異なっていた。頭の「す」にアクセントが置かれる「すずき」で、これは神官に多いその姓が特別にそう発音されるのか、あるいはもともと熊野の修験であったわが家だけが、関西ふうにそう発音するのかは知らぬが、ともかくあまたの「すずき」とは異なる「すずき」なのである。

伯母はのちのち、家の人々をひとからげに姓で呼ぶ不自然さよりも、どうして香奈がはなから鈴木の正しい発音を知っていたのか、さんざ首をひねったそうだ。

「私はひとつでたくさんだから、あとはすずきで召し上がれ」

いかにも下々に賜うかのように、香奈はそう言った。

おやつが定刻通りであったとすると、それから三人でおはじきに興じ、遊び飽いて屋敷のまわりを歩き回ったころには、夏の日も杉林の向こうに傾いていたはずである。

神木に被われた山頂の夕昏れは早い。海抜が千メートルに近いそのあたりでは、夏のかかりから日がな蜩《ひぐらし》が鳴いており、それは名の通りの日没を告げる蟬ではなかった。

そのかわり、夕刻になると深い山の奥底から、さまざまの鳥や獣の声が聞こえてきた。伯母は雉子《きじ》と狐の声だけは知っていたが、そればかりではない鳥獣の声もこもごもに混じっていた。

伯母がそれらの遠吠えを、怖ろしく思ったためしはなかった。雉子でも狐でも、熊でも猿でも懸巣《かけす》でもなく、神社の起源にある白黒一対の狗神《いぬがみ》が、さまざまの鳥獣の声を真似ているのだと教えられていたからだった。

その昔、東征の折に道を踏み迷った日本武尊《やまとたけるのみこと》の前に、白と黒との山狗が現れて道案内をしたと伝えられ、その神話が神社の起源とされていた。講社を通じて全国に流布されているお札にも、狗神の姿が描かれていた。

長屋門からほど遠からぬ森の中でその声を聞いたとたん、香奈の相が変わった。

伯母と姉は口々に香奈を宥めた。

「こわいことないのよ、カナさま」

「そうよ、カナさま。お狗様がそろそろおうちにお帰りって、言って聞かせて下すっているの」

森の中には鴇色《ときいろ》の木洩《こも》れ陽《び》が、無数の光の帯を天上から解き落としていた。香奈はそれらの光の先を見上げ、また奥知れぬ木立ちの涯《は》てをきょろきょろと見渡したあげく、ひとこと彼女のものではない嗄《しわが》れた声で言った。

「狗は嫌いじゃ」

それから笹藪に躍りこんだと見る間に、絞りの振袖も裾《すそ》もからげぬまま、ぴょんぴょんと跳ね回り始めたのだった。そのしぐさは敵《かたき》を捜し回るようでもあり、苦手から遁《のが》れようとしているようにも見えた。

伯母はそのとき、べつだんの恐怖は覚えずにただ、香奈がお道化ているのだとばかり思った。だから姉と二人して、手を叩きながら香奈の舞い踊るさまを囃《はや》し立てていた。

いったいどれくらいそうしていたのだろうか、さすがにこれはおかしいと思い始めたころ、屋敷のほうから二人の名を呼ぶ大声が聞こえた。じきに曾祖父と、そのころはまだ若かった祖父が、神社から戻った神主の浄衣《じょうえ》のまま杉林の階段を競うようにして駆け下ってきた。

祖父が二人の娘を両腕に抱き寄せた。

「大丈夫か。何ともないか」

いったい何が起こったやらわからずに、伯母と姉はただびっくりして父の胸にすがりついた。

曾祖父は浅葱色《あさぎいろ》の袴を笹藪の中に踏ん張って、何やら聞いたことのない呪文を唱え、見たこともない印を結んだ。すると、あたりを染めていた鴇色の光の帯が、まるで干上がるようにすうっと空に吸いこまれた。伯母がその神々しいさまから目を地上に戻すと、香奈は笹の緑の上に、まるで天から落ちてきたようにばったりと倒れていた。曾祖父が駆け寄って抱きかかえた。

すぐにお祓いをせねば、というようなことを曾祖父が言った。祖父は子らを抱き寄せたまま、きのうのきょうではおもうさんも仕度ができますまい、と答えた。

「仕度も何も、このさまを見ればすぐにでもかからねばならん。お嬢の命が取られる」

そのひとことで、伯母は竦《すく》み上がってしまった。ようやく今起こったことが、お狐様の仕業であるとわかったのだった。

どうやらお祓いの仕度は手がかかるようだった。曾祖父と祖父はそれからしばらく押し問答をし、結局祖父が折れた。婿養子である祖父は聡明な人だったが、血縁のないぶん験力もないと見えて、ことこうした修法については曾祖父に抗えなかった。

香奈は気を喪《うしな》ったまま、曾祖父に背負われて屋敷に戻った。変事を知った家令と女中頭は、広縁から裸足のまま飛び降りて、泣きわめきしながら香奈を抱き取った。

伯母はそれまでにも、お狐様がとり憑いたという少女をほかに知らぬわけではなかった。だが、年に何人もやってくるそれらは、常人とどこも変わりがなかった。短ければ十日ばかり、長くともひと月で少女たちは、憑きものが落ちて山を下った。

姉が言うには、神様の領分である山に登ったとたんから、すでに邪神は観念しているのだそうだ。いわば狐憑きは山に入ったときから神の湯に浸っているようなもので、曾祖父はすでに垢の浮き出たその体を、洗い清めるだけなのだ、と。

だから神の湯船に浸りながら、その正体を晒《さら》け出して暴れる狐などは見たためしがなかった。だとすると——香奈にとり憑いた狐は、神をも怖れぬ、千年万年の甲羅を経た大狐ということになる。

曾祖父が大狐に挑んだのは、その夜のうちだった。

山上には八百万《やおよろず》の神々が遍満していた。

肌を粟立たせ鼻につんと抜ける冷気は神の息吹であり、昼なお暗い森の樹々そのものが神であり、谷《きわ》まる断崖を鎧《よろ》う巌《いわお》が神であり、鳥獣も草木も、石くれさえも神のものであった。

朝夕には決まって峰々から霧が降りてきた。それは神々の曳《ひ》き給う純白の裳裾《もすそ》のように、山頂の赤い社殿を包み隠し、数百の苔むした石段を舐め、随身門《ずいしんもん》やら鳥居やらを呑みこんで、神官の屋敷を人の目には見えざるほどに、たちまちくるみこんだ。

霧が迫る前に、屋敷の人々は総出で回廊の雨戸を閉めた。手が足らずに機を逸すれば、霧は容赦なく屋敷のうちに流れこんで、畳も夜具も水をかけたように湿けってしまうからだった。

そうして静謐《せいひつ》な夜がやってきた。

お狐祓いをするための仕度とは、邪神を調伏する神官がその身を浄めることだった。正しくは、神憑《かみがか》る人すなわち曾祖父が、神が降り給うにふさわしい依代《よりしろ》を、おのが肉体のうちに斉《ととの》えることだった。

枕元の伯母は夜目にも黒々と見える絽の肩を、わずかに上げ下げして息を継ぎながら、張りのある瞭《あきら》かな声で語った。

「ほんとうは、七日七夜のお浄めをしなければならなかったの。でも、それまでお医者にかかったり、世間体を憚ってじっとさせられていた女の子の体は、すっかり狐に乗っ取られていた。これは一刻を争う容態だと、ヒゲのおじいさんは診立てて、その夜のうちにできるだけのお浄めをした」

子供らはけっして、わからぬことを伯母に問い質そうとはしなかった。昔語りをする伯母は、子供らにとって人ではない何ものかだった。

私は山頂の神社のたたずまいをふと思いうかべた。常日ごろは大きな本殿しか拝むことはできないが、祭礼の折にはその本殿をぐるりと繞《めぐ》る無数の社殿や祠《ほこら》が公開された。それらは大小もかたちもさまざまだが、いずれも神さびた古めかしさで、それぞれに権現社だの秋葉社だの、あるいは難しい漢字を並べつらねた神々の表札がかかっていた。

七日七晩の潔斎をすれば無敵の大神《おおがみ》が降りるが、それに足らなければ相応の小さな神しか降りないのではなかろうかと私は考えた。依代はいわば人のかたちをした器であるから、仕度を斉えた大きな器には大きな神が降り、小さい器しか用意できなければそれなりの、小さな神しか降りることができぬのではなかろうか、と。

伯母の言った「できるだけのお浄め」というのは、そうした意味なのであろうと思った。

「そうは言ったって、思い立ったきょうのきょうでは滝に打たれることも、奥の院に登ることもできない。おじいさんはお風呂場で水垢離《みずごり》をして、お台所の火と水とを浄めるぐらいしかできなかった」

長い時間をかけて湯殿にこもったあと、曾祖父は祓事《はらえごと》にのみ着用する真白な衣を着た。白足袋に白袴、白の狩衣に白い烏帽子《えぼし》という、ふだんの祭事にはありえぬ異装《いそう》だった。

そして榊《さかき》をおし戴いて台所に行った。百人もの講中が宿泊することもある屋敷の厨房は広い。神社の裏手の滝から引き入れた清水が、止まることなく大甕《おおがめ》に溢《あふ》れており、その脇には屋敷よりも古いという竈《かまど》が三つも並んでいた。

火と水とを浄めることが、この際に能《あと》うべき、限られた時の中でなしうる潔斎だった。

曾祖父は竈の前に立って腰を矩尺《かねじゃく》のように折り、すばやく榊を振って祓言《はらえごと》を唱えた。

「この火を天之香具山《あまのかぐやま》の磐村《いわむら》の清火《さやび》と幸《さきわ》い給え」

それから榊の枝に灰を掬《すく》い取って、板敷をしずしずと歩み、水甕の前でふたたび腰を折った。

「この水を天之忍石《あまのおしは》の長井《ながい》の清水《きよみず》と幸い給え」

榊の灰は水で洗い落とされた。

伯母はさして考えもせず、この神事を理解した。生活のうちで最も大切な火と水を浄めることで屋敷を浄め、同時に榊の枝に宿る屋敷の火と水とを、人のものではない神のものとりかえたのである。それはいかにも、この危急の折の「できるだけ」だった。

験力のない祖父は、やはり白装束を着て曾祖父の介添をした。台所を出ると、接客用の箱膳が天井まで積み重なるほの暗い板敷に立って、二人は何やら囁き合った。

「危いことはありませんね」

と、祖父は凡俗な表情で訊ね、曾祖父は「それはない」と断言した。

いったい何の話だろうと子供らが訝《いぶか》しむうちに、祖父が不安げな顔で伯母を手招いた。

「おまえに手伝いをしてもらう。おたあさんに着替えさせていただきなさい」

伯母は畏《おそ》れおののき、なぜ姉ではなく自分なのだと抗った。

「おじいさんとおもうさんで決めたのではないよ。神様がおまえをとおっしゃったのだ」

そのとき屋敷には、姉と伯母のほかに幼い二人の弟がいた。夏休みのことで、何人かの親類の子供らも居合わせていた。伯母はお狐祓いの神事に加担するという恐怖から何とか免れたい一心で、まわりの子供らをひとりひとり名差しながら指を振った。

しかし曾祖父も祖父も聞き入れなかった。

「こわいのはもっともだが、神様に逆らえばもっとこわいことになってしまうよ」

祖父のその言葉で、伯母はほかの誰でもない神という見えざる力に、泣く泣く従わねばならなくなった。

伯母は白い衣に赤い袴を着せられて、髪をこよりで束ねた。神官の娘は齢ごろになればみないちどは巫女として神社に上がるが、幼な心に憧れていたその装束を、まさかこんな場面で庚突に着せられるとは思ってもいなかった。

「おじいさん、私は何をするの」

着替えをおえると、どうしたことか盛装の晴れがましさが不安を追いやってしまった。

「何もしなくてよい。依童《よりわら》は何もせずに、じっと座っているだけでよい」

曾祖父は榊をおし戴き、祖父は三宝を掲げ持ち、伯母はただ身を固くして、長い闇の廊下を歩んだ。家族は大階段の下までしか送ることを許されなかった。

火と水とを浄めただけでも、その夜の屋敷の空気は常とはまったくちがった、かんと澄み切った気に変わっていた。

恐怖と不安が晴れがましさに変わったのも、巫女の衣のせいではなく、神が依童に憑《かか》ったからだった。

回廊を巡って奥の障子を開けると、御神前に座蒲団を三枚も重ねて、狐憑きの少女が大あぐらをかいていた。乱れた絞りの裾が割れて、白い太腿《ふともも》が剝き出していた。

香奈の肉体に棲《す》む大狐は、いささかも動ぜずに神の使者たちを睨《ね》めつけ、野太い嗄《しわが》れ声でただひとこと、

「来ィたァなァァ」

と言った。

「それからしばらくのことは、何も覚えていないの。そこの御神前で、ヒゲのおじいさんとお狐様は向き合って座り、おもうさんが石笛《いわぶえ》を吹いた。私はただ、ちんまりと座ってただけ。長い長い大祓《おおはらえ》の祝詞を聞くうちに睡《ねむ》たくなって、その先は眠るでもなく醒《さ》めるでもなく、ゆらゆらと舟を漕ぎながら神様とお狐様の問答を聞いていた。問答といっても言葉じゃなくって、犬と狐の吠え合う声だったんだけれど」

子供らは蒲団の縁《へり》から目だけを覗かせて、御神前の闇を見つめた。

大人よりも清い伯母の肉体は、神が依代にたどり着くための装置――すなわち依童として使われたのであろう。

笛の名手であった祖父の奏でる古代の音曲に誘《いざな》われた神は、伯母の清浄な肉を通過して曾祖父に憑った。そして、犬と狐の吠え声にしか聞こえぬ問答が始まった。

「火と水のお浄めだけでは、大神様はおいでになれなかったの。お狗様では、お力が足らなかった」

長い問答の末に、伯母は骨を嚙み砕かれるような曾祖父の悲鳴を聞いた。

我に返ると、あおのけに倒れた曾祖父を祖父が介抱しており、香奈は何ごともなかったように座蒲団の上で体を丸め、すやすやと寝息を立てていたという。

やがて変事を伝えられた山じゅうの神官たちが、着のみ着のままで屋敷に駆けつけてきた。

口々に「御師《おし》さま、御師さま」と呼びながら、気を喪《うしな》った曾祖父をひきずっていった。彼らはみな神職としての修行を積んではいたが、偉大な験力を持つ者は曾祖父ひとりだった。

曾祖父はじきに息を吹き返したが、それからひと月ばかりの間は自室の牀《とこ》に就いたまま、神社に上がることもできぬほど憔悴していた。

「神様に勝った狐の怖ろしさといったら、それはそれは、どんなにありのままをしゃべろうとしたって、この目で見た者でなけりゃわかりゃしない」

伯母は伸ばした背筋を花のしおたれるようにして、深く溜息をついた。

言うにつくせぬありのままは、それなりに怖ろしかったから、私たちと同じ齢ごろに一部始終を見届けてしまった伯母の恐怖は、いかばかりであったろう。

その翌《あく》る朝の香奈は、べつだんどこも変わった様子がなかった。

家令と女中頭に添われて朝の体操をし、軽く散歩をしてから朝湯を使った。邪神に向き合う恐怖は同じであろうに、医者にも親にも見放され、ついには神力も及ばなかった少女を、おいたわしい姫とのみ信じて仕えねばならぬ彼らは気の毒だった。勝負がついたからには、屋敷の者は力及ばずと詫びさえすればよかったが、彼らは結果のいかんにかかわらず、香奈に仕え続けねばならなかった。

その時分は、身分のちがう主従がともに食事をしたり、ともに寝たりすることは許されなかったらしい。香奈は御神前で朝食をとり、家令と女中頭は話相手をしながら、そのかたわらにかしこまっていた。

見た目には何の異状もなかったのだが、朝食の膳が運ばれるとじきに、女中頭が青ざめた顔で台所にやってきた。

お櫃《ひつ》のおかわりをいただけますか、と女中頭はひどく言いづらそうに言った。

「おやおや、お二人のお膳もすぐにお持ちいたしましょう」

祖母は当然のごとくにそう答えたが、たちまちその顔は女中頭よりも青ざめてしまった。祖母ならずとも誰もが、従者たちは香奈に勧められて一緒に食事をとった、と思ったのである。だが、考えてみれば二人分の食膳はおろか、碗も箸もない。お櫃の中の飯は、ほんのわずかの間に香奈ひとりでべろりと平らげたとしか考えようがなかった。

小さな塗物のお櫃ではあったが、むろん過分の飯は入れてあった。

「さいですか。まあまあご飯が進むのは結構なことです。どうぞご遠慮なく」

祖母は気を取り直して、おかわりのお櫃を女中頭に渡した。ところが奥に戻ったと思うとじきに、それこそどこかに投げてきたとしか思えぬほどたちまち、また女中頭が空のお櫃を抱えて台所に現れたのである。

あいすいません、おかわりをいただけますか、と女中頭は同じことを言った。

そんな往き来をいくどもくり返して、香奈は一升の飯を食った。しまいには祖母が丁重に断った。

「ご飯はいくらでもございますけれど、お嬢のお体に障りましょうから」

香奈は納得したらしかったが、やがて下げられてきた箱膳を見て、家の者は二度驚いた。

玉子焼にも香の物にも箸は付けられていなかった。香奈は一升の飯と、味噌汁の具の油揚げだけを食っていたのだった。

伯母も姉も、さすがにそれからは香奈と遊ぶ気にはなれなかった。御神前から二階の一間に移された香奈は、姿を見せなかった。そして昼餉《ひるげ》にも、同様にして一升の飯を食った。

おやつの時刻になって、伯母が茶と菓子を届けた。姉は尻ごみをしたが、伯母は気の毒に思う気持ちがなかば、怖いもの見たさがなかばしてその役を買って出た。

大階段を昇る途中で、獣の臭いが鼻をついたという。犬や猫のなまなかな体臭ではなく、野生の獣が檻《おり》の中で放つ、ねっとりとした異臭だった。伯母は動物園になど行ったことはなく、山の上には牛馬も飼われてはいなかったが、捕えられた仔熊が檻の中で放つ臭いは知っていた。住みこみのコックが、とっておきの西洋料理をこしらえるために、獰猛《どうもう》な七面鳥を小屋で飼育していたこともあった。漂ってきた臭いはそれらに似ていた。

「ごきげんよう」

伯母が障子を開けるなり、香奈はそう言って、しごく円《まど》かな笑い方をした。どこも変わったところはないので、伯母は胸を撫で下ろした。しかし獣の臭いは座敷に満ちていた。

きのうとはちがう、青の地に白と黄の菊紋様を染めた振袖を着ていた。その色柄のせいで、香香奈の顔はきのうよりいっそう白く、まるで背にした床の間の違い棚が、細い頸を横薙ぎにしているように頼りなく見えた。

膝前におそるおそる湯呑を置いた。と、いまだ湯気の立つ熱い茶を、香奈はまるで冷や水でも呷《あお》るかのように一息で飲みほしてしまった。伯母はアッと声を上げたが、香奈は噎《む》せもせず咳《しわぶき》ひとつしなかった。

「お菓子はすずきが召し上がれ」

よほどそのまま退散しようと思ったが、円かな笑顔に炯々《けいけい》と輝く瞳に見据えられては、三つの饅頭《まんじゅう》をやみくもに頬張るほかはなかった。

香奈は細かな桟《さん》で仕切られたガラス窓ごしに、杉林のたたずまいとその向こうに豁《ひら》ける関東平野を眺めていた。そして、邪神に乗っ取られた体の、わずかに残された人の心で呟いた。

「私の着物は、すずきが着ておくれ。どれもこれも、姉様と仲良う分けてね」

香奈ははらはらと涙をこぼした。小さな顎の先から滴り落ちるほどの涙であるのに、拭おうともせず、しゃくり上げることもなかった。すでに咽《のど》も手も自由にはならず、人間の良心がただその涙だけにこめられているようだった。

伯母のたいそう上手な言い方を借りれば、その涙はたとえば冬の朝の軒端につらなる氷柱《つらら》のように、さやかにしめやかに流れ続けていた。

何をできぬまでも、せめてその顔を抱きしめて、涙を掬《きく》する勇気のないことを伯母は心から恥じた。

その涙と遺言とを終《つい》の砦《とりで》として、香奈は美しい肉体を邪神に奪われてしまった。

勝手口の板敷に据えられていた澤の井の四斗樽が、一滴余さず空になっていたのは翌る朝だった。

よその屋敷で神官たちの直会《なおらい》があり、手みやげの清酒を角樽《つのだる》に移しかえようとして祖父が四斗樽の栓を抜いたところ、中味はまるで舐めたかのように乾いていた。

樽のどこにも洩れた様子はなく、澤の井の丁稚《でっち》が四斗樽を御輿《みこし》のように山上まで担ぎ上げたのは、ほんの数日前のことであったから、酒がどこに消えたのかはすぐに察しがついた。

そこで祖父は、自室で寝こんでいる曾祖父と相談して、家令と女中頭に心ならずも苦言を呈することにした。

ご承知の通り、父の験力を以てしても抗しえず、かような仕儀と相成りました。当家も宿坊を預る神職でございますから、講中氏子の参詣をお断りするわけにも参りませんし、できうればきょうあすにも山を下られて、しかるべき病院にかかられることが上善と思われますが、いかがでございましょうか――。

私の祖父、すなわち伯母や母の父にあたる人は、曾祖父や歴代の当主のような格別の験力こそ持たなかったが、山麓の千人同心の家から婿に迎えられた、すこぶる教養のある、武士の威風を備えた人であった。

その申し出を受けると、家令はいったいどのように言いつかっているのか、ひどく困惑した様子を見せて、何度となく山頂の社務所に登って電話をかけ、ついに結論を見出せずに「御前《ごぜん》と直々にご相談をしなければ」と言って山を下りてしまった。

あとには日がな泣いてばかりいる女中頭と、なぜか厠《かわや》にも立たずに、宙の一点を見据えたまま動かざる雛のようになってしまった香奈だけが残された。

温厚な性格の祖父が憤りをあらわにするのは珍しいことだった。

敗れたとはいえ、おもうさんはやるだけのことはやったのだ。その勝ち負けはともかくとしても、可愛い娘を他人様の屋敷にうっちゃったままにしておくというのは、同じ人の親として許し難い。もし引き取らぬというのなら、紹介人を煩わせるほかはあるまい。それでもどうにもならぬというならば、内務省にでも宮内省にでも出向いて訴える。何様だかは知らぬが、畏くも天皇陛下から幣帛《へいはく》を賜って皇祖皇宗をお祀りする官幣大社の宮司は、凡俗の閣下と呼ばれる人の下《しも》に立つほど安くはあるまい。

祖父のそうした憤りは、子供心にも正当に思えた。伯母はお狐様よりも、香奈を捨てた父母という人が憎くてならなかった。

伯母は明治の末年の生まれであったから、大正のなかばごろの話である。だとすると明治維新から半世紀ばかりしか経っていない時分のことで、神道は国教として大切にされてはいたものの、かつて徳川将軍家の庇護を受けていたこの神社が、官幣大社の中でも多少の偏見を受けていたであろうことは想像に難くない。

祖父の憤りには、その忿懣《ふんまん》がこめられていたかもしれぬ。ましてや祖父は、徳川の直臣ともいえる千人同心の出自であった。

そうこうするうち、四斗樽の酒を平らげた狐は、次の晩には大甕《おおがめ》の水を飲みほした。

夜更けに「お水ちょうだい」と囁く声がするので、祖母が襖ごしに「水ならお勝手で好きなだけお飲みなさい」と答えると、やがて大甕に流れ入る懸樋《かけひ》の水音が変わった。

はて、また何か悪さをしていやしないかと気を揉んで起き出してみると、風呂でも沸かせそうな大甕がからっぽで、懸樋の水がからからと底を叩いていた。

祖母は思わず悲鳴を上げた。人の気配に振り返ってみれば、振袖をぞろりと着た香奈が、濡れ髪を振り乱して佇んでいた。

「おいしゅうございました。ごちそうさま」

祖母は二度悲鳴を上げ、その瞬間から朝までの記憶を喪ってしまった。

そのまた次の晩には、さらなる怪異が起こった。もう悪さはさせまいと家族は居間にも台所にもしんばり棒をかけたうえに、狗神様のお札で封印をした。

夜中にうろうろと歩き回る足音を聞いたが、しんばり棒はともかくお札は効いたとみえて、香奈が引戸に手をかけた様子もなかった。

ところが、朝になってみるとあろうことか蔵の錠前があらざる力で引きちぎられ、置かれていた胡麻油の一斗樽が、いかにも一息で飲みほされたように転がっていたのである。

その有様を見て、祖父と祖母はこのさき何をされてもふしぎはないという不安にかられ、寝起きもままならぬ曾祖父に意見を求めた。

「帰そうにも帰す家がなし、わしもこうなってしまったのでは打つ手もない。不憫《ふびん》だがお札は効くようだから、夜は動けぬようにしてしまうほかはあるまい。火でもつけられてからでは悔やみようもないからな」

　哀れなことに、その夜から香奈は座敷に狗神の封印を施され、のみならず両足と膝と足首で、両手は胸前にかざしたまま紐でくくられて、夜具の上にはお札を並べられてしまった。がんじがらめである。

　お狐は香奈の体内に宿ったまま、身じろぎもできなくなった。女中頭はなかば呆《ほう》けてしまって、やはり障子に封印を施された次の間に蹲《うずくま》ったまま泣き続けるばかりだった。

　風の凪《な》いだ、屋敷を繞《めぐ》る杉林のそよとも動かぬ、山上では珍しいくらいの蒸し暑い晩だった、と伯母は切絵のような絽の肩をこころもちすぼめて、その夜の出来事をありていに語り始めた。

　それはすでに寝物語ではなく、今さら告げるあてもない懺悔《ざんげ》をひとりごつように聞こえた。


「昔は人の命が軽かった。悪い病気だの戦争だので、きちんと天寿を全うする人のほうが少なかったからね。とりわけ子供は育たなかった。私の兄弟姉妹だって、ほんとは十三人もいるんだけど、大人になったのは八人きりなの。おまえたちのおとうさんおかあさんだね。あのお嬢にも大勢の兄弟姉妹がいたんだと思う」

　私は母の兄弟姉妹が正確に何人なのか知らなかった。訊ねるたびに数が変わるからである。むろん祖父に庶子がいたわけではなく、答える人々が夭折した兄弟を数に入れたり入れなかったり、死産や流産をした不幸な子供までを算《かぞ》えたり算えなかったりするからだった。そのうえ、女たちは十代から四十代に至るまで夥《おびただ》しい子を産み続けるから、世代が錯綜してしまって、たとえば伯母よりも齢の若い大伯父などもいた。これではいったい誰と誰が母の兄弟姉妹であるのか、子供の頭ではよくわからない。

夜が更けるほどに、大広間をぐるりと繞った雨戸の向こうから、得体の知れぬ鳥獣の叫び声が聞こえてきた。

「そうだねえ。子供の命は安いどころか、もう大丈夫という齢にならないうちは、人間だと思われてなかったんじゃなかろうか。可愛いことは可愛いけど、いつ何どき風邪をこじらせたりお腹をこわしたりして死んでしまうかもわからないから、犬か猫みたいに可愛がられてたんじゃないかと思う。そうでなけりゃ、次々に子供に死なれる親は身が持たないからね。つまり、おまえたちはまだ人間じゃないんだ」

伯母のその声を聞いたとたん、香奈という薄幸の少女が急に他人とは思えなくなった。それまでの話の中では恐怖の実体にほかならなかった香奈が、身近な人というよりさらに、自分自身のように思えてきた。

私の魂は覗き見る障子の穴をくぐり抜けて、夜具に縛りつけられた少女の体内に宿った。

「もしたくさん飼っている犬や猫のうちの一匹が、世間を憚るような病気にかかったとしたら、そしてお医者さんにも匙《さじ》を投げられてしまったとしたら、人を使って山の奥に捨ててこさせることも、あながち非人情とは言い切れない。だからおまえたちも、食べ物の好き嫌いを言ったり、危ない遊びなどをしちゃいけないよ。親が病人よりも持て余すような、悪い子供になってもそれはおんなし」

伯母は明晰な人だった。恐怖譚の底に隠された寓意を、伯母はそんな言い方で鮮かに引きずり出し、子供らの胸に自省の誓いを立てさせたのだった。

「あの夏の晩のことは、忘りょうにも忘られない」

伯母の話は、身の毛もよだつ結末を迎えようとしていた。

お札で封印された座敷の障子に穴をあけて、伯母と姉はたしかに哀れな姿を見た。

香奈は夜具の中で身じろぎもできぬまま、呪わしい、低い唸り声を上げ続けていた。かろうじて動かすことのできる両腕は、手首を帯揚《おびあげ》で細結《こまむす》びされていた。蒲団から抜き上げられて虚空を摑むその手の白さは、まるで百目蠟燭《ひやくめろうそく》が闇に躍る手品でも見ているようだった、と伯母は言った。

そうした姿になるまでには、よほど大人たちの手を煩わせたのであろうか、肩までたくし上げられた着物は寝巻ではなく、白地に赤い小紋を散らした振袖だった。その長い袂《たもと》は、二の腕のもがきなどお構いなしに蒲団の両脇に流れ出て、青畳の上のお花畑になっていた。あるいは――香奈の体の中で思うさま成長した大狐が、ついに七彩の大きな翼を持ったかのようにも見えた。

気の毒には思ったが、少女たちに何ができるわけもない。そこで伯母と姉は、蒸し暑さを少しでも和らげてやろうと、畳廊下のガラス窓をいっぱいに開けた。

杉の大樹に囲まれた夜空は狭い。月あかりは森の高みをかすめるばかりで、井戸の底から見上げるような小さな空には、黒漆に蒔《ま》かれた金銀の粉のように星々が輝いていた。

その円い星窓の光だけで、長屋門の瓦も、晩《おそ》い躑躅《つつじ》の咲く前庭も、青白く浮き上がっていた。

この山のこの夜の、遍《あまね》くあちらこちらには八百万《やおよろず》の神々が坐《いま》すはずなのに、どうして一匹の狐が退治できないのだろうと伯母は思った。

何人もの弟や妹たちが、物心つかぬうちに、あるいは日の目も見ずに死んでいったことを伯母は思い出し、この世に邪悪なものは数知れずにあるが、それを調伏する力など実は人間にも神様にもないのではないかと疑った。

振り返って障子ごしに、「カナさま、がんばって」と励ましたが、返ってきた声はすでに少女のものではなく、獣の唸りと奥歯の軋《きし》りだけだった。

もういちど、怖いもの見たさで障子の穴に片目を寄せた。とたんに腰が抜けた。

香奈は絞《くく》られた両手の指先で掛蒲団の襟を破り、綿を掴み出してはむしゃむしゃと食べていたのだった。

蒲団は賓客のための羽二重で、中味は絹の真綿だった。だからそれらは闇の中をかろがろと舞って、座敷を時ならぬ雪の晩に変えていた。

伯母をおしのけて障子の穴を覗きこんだ姉は、気丈にも、というかむしろ動顚《どうてん》して、「カナさま、おいしゅうございますか」と訊ねた。

綿を含んだ低い声が答えた。

「おいしいはずはない。もっとおいしいものが食べたい。おいしいものをくやれ」

二人は畳廊下を這い、大階段を転げるように下りて、何ごとかと問い質す父母に訴えた。

カナさまはとてもお腹をすかしてらっしゃるから、ごはんでも油揚げでもさし上げて下さい、と。

祖父は切なげに答えた。腹をへらしているのは人ではなく、お狐様なのだよ。人にとり憑く狐は悪者なのだから、どんなに怖ろしくてもお供えなどしてはいけない。そんなことをしようものなら、おもうさんは明日から神様に合わせる顔がなくなってしまう。

「だっておもうさん、その神様だってカナさまに何もできないじゃないの」

姉は言い返した。すると祖父は、姉の頬をぱしりと叩《はた》いた。日ごろ子供らにはたいそう甘い父親であったから、伯母も姉も驚いて声を喪った。

「何でもかんでも神様に頼ろうとしてはいけない。人のできぬことは、神様にだってできはしないのだ」

神官にあるまじき言葉をさらに質そうとしなかったのは、伯母も姉も幼いなりに、父の苦労を察したからだった。子供らが死ぬたびに、父はわが手で弔いをし、わが手で葬らねばならなかった。

名もなきまま逝《い》った子供を送るときなど、父は近在の人々にもわからぬように遺体を糠《ぬか》袋か何かのように抱いて、尾根続きの奥城《おくつき》に埋めに行った。せめてともに弔おうと後を追う子供らを叱りつけ、疲れた作男《さくおとこ》のように背を丸めて、父は坂道を下って行った。

神の山では、死は悲しみよりも穢《けが》れだから、神に仕える父はその穢れをひとりぼっちで抱きしめねばならなかった。

伯母と姉はそうした父の心を慮《おもんぱか》って、今しがた二階座敷で見たものは忘れることにした。

牀に入り、姉と抱き合って寝たのだが目は冴えていた。春の遠足の思い出や、ときどき父母に連れられて行く立川や青梅《おうめ》の町のたたずまいや、じきにやってくるいとこはとこの顔などを思いうかべて、何とか睡気を誘おうとした。姉もなかなか寝つけぬとみえて、輾転《てんてん》と体を動かし続けていた。

ようよう微睡《まどろ》みかけたころ、屋敷の中に金切声が上がった。時を憚らぬ足音が枕を動《ゆる》がした。

伯母と姉はたちまちはね起きて寝間から飛び出したが、家の中は子供らなど目に入らぬほど混乱していた。

二人は廊下を駆け抜けて、裏階段から二階に上がった。案外なことに、駆けつけた人々はみな、畳廊下やら次の間やらに、声もなく悄然と佇んでいた。女中頭の泣き声だけが、抑揚のない一管《いっかん》の笛の音のように、しめやかに鳴っていた。

人々の背のうしろから、伯母は開け放たれた座敷を覗き見た。

蒲団の綿を食いつくした香奈は、絞《くく》られたおのれの両手の、手首までをきれいに食ってしまっていた。血の海の中に仰向いたまま、はたして死んでいるのか生きているのかもわからなかった。

曾祖父が大階段を昇ってきた。

「見てはならない」

二人の孫を寝巻の腰に抱き寄せて、曾祖父は言った。

それから何を思ったのか、曾祖父は二人を連れて大階段を下り、廊下の雨戸を引き開けて星あかりの庭に出た。

庭は白沙《はくしゃ》でも敷きつめたようにしらじらと静まっており、競い立つ千年の杉の彼方には小さな星空が窓を開けていた。

曾祖父は何も言わず、ただ二人の孫を両手で抱き寄せて、真白な顎鬚を夜風に靡《なび》かせていた。

やがて二階の窓から、夜目にも彩かな銀色の光の塊がすべり出て、井戸の底のような闇をまっすぐに翔け上がって行った。

あとには蕭々《しょうしょう》たるしじまが残るばかりだった。

「その光が、カナさまの魂だったのか、それともお狐様だったのか、私は知らない。話はこれでしまいだよ。おやすみなさい」

子供らは夜具の中で、おやすみなさいと答えた。

伯母は背を伸ばしたままからくりのように立ち上がり、首だけを俯《うつむ》けて大広間から去って行った。


思えば私はこうした里を持ったおかげで、敬神の心はあるが怪力乱心の類いは一切信じぬ、つまらぬ人間になった。

そのかわりしばしば他人の幸不幸を言い当てて驚かれるのだが、もしそれが血の中に伝えられた能力であったら気味が悪いから、なるたけ口にせぬようにしている。

むしろそんなことよりありがたきは、意味もわからずに聞かされ続けていた、祝詞やら祓詞《はらえことば》の記憶であろう。それらはおそらく太古の言霊《ことだま》となって、今も胸の奥底に鎮《しず》まっている。

たとえば書紀に曰《いわ》くこの一文を思い起こすとき、私はその言葉の美しさに陶然として、まるでおのれが天照大神の命を受けて天下る、瓊瓊杵尊《ににぎのみこと》になった気分になるのである。まさしく傲慢無礼、これに如《し》くはないが。

豊葦原《とよあしはら》の千五百秋《ちいほあき》の瑞穂《みずほ》の国は
是《こ》れ吾《あ》が子孫《うみのこ》の王《きみ》たるべき地《くに》なり
宜しく爾皇孫《いましすめみま》　就《ゆ》きて治《しら》せ
行矣《さきくませ》　宝祚《あまつひつぎ》の隆《さか》えまさむこと
当《まさ》に天壌《あめつち》と窮《きはま》りなかるべし

神《かむ》上《あが》りましし伯父

小学生のころ伯父が死んだ。

父と離別したあと、二人の子を抱えて苦労していた母が恃《たの》みとしていた兄である。その伯父は奥多摩の山中に鎮《しず》まる神社の神官を務めていた。つまり私の体には、遥かな昔から神に勤仕《ごんし》してきた祖先の血が、半分流れている。

下町の貧しいアパートに電報が届けられる前に、私は伯父の死を知っていた。寒い冬の朝が、いまだ明け初《そ》めぬ時刻だった。

私の名を呼ぶ声に目覚めて、そっと寝床から脱け出た。

がらんとした広い廊下の左右に、独房のような扉の並ぶ古アパートだった。

囁《ささめ》くような声は、廊下の中ほどにある内階段の下から聞こえてきた。こんな朝早くに、どうやって伯父は来たのだろうと思った。満州事変から長く陸軍におり、復員して神職を継いだ伯父は、兵営と祝詞《のりと》で鍛えられたせいなのか、いくらか人間ばなれのした、大きくて澄明な声を持っていた。

私は手すりのすきまから顔を出して、階下を覗きこんだ。アパートの内階段は小学校のそれのように広くて、踊り場もあった。

「シーッ。まだみんな寝てるから」

と、私はほの暗い階段を見おろして言った。だが伯父の声は委細かまわず、闇の底からまた朗々と私の名を呼んだ。

階段には豆電球の常夜灯がついているばかりで、かわたれの光は一条も届いていなかった。黒々と油のしみた床を軋《きし》ませて、伯父が上がってきた。私は変事を知った。

伯父は神主の衣冠を身につけており、その衣は忌色《いみじき》とされる鼠色であった。のみならず、両手でうやうやしく捧げ持っているものは玉串でも幣帛《へいはく》でもなく、白い布に被われた箱だった。

浅沓《あさぐつ》を鳴らして、伯父は半歩ずつ階段を昇ってきた。そして踊り場で私に向き合い、顔を上げてにっこりと笑った。

伯父は五十をいくつか出たくらいの壮年で、体も頑健だった。だからあまりにも意外だったのだけれど、私はそのときはっきりと伯父の死を悟った。齢《とし》の離れた妹が心残りで、魂魄《こんぱく》が別れを告げに来たのだった。

「おかあさんに、会っていって」

私は懇願した。伯父は階上の私を見上げたまま、静かに頤《おとがい》を振った。

「どうしてさ。せっかく来てくれたのに」

伯父は黙ってほほえむばかりだった。それから、また白い箱を捧げ持ち、浅沓を鳴らし、鼠色の衣をざわざわと音立てて、階段を下りていった。

私にはわからなかった。どうして伯父の魂はここまで訪《おとな》いながら母には会おうとせず、二人の甥のうちの私だけを選んで別れを告げたのだろうか。

その答えを得たのは、何年かのちである。常にではないがときどき、私には見えざるものが見え、聞こえざる声が聞こえるのだと知った。とりわけ人の生き死にかかわることについては勘が働くことも。

伯父の魂はあの朝、永訣を告げるために訪うてくれたのだが、母や兄に会っても仕方がないと知っていた。だから見えざるものの見える私ひとりを呼び寄せて、無言の対面をしたのだった。

厳格で口やかましいばかりではなく、伯父は潔い人だった。


けっして夢まぼろしとは考えず、伯父の死を確信した私は、たちまち部屋にとって返して蒲団《ふとん》に潜りこんだ。まんじりともせず朝を迎えて、朝食の卓袱台《ちゃぶだい》を囲んでも口には出さなかった。母も兄も、塞《ふさ》ぎこむ私の体を気遣ってくれた。

そうこうしているうちに電報が届いたのだった。母は取り乱した。

「山のにいさんが倒れたって。すぐ行かなけりゃ」

山、というのは、つまり実家のことである。母の里は海抜一千メートルの山顚《さんてん》にあったので、そう呼ぶのが一族の習いだった。

母は電報を握って公衆電話へと走った。長距離通話が直通回線で結ばれていなかった時代のことだから、どこか近所の知り合いの電話を借りたのかもしれない。

「ケーブルの下まで救急車がきて、青梅《おうめ》の病院に入院したっていうから、大丈夫よ。あんたらは学校に行きなさい。おかあさんはお見舞いに行ってくるからね」

部屋に戻るや母はそう言ったが、私は信じなかった。伯父は私に別れを告げたのだった。実家が希望的な解釈をしているか、母が私たちを心配させまいとして嘘をついているか、どちらかだと思った。

伯父はすでに死んでいるのだ。あるいは余命を保ったまま、魂が飛んでしまっているのだ。咽《のど》元《もと》まで出かかった未明の出来事を、私はすんでのところで呑み下した。

「よかったねえ、おじさん。命に別状なくて」

と、中学生の兄が言った。学校の成績がとてもよい兄だが、私のように勘働きはしなかった。


登校しても私は塞ぎこんでいた。朝の体操も授業もうわの空だった。

伯父が死んでしまったことも悲しかったが、いつ職員室に電話がかかってくるだろうと思うと落ち着かなかった。今はどうか知らないが、血族の関係が緊密であったあのころには、三親等の親類の不幸にも忌引《きびき》するのは当然だった。

さんざやきもきしたあと、訃報がもたらされたのは午後だった。

母からの言伝《ことづ》てによると、明日中に青梅の町で遺体を荼毘《だび》に付し、お骨を山に上げてあさってが通夜、しあさってが葬儀、ということだった。

「お具合が悪かったんだね」

担任の教師は言った。そのせいで私が朝から塞ぎこんでいた、と思ったのだろう。まあ、当たらずとも遠からずだが、正しくは伯父の体を気遣っていたわけではなく、訃報を待っていたのだった。

当時は離婚そのものが少なかったし、ましてや女手ひとつで子供らを育てることのできる社会環境ではなかった。そのぶん私は特殊な子供だった。

担任教師には何でも相談することができたのだが、さすがに未明の出来事を口には出せなかった。敬虔《けいけん》なクリスチャンである彼ならば、霊魂の存在を信じているだろう、とは思ったのだが。

私が年齢とともに孤立感をつのらせていったのは、家庭事情のせいではない。見えざるものが見えるということに気付き、その力がいや増してくるほどに、社会との正しいかかわりを保てなくなったのだった。

だから私は今でも、そうした力を職業とする人々を信じない。獲得したものであれ備わっていたものであれ、本人は怖くて仕様がないはずだからである。

あるべきものがないのは不幸だが、ないはずのものを持っていることは、もっと不幸だった。

武蔵御嶽山《むさしみたけさん》という霊山を、どれくらいの人が知っているだろうか。

字面《じづら》からすると、多くの人は「オンタケ」と読み、沖縄が大観光地となった今では、「ウタキ」と読む人があるかもしれない。

本来は霊山そのものを表す「御嶽」という尊称のみがあったのだろうが、たぶん木曽の御嶽《おんたけ》と混同せぬように「ミタケ」と読み、さらに「山」を重ねて区別するようになった。「武蔵」の国号を冠するのも、理由は同様であろう。

そもそも木曽の御嶽とは縁もゆかりもない。細長い東京都の西の端の、奥多摩の山中に太古から鎮座する神社があり、母の実家は代々その山上で、神官を務めるかたわら宿坊を営んでいた。ここが東京都内だと言われても、俄かには信じられぬほどの仙境である。

先祖は徳川家康の関東入封を先達した熊野の修験《しゅげん》と伝えられ、幕命によって御嶽山に上がってから、伯父で十九代を算《かぞ》えるという話であった。

社伝によれば第十二代景行天皇の御代、日本武尊《やまとたけるのみこと》御東征の折に山上に武具を蔵したため「武蔵」の国号が起こり、神社の草創となったそうである。つまり神代の昔からの歴史を持つのだから、私の祖先などはむしろ「新参者」なのであろう。

ただし、家康の先達を務めたほどであるから験力《げんりき》はたしかで、以来その力を用いた鎮魂術や狐払いの秘法などが家伝されてきた。私の祖父は入婿であったから験力を持たなかったが、曾祖父が目の前でさまざまな秘儀を行うさまを、私の母はよく記憶していた。

伯父の訃報がもたらされた翌《あく》る日、私と兄は御嶽山へと向かった。

祖父も曾祖父も長命であったから、伯父の不幸はまったく思いがけなかった。跡とりの長男は、まだ國學院大学の神道学科に学んでいた。

立川駅のホームには、駐留軍の米兵の姿が目立つ時代だった。青梅線は多摩川の渓谷に沿って走った。山麓の御嶽駅で降りてからバスとケーブルカーを乗り継ぎ、さらに爪先上がりの参道を三十分も登りつめたところが母の実家だった。

電車の中で思いついたことがある。

伯父の遺体は青梅の町で荼毘《だび》に付され、遺骨を山上に持ち帰って弔いをする。だが、山にはもともと火葬の習慣がなかった。代々の祖先はみな稜線の奥城《おくつき》に土葬され、私が物心つかぬうちに亡くなった祖父ですら、例外ではなかった。

しかしさすがに、昭和三十年代のなかばすぎともなれば、山下の病院で人が死ぬようになったせいか、あるいは何か法律のようなものができたのか、伯父は歴代の当主の中で初めて遺体を焼くことになった。

立派な神官の姿で別れを告げにきた伯父が、身なりにふさわしい玉串でも幣帛でもなく、白い布に被われた箱を捧げ持っていたことを思い出したのだった。かつて例のなかった骨箱を抱いて、伯父の魂は私に告別したのだと知った。

その日の御嶽山は格別に寒く、鬱蒼《うつそう》たる杉の森は凍えついて、氷のかけらを散らしていた。


ところで、私は壮健だったころの伯父に、死の予兆を見たことがあった。

前年の夏であったろうか。私は屋敷の表廊下に腰を下ろして、ぼんやりとしていた。空は昏れなずんでおり、蜩《ひぐらし》の声がカナカナと、杉木立のあちこちから聞こえていた。

狭苦しくてせわしない都会の暮らしでは、子供が何もせず何も考えずにぼんやりとすることなどありえない。だが、休みのたびに母の里を訪ねると、私はしばしばそんなふうに放心した。まるで、山中に遍満するいたずらな神々の仕業のようだった。

廊下の前の掲庭《つきにわ》は、林間学校の一学級が朝の体操をするくらい広かった。その先に多摩の豪農が寄進したという立派な長屋門があり、重い門扉を開くと神社に続く杉木立の径《みち》が延びていた。

私は何を思うでもなく、まるで映画のスクリーンのように切り取られた四角い門口を見ていた。もしかすると、会社帰りの父を路地で待つように、神社の勤仕《ごんし》から戻る伯父を待っていたのかもしれない。父とは年齢もちがうし、似たところは何ひとつなかったけれど、謹厳で子煩悩な伯父は私にとって理想の父性だった。

たそがれが落ちてきた。伯父が神社から戻るまでは、屋敷をぐるりと繞《めぐ》る回廊の雨戸を閉《た》てはならなかった。

ふいに小径の先から、二頭の犬が歩いてきたのである。雪のような白と、夜のように黒い大きな犬だった。

（ア、お狗様《いぬさま》）

と、私はさほど驚くでもなく思った。東征の折に道に迷った日本武尊《やまとたけるのみこと》を、黒と白の二頭の山狗が導いたという伝説があって、御嶽山には今も「お狗様」の実見譚が絶えなかった。噂の真偽はともかくとして、私はお狗様が実在する動物だと信じこんでいたから、鹿や猿を見かけたのと同様に、珍しいとは思っても怪異とは感じなかったのである。

関東一円に広く知れ渡る御嶽山の護符といえば、「大口眞神《おおくちのまがみ》」と書かれたお狗様の御札で、運よくその絵のモデルに出会ったと思ったのだった。

お狗様は門前に並んで立ち止まり、しばらく私を見つめた。それから杉木立に付けられた屋敷裏の急坂に、躍りこむようにして消えた。

するとじきに、白の浄衣《じょうえ》に浅葱色《あさぎいろ》の袴《はかま》を着けた伯父が、神社から戻ってきたのである。

「おじさん、今、お狗様がね」

と、私は伯父がたどってきた小径を指さして言った。口髭を撫でつけながら、伯父は門を振り返った。

「おじさんのすぐ前を歩いてきたじゃないか」

とたんに伯父は、ぎょっと目を剝《む》いた。

「おまえ、見たのか」

「うん。白と黒が、そこの石段を下りていったよ」

伯父は門の外に引き返して、昏れなずむ森に目を凝らし、それからどこに向き合うでもなく厳かな拝礼をした。柏手が蜩の声を縫って、山々に谺《こだま》した。

神の使者であるお狗様が、不吉であろうはずはない。だが、私たちが怖れる死を、「神上《かむあが》りましし吉事」ととらえるならば、お狗様が伯父にまとわりついていたことも理屈に合う。

表廊下に私と並んで腰を下ろし、伯父は声をひそめた。

「今の話は誰にも言うんじゃないよ」

「どうして」

「お狗様を見たなんて言ったら、罰《ばち》が当たる」

「見た人はみんなしゃべってるよ」

「本当は誰も見てやしないんだ。嘘なら罰の当たりようもないが、おまえは見たんだから、しゃべれば怖いことになる。いいね」

おそらく伯父は、あのとき運命を悟ったのだろう。家族が気を揉まぬよう、私の口封じをしたのだと思う。

伯父に家伝の験力が備わっていたかどうかは知らない。すでに鎮魂術や狐払いの罷《まか》り通る時代ではなかった。だが、養子であった祖父にそうした力がなくとも、祖母の血を通じて伯父にそれがもたらされていたと、考えられなくもない。むろんその伝でいうなら、母を経由して私の中にその血が享《う》け継がれていたとしても、ふしぎはないのである。

伯父には二人の姉と五人の弟妹があった。だからその時分は、夏休みともなれば大勢の甥や姪がそれぞれの親に連れられて里帰りをし、広い屋敷は賑やいだ。

だがなぜか、私には伯父と二人きりになった記憶が多いのである。それもたいがい、何を語らうでもなく、関東平野を一望に見はるかす東向きの回廊やら、湯殿に渡された懸橋の上やら、星の降る庭先やらで、二人してただぼんやりとしていたような気がする。

とまれ、私がお狗様を見た年のその冬のうちに、伯父は何ひとつ言い遺すでもなく、まるで見えざる力に搦《から》め取られでもするように死んでしまった。

私と兄が屋敷に着いた日の夕刻、伯父は骨になって帰ってきた。まだ葬祭の仕度もおえぬあわただしさの中であった。

人々にさほど嘆き悲しむふうがなかったのは、その死があまりにも突然だったせいだろうか。それとも、神道における死は寂滅でも喪失でもなく、神上りにほかならぬからだろうか。

そのかわり人々は、遺体が焼かれ、骨になって帰ってきたことを口々に悔んでいた。

参会者は玄関の式台や廊下にかしこまって、葬列の到着を待った。有線電話がしきりに鳴り、今どこそこを通ったという連絡が入った。家の者が廊下を走り回って、屋敷中にそれを伝えた。山上には地名がなく、参道に沿って建ち並ぶ三十数家の神職の雅《みやび》な屋号が、そのまま座標を示した。だから山で生まれ育った人か長く住む人でなければ、葬列の位置はわからなかった。

軽い骨箱だからと言って、さっさと登ってはならぬ。棺桶を上げるのと同じだけの時間をかけて、葬列はゆっくりと帰ってきた。

待つことに飽きてしまった私は、厠《かわや》に立ったあと駒下駄をつっかけて外に出た。屋敷は真白な霧に包まれていた。

参道が「霧の御坂《みさか》」と称されるくらい、御嶽山は霧の名所である。背後に大嶽山《おおだけさん》や御前山《ごぜんやま》が聳《そび》え、その先はさらに雲取山や大菩薩《だいぼさつ》の嶺につらなる地形のせいであろうか、夕方には季節にかかわりなく、まるで白羽二重《しろはぶたえ》のように濃密で光沢のある霧が、しばしば山をくるみこんだ。

御坂に続く裏門の石垣に屈みこんで、私は葬列を待つことにした。じきに森の底から、姿は何も見えないのだが、榊《さかき》を払う音や多くの衣ずれが聞こえてきた。

やがて霧の中に現れた、思いもかけぬ葬送の姿に私は息を呑んだ。

神官たちはみな黒い烏帽子《えぼし》を冠《かぶ》り、忌色の斎服を着ていた。彼らは榊やら御幣《ごへい》やら笏《しゃく》やらを捧げ持って、まるで霧から生まれ出るように、ひとりずつ唐突に私の目の前を過ぎていった。

それはかつて私の知る葬送のかたちとは、あまりにも異なっていた。いや、かたちばかりがちがうのではあるまい。やはり神の山里には、私たちが日ごろそうと信ずる死の概念そのものが存在しなかった。伯父は死んだのではなく、神になったのだった。

葬列はしめやかにゆっくりと、霧から生まれまた霧の中に消えていった。女の姿はひとつもなかった。

弓を手挟《たばさ》み、箙《えびら》を背負うた神官が通り過ぎた。そしてそのあとから、伯父の骨箱がやってきた。それを抱いていたのは、私も顔を見知っている山上の神職だった。昔から嫁婿のやりとりをしている血縁の屋敷の当主である。本来ならば若い神主たちが棺桶を担ぐところを、ひとりが抱くのではそれなりに近しい人でなければならなかったのだろう。

その神官は、私に別れを告げにきた伯父とそっくりの格好で、厳かに骨箱を捧げ持っていた。そしてむろん、その骨箱は白い霧の中にも抜きん出て白い布に包まれていた。

伯父は骨になって帰るこの有様を、あらかじめ私に示したのだった。しかしそれを報《し》らせて何の意味があるのだろうか。

意味はじきにわかった。

葬列が過ぎて行ったあと、少し間を置いて伯父が現れたのである。ほかの神官たちと同じ斎服を着ていたから、すぐにそうとはわからなかったが、やはり生者と霊魂とでは身にまとう空気が異なっていた。

葬列の神官たちは私を一顧だにしなかった。だが伯父は、笏を捧げたまま悲しげに私を見返った。それで心が通じた。幼い子らを遺して死するは無念だが、神上るのだから文句は言うまい。だが、骨になるのは情けない、と伯父の心が訴えたのだった。

けっして頑迷なばかりの人ではなかった。むしろ新しもの好きな人であったから、時代にそぐわぬ土葬の慣習にこだわったわけではあるまい。

山に生まれ、神に仕え、土に還る、という祖宗の長くくり返してきたいとなみが、自分の代に覆ることを、伯父は悲しみ、かつ恥じたのであろう。

伯父の魂は骨箱のあとを追うようにして玄関に消えた。当主の帰宅を告げる忍び太鼓が、低くどろどろと伝わってきた。

やがて霧の中から、女たちが現れた。

長く近親婚がくり返されたせいか、彼女らはおしなべて美しく、厚い森に陽光を阻まれて育った肌はどれも透けるような白さであった。そうした女たちが喪服の褄《つま》を取り、脛《はぎ》をこぼして霧の御坂を登ってきた。

裏門の石垣のきわに私を認めて、母はきつく叱った。私なりの言い分はあったが、まさかおじさんに呼ばれて迎えに出たもあるまい。

どこの家だって次男坊はやんちゃなものだよ、と伯母のひとりが私を庇《かば》ってくれた。

屋敷は途方もない広さだった。

もともと大人数の講中《こうじゅう》を泊める宿坊であるから、一階は百畳余りの大広間を回廊が繞り、あちこちの階段を昇れば半間幅の廊下の左右に、唐紙で仕切られたたくさんの座敷が並んでいた。

夏休みに親類の子らが集まっても、屋敷内で隠れん坊は禁忌とされていた。何でもその昔、どこかに隠れたまま行方しれずになった子供があったらしい。天狗《てんぐ》の仕業にするまでもなく、それくらい危ういほどの広さだった。

大広間の西の隅には、ガラスの大扉《おおど》を隔てた立派な神殿があり、「御神前《ごしんぜん》」と称されていた。伯父は毎日、朝早くに御饌《みけ》を誂《あつら》えて御神前に進め、厳かな神事を執り行った。

その神聖な座敷の大扉の前に、祭壇が設《しつら》えられた。

通夜は翌《あく》る晩であったと思う。不便な山上であるうえ、講社講中は関東一円に分布しているので、きょうあすにさっさと済ますというわけにもいかなかった。

伯父の遺骨が屋敷に戻った日は、夜遅くまで臨時のケーブルカーが出て、会葬者たちを山に上げた。通夜の当日は早朝から徒歩で登山する人々もあった。南の五日市や檜原《ひのはら》からなら、電車やバスを乗り継いで大回りするよりも、養沢《ようざわ》沿いに険阻な山道を登ったほうが早かった。

そのようにして、いったいどれくらいの人が集まったのだろう。大広間もたくさんの客間も、すべて喪服の参会者で埋まり、廊下や大階段に座りこむ人もあった。そして神道における死が、悼むばかりではなく神上りを祝う儀式だと知っている彼ら氏子たちは、飲み食いしながら陽気に語らった。

特別な客が訪れたのは通夜の日の午後であった。

折しも冬陽が翳《かげ》って小雪の舞う中を、シルクハットを冠った正装の紳士が二人、従者や巡査を供連れにしてやってきた。屋敷の賑わいは嘘のように鎮まり、みなが廊下に向いて低頭した。

先を進むひとりは、宮内庁から差遣された使者であった。勅使と呼ぶべきかどうかはわからぬが、旧官幣大社《かんぺいたいしゃ》の宮司であった伯父に対し、天皇陛下から銀盃が下賜《かし》されたのだった。使者は紫色の袱紗《ふくさ》を捧持していた。

その後に続くのは賞勲局の役人であった。多年にわたり民生委員を務めた功労により、勲位が遺贈されたのだった。

酔った老人たちが、声をひそめて噂した。

「御師《おし》さんは支那事変に出征して、たいそうな手柄を立てたんだ」

「おうよ。金鵄《きんし》勲章もいただいたらしい」

「戦に負けちまって、今さらそうとも言えねえもんで、民生委員てえことだの」

「勲七等と言やァおめえ、軍曹が少尉殿に特進したってことじゃあねえんか」

「そうにちげえねえけんど、終戦から十五年も経っちまやァ、ほかの理屈をつけるしかあんめえ」

伯父が青梅市の民生委員を務めていたのはたしかだが、大昔から同じ家の人々が住まう山上の集落に、そうした役職が必要であったとは思えない。過ぎにし戦の話を伯父の口からいくどか聞いていた私は、老人たちのやりとりに得心した。

御神前の祭壇には、銀盃と位記と、もうひとつ種明かしのように古ぼけた勲章が並べて飾られた。

金鵄勲章は武功抜群の軍人に対して授けられた。その謂れは神武天皇が御東征の折、弓の先にとまった金色の鵄《とび》にちなむ。

だから考えてもみれば、伯父はそれだけ多くの中国兵を殺したことになるのだが、そうした理屈はわかっていても、伯父の尊厳は私の中でけっして揺るがなかった。

あらゆる倫理を超越して、伯父は私の英雄でなければならなかった。

使者たちは厳かな用事を済ますと、たちまち帰ってしまった。もしかしたら彼らは、そうして日ごと嘉《よみ》せられぬ英雄たちの死をひそかに弔い続ける、天皇と国の密使だったのかもしれない。


冬の日没を待って、通夜が営まれた。

祖母は多くの子を生み育てたあと四十代で早逝した。祖父は私が物心つく前に神上っていた。だから今日も続く御嶽山のふしぎな葬送の儀式を、私が体験したのはそのときが初めてであった。

仏教における葬儀の手順は、宗派によって画一的に定まっている。だが、そもそも教義のない神道は、集合する理由を持たない。つまり祭式の一切は、遥かな歴史によって化育された、固有の方法で執り行われる。

事前に何を教えられていたわけではない。もし多少の心構えがあったのなら、あれほど怖い思いはしなくてすんだのに、とのちのちまで悔いた。

霧を蟠《わだかま》らせて神の山が闇に沈んだころ、屋敷の回廊を繞るすべての雨戸が鎖《とざ》された。

人々は百畳余りの大広間に、膝を詰め寄せて座った。やがて祭主の神官と添役と楽士らが、揃いの忌服を着てしずしずと入ってきた。祭壇のうしろに据えられた大太鼓が、どろどろと鳴り続けていた。

奏楽は笙《しょう》や篳篥《ひちりき》のほかに、風の音がする石笛《いわぶえ》が数管、加わっていた。そのせいか少しも雅には聞こえず、いかにも神さびた太古の調べになった。たとえば雪の降りしきる音、霧の湧き出づる音、山々の颪に鳴る音。

ひとしきり奏楽をおえると、祭主が祓詞《はらえことば》を朗々と唱え、それから亡き人の一生を巧みに織りこんだ長い祭詞《まつりことば》を、歌うような抑揚をつけて読み上げた。

いつ幾日《いつか》、誰それの子として生まれ、こうした学問と修行を重ね、という詩のような履歴であった。どうしたわけか私は、「一朝大陸に戦火の起こるや軍に馳せ参じ、赫々《かくかく》たる武勲を上げ――」という文言だけを、はっきりと覚えている。

復員した伯父は神職に戻り、ほどなく祖父が死んで家督を襲《と》った。だが十年しか続かなかったのである。詞はその事実をけっして悲嘆せず、「人徳ゆえに選ばれて神上りし給う」というふうに結んでいた。

さて、それからである。

「ご低頭ォー」

と添役の神官が言い、一同は背を丸めて亀のようにこごまった。母が私の頭を押さえつけた。

ただ貴《たっと》きものに平伏するのではなく、額を畳にすりつけて目をとじ、何も見てはならないのだった。

ひとしきり紙垂《しで》をばさばさと振る音がしたと思うと、突然、屋敷中の灯りという灯りが落ちた。誰が何言うでもなく、まるでふいの停電のように、すべてが闇に返ったのだった。私は怯えて母の手をたぐり寄せた。

すると低く長く、地の底から洩れ出るような「ウォー」という声が聞こえてきた。人でも獣でもない、何ものかの声に思えた。

祭壇の前にひれ伏したまま、祭主の神官が吠え始めたのである。息も継がずに太く低く、おどろおどろしい声は続いた。闇の大広間は咳《しわぶき》ひとつなく静まり返っていた。

怖いよォ、と私は呟いた。だが母は応じてくれなかった。そこで私は、物を言ってはならず、身じろぎもしてはならぬのがこの儀式の定めなのだと知った。

「ウォー」

祭主は吠え続けた。そのうち、添役のひとりの立ち上がる気配がした。そしてその神官は、やにわに足を踏み鳴らして駆け出したのだった。私のすぐ脇を、香を焚きしめた衣が翻って、真黒な風のように駆け抜けた。

私にはそれが神事ではなく、何かのっぴきならぬ変事が起こったように思えた。だが、闇の大広間は依然として静まっており、祭主の吠え声だけが聞こえていた。

「ウォー」

足音は大階段をどどっと駆け昇り、頭上の床を激しく鳴らして廊下を走り抜けた。漆黒の闇の中なのに、足音には惑いがなかった。

「ウォー」

祭主の声はいっそう強まり、それに応ずるように、足音は屋敷を駆け巡った。東に張り出した翼廊を往還し、急な裏階段を転げるように昇り降りして、母屋を取り巻く回廊を走った。百年の古屋敷は悲鳴を上げて軋んだ。

神官たちが死者の霊魂を、屋敷から追い立てているのだと知った。そう思いついたとたん伯父がたまらなくかわいそうになった。

骨箱とともに帰ってきた伯父の、悲しげな顔が思い出されたのだった。せっかく山に帰ってきたのに、どうして追い出されるのだろう、と。

母は私のかたわらで、俯したまま顔を被って泣いていた。そのほかに嘆く声はなかった。

私は母の悲しみを忖度《そんたく》した。もめごとのつど、伯父は山から下りてきて、父の行いを説諭し、母の短慮を叱った。そうした経緯があったから、母はその日も呆《ほう》けたように「にいさんは私が殺した」と、呟き続けては、親族に慰められていた。

ニイサンハワタシガコロシタ。

その言葉の意味がよくわからなかった私は、母が本当に伯父を殺したのではなかろうかと疑った。たとえば、緩慢に効能を顕《あらわ》す毒薬のようなものを、良薬と偽って里に送りでもしたのではないか、などと。

そのようにあれこれ想像をたくましゅうすれば、いよいよ伯父がかわいそうでたまらなくなった。

悼み哀しみのない儀式も、参会者たちの陽気な酒盛りも、天皇陛下の銀盃も勲位も、何もかもがこの世で唯一の正義である伯父を、抹殺するために仕組まれた悪意の芝居であるように思えてきたのだった。

まちがっても敬することのできぬ父のかわりに、私は父性を求めていたのかもしれない。そうと言えば話は俗に落ちるのだが、ただひとつ俗ではないことには、伯父と私は他の親族の誰も立ち入れぬ、神秘の血を共有していた。

私はとうとうたまらなくなって、母のかたわらから這い出た。祭主の声と神官の足音に耳を塞いで泣き崩れる母は、御神前を抜け出した私に気付かなかった。

いくらか闇に目が慣れてきた。私は柱や唐紙を伝って、暗い回廊を歩いた。

ニイサンハワタシガコロシタ。

もし母が、度重なる叱責に逆上して伯父を手にかけたのだとすれば、親族の誰が加担しようと、天皇陛下がお赦《ゆる》しになろうと、せめて私ひとりは詫びなければならないと思った。

伯父は破風屋根の下の、東に向いた玄関の式台に座っていた。

霧はすっかり霽《は》れていたが、かわりに雪がしんしんと降り積もって、庭先の苔を被い隠していた。

鼠色の斎服の背をすっくと伸ばし、胸前に笏をかざしたその姿は、神に服《まつろ》いかつ潔く神意に従う人の矜持を感じさせた。まっすぐに雪闇を見つめたまま、伯父は小動《こゆるぎ》もしなかった。

私は凍った式台の上にかしこまった。何を言えばよいかわからずに、しばらく伯父の凛《りん》とした横顔を見つめていた。私の吐く息は白いのに、悲しいことに伯父の口元には呼気が見えなかった。

山上の雪は固く細《ささ》めて、伯父の烏帽子や斎服にぱらぱらと音を立てた。

屋敷内からは相変わらず、神官たちの忌声《いみごえ》と足音が聞こえていた。伯父の魂はそれらに追われて、高天原《たかまがはら》だか黄泉国《よもつくに》だかに旅立とうとしているのだが、どうにも惜別の情たえがたく、玄関の式台に座りこんでしまったのだった。

五十余年の伯父の生涯は、神事と軍務のふたいろに塗りこめられていた。まったく対蹠《たいせき》的に思えるつとめだが、伯父のうちにはその二つの職業が何の矛盾もなく調和していた。たとえば漆の椀の内外《うちそと》に磨き出された黒と丹《あか》のように。

私は式台にぬかづいて、「おじさん、ごめんなさい」と言った。

母が伯父を害したという妄想に取り憑《つ》かれていたのか、それとも父母の離婚が伯父の命を縮めてしまったと悟っていたのか、いややはり、自分が子供という無力な小動物であることを、私は詫びたのだと思う。

いかにも神主然とした太くて狭い口髭を引いて、伯父がほほえんだような気がした。

口やかましかった伯父の説諭を、ひとつ思い出した。

（おまえの悪いところは、悪いと知ってもあやまらんことだ。江戸前の意地ッ張りもたいがいにしろ）

だから私は金輪際の思いのたけをこめて、初めて伯父に詫びた。だが伯父の魂は、褒めようとはせずに笑って往《い》なした。

伯父の心が伝わった。

あやまってはならない。おまえはひとつも悪くはない。悪くはないのに頭を下げてはいけない。それまでにも周囲の人々から、不憫《ふびん》だの気の毒だのとさまざまの声をかけられたが、それらは恥じ入りこそすれ励ましとなるものではなかった。だが、伯父の心は私の力になった。

やがて伯父はわずかに式台を軋ませ、正しい神籬《ひもろぎ》の内の所作で立ち上がった。浅沓を履いてさざれ雪の庭に降り立った姿は、私の視野を被うほど巨《おお》きかった。悪意と理不尽にまみれて蹲《うずくま》る私の前に、伯父がただひとり立ち塞がって、庇《かば》ってくれているように思えた。

「でも、やっぱりごめんなさい、おじさん」

私がなかば意地でそう言うと、伯父は忌服の背を少し丸めて笑った。それから森の高みに鎮まる社殿の方角を向いてきっかりと腰を折り、奥城《おくつき》に向かう山道を、振り返りもせず下って行った。大杉の下枝《しずえ》からけぶり落ちる雪が、清廉な人の背中をやがて帳《とばり》のうちに被い隠してしまった。

伯父は神上ったのだった。


納骨のために奥城に向かったのが、翌る日の葬儀ののちであったのか、それとも日を改めた祭事であったのかは思い出せぬ。だがやはり、薄墨色の暗鬱な空に小雪の舞う、寒い日であった。

その儀式にもふしぎな慣習があった。葬列の先頭には神官のうやうやしく掲げた御幣《ごへい》が立つ。

霊魂がその紙垂《しで》の束に依っているという話を、私は信じなかった。伯父の魂は通夜の晩すでに、みずから奥城に向かったのである。

御幣のあとには神官たちが続き、本来ならそのうしろから棺が運ばれるのであろうが、長男の胸に抱かれた骨箱が進んだ。

ああして倅《せがれ》に抱かれて行くのだから、骨になるのも悪くはないと誰かが言い、人々が賛同し、いいも悪いもこれからはみなが焼かれて骨になるのだと、いくらか捨て鉢に媼《おうな》が言った。

骨箱の次には、弓を手挟み箙を負った二人の神官が続いた。彼らはともに若くてたくましく、斎服には両襷が掛けられ、袴の股立《ももだ》ちを高く取っていた。会葬者たちはそのあとに長い列をなした。

私と母は手をつないで歩いた。危ういぬかるみを気遣って母がそうしているのではなく、すっかり傷悴しきった母を、私が支えていた。兄は行列のうしろを、同じ齢ごろのいとこたちと歩いていた。

葬列はうっすらと雪を被った山道を下って、東の尾根にある奥城をめざした。深い竹藪を抜けると、小径は神社から下る稜線と直角に交わった。左手は底知れぬ深い谷であったから、前後を行く葬列のすべてを見渡すことができた。

そこは山颪《やまおろし》の通り道でもある。大菩薩から来たって関東平野に吹きおろす風が、幣帛を横ざまに靡《なび》かせ、人々の衣を襤褸《ぼろ》のように翻した。

ふと私は、嘆きの母がこの山颪を幸《さいわ》いとして、谷底に身を躍らせてしまうのではないかと危ぶんだ。それで、おのれがすがりつくふりをして母の腕をきつく抱き寄せた。

折しもひときわ強い風に煽《あお》られて私たちはよろめき、精妙な力を鬩《せめ》ぎ合わせた。

けっして私の思いすごしではなかった。

かつて母は酔ったあげく眠り薬を飯のようにむさぼり食って、自殺未遂をしたことがあった。そのときに限って薬が多すぎて薬が胃の中に凝固し、すんでのところで一命を取り止めたのだった。そのときに限って私の勘がまったく働かなかったのは、たぶん思いつめた末の決心ではなかったからなのだろう。ただし、その原因が貧しい暮らしや子供を抱えた苦労ばかりではないと、私は知っていた。御嶽山に生まれ育った母は例に洩れず美しく、神気に洗われた肌を持っていた。

夜の仕度をこらして勤めに出る母をアパートの階段の上から見送っていると、すれ違う人は男女を問わず、みな白昼の化物にでも出会《でくわ》したように目を瞠《みは》り、振り返ったものであった。

胃の洗滌をおえた母がまだ入院しているうちに、伯父がひょっこりと訪ねてきた。母の所在を訊かれて仕方なく、ありのままを口にした。とたんに伯父は血相を変え、私を引きずるようにして病院に向かった。

伯父の顔を見たなり、母は私を責めた。私がことの次第を実家に報《しら》せた、と考えたのである。伯父は母を叱りつけた。親の恥を晒《さら》すような子じゃあない、と私を庇ってくれた。

病院からの帰り道、伯父は下町の泥川にかかる橋の上で私の肩を抱き寄せた。

「魚がいないな」

「きたなくて棲《す》めないよ」

「御嶽山には岩魚《いわな》も山女《やまめ》もいる」

「知ってるよ」

会話はそれきりだった。私は伯父の厚意を無言で拒み、伯父は意志を悟った。

たとえ母の里であろうがよその家の厄介になるくらいなら、親子心中でもするか野垂れ死ぬほうがましだと、私は言ったつもりだった。

いったいに私と伯父の間には、言葉が不要だった。そうした力の存在を意識していたわけではないが、だからしばしば二人してぼんやりと、心を通わせていたのだと思う。

橋の上で会話が絶えたあと、「寿司でも食わしてやろう」と伯父は言い、「お寿司は嫌いだよ」と私は嘘をついた。そしてどうしたわけか橋の上でぷいと別れた。

私と伯父がいつも通わせていた心は、言葉ではなかった。そうした私たちの間ですら、心を声にしたとたん、まるで陽光に晒された古代の絵のように、極彩の色は喪《うしな》われ形はあられもなく歪んで、説教や媚びや、欺瞞《ぎまん》や打算に姿を変えた。

通い合う心に較ぶれば、言葉はことごとく無力で穢《けが》らわしいと、私はあの橋の上で知った。


遥かな昔から神職とその眷族《けんぞく》が葬られてきた奥城は、尾根の端の森を豁《ひら》いた台上にある。

急峻な御嶽山にはそもそも平坦な土地が少ない。鳥居前の広場もケーブル山頂駅の展望台も、奥城よりずっと狭かった。つまり山上で最も広い場所が、墓場になっていた。

奥城の中心の小高い丘の上に、屋根と腰壁だけの小屋が建っており、本来ならばそこで遺体と最後の別れを惜しむのだが、白木の案《つくえ》に骨箱を据え、水と米と塩と酒を供えて、告別の儀式が行われた。

仏のいまさぬ墓所には俗臭がいささかもなく、あちこちにかたちのない八百万《やおよろず》の神々が、あるいは佇み、あるいは蹲りなどしているように思えた。

祓詞《はらえことば》のあとで、若い二人の神官が東に向いて進み出た。大弓に矢がつがえられ、きりきりと引き絞られた。まるで闇夜に見えぬ鵺《ぬえ》の声を狙いでもするように、二本の矢は的なき鈍空《にびぞら》に射上げられた。

神官たちはいちど蹲踞《そんきょ》して、眉庇《まびさし》を掲げ、矢の行方を見極めるふうをしてから、ふたたび立ち上がって二の矢を放った。

矢はいったいどこまで飛んだものやら、山颪に流されて消えてしまった。

それから納骨がなされた。奥城はそれぞれの家ごとに広く区画され、ちょうど物語の芳一《ほういち》が琵琶を奏でた平家の墓所のように、古い墓石が長四角に並んでいた。

私の家祖は徳川家康の江戸入りに先達した修験であったから、苔むした野仏のような墓石でも、よその家よりよほど新しいという話であった。

私は人ごみの中に膝を抱えて屈みこんだ。莨《たばこ》を喫《す》い雑談をかわす会葬者たちを遠巻きにして、八百万の神々の気配を感じていた。はっきりとしたかたちは持たぬが瞭《あきら》かに遍《あまね》くそこにある神々を畏《おそ》れて、生者たちの中に身を隠したのだった。

むろんそれらは、見ず知らずの古代の神々ばかりではなかった。

私が物心つかぬうちに死んだ祖父があり、狐払いの験力をことととした白髯《はくぜん》の曾祖父があった。むしろそうした血縁の父祖の存在を、私は強く感じた。

生命は父母から授かったわけではなく、それこそ神代から連綿と繋がって、この肉体を生成しているのだと知った。それは自覚であり発見であった。

愛憎を父母にのみ向けてはならなかった。私は神話のように父母によって生み出されたのではなく、奇蹟の繋いだ血の中に出現した生命だった。

「おかあさん、ちょっと」

と、私は母を呼んだ。体の具合が悪いとでも思ったのだろうか、母は不安げに歩み寄ってきた。

私は膝を抱えて、慄《ふる》えながら言った。

「おじさんがいるんだ」

母は顔色を変えた。

「どこに」

「僕のすぐそばだよ。あっちのほうには、おじいさんも、ヒゲのおじいさんもいるんだ」

少しも怖くなかった。私は血を繋いでくれた人々のありがたさに身を震わせていたのだった。

私はそれまでけっして口にしなかった言葉を、これぱかりは心を声に変えても錆びもせず穢れもせぬと信じて、小さくはっきりと母に訴えた。

「だからもう二度と、死のうなんて思わないでよ。だって、僕がおかあさんを殺したことになるじゃないか」

みなまで言いおえぬうちに、母は私を喪服の胸にくるみこんだ。

そのとき伯父は、おそらく私の背うしろに佇んでいたのだと思う。母には見えもせず感じもしなかったのだろうが、神の山に生まれ育った人なのだから、霊魂を信じぬはずはなかった。


納骨をおえたころ、鈍空の崩れかかるような大雪になった。

人々は早足で奥城を後にした。すべての儀式は屋敷での直会《なおらい》を残すばかりだった。参会者が物忌《ものいみ》を解き、神饌神酒《しんせんしんしゅ》を下げて神とともにいただく直会は、儀式のうちにはちがいないのだが、事実上は打ち上げの宴会である。足が早くなるのは当たり前なのだから、雪に追われたのは人々にとってむしろ幸いであった。

何とはなしに立ち去りがたく、古い墓石を眺めたりしているうちに、ひとり取り残されてしまった。

伯父の姿は見えないが、気配ははっきりと感じられた。どうして見えなくなってしまったのだろうと思った。それはおそらく、伯父が神になったからだった。

祖父や曾祖父や、大勢の祖先たちや八百万の神々が、珍しいものでも見るように私を見つめているような気がした。

兄の声が遠くから私を呼んだ。答えて墓所を出るとき、振り返ってお辞儀をし、バイバイと手を振った。

それでも伯父が姿を顕してくれぬことが悲しかった。もういちどバイバイと声にしても、伯父は気配しかなかった。

別れをせかすように、横なぐりの雪が視界を被った。神上りましし伯父は人の世を隔てる純白の緞帳の向こう側から、清らかな息吹《いぶき》だけを私の耳に送ってくれた。

兵隊宿《へいたいじゅく》

屋敷は見世物ではない、お帰んなさい、と伯父は米兵を叱りつけた。カメラを奪い取って叩き壊しそうな剣幕に若い兵隊たちはたじろぎ、申しわけなかった、悪気はなかった、というふうに身振り手振りの英語で詫びた。

母の実家は参道からははずれているが、大杉の森の中に立つ長屋門を社殿と勘違いして、覗きこんだり記念写真を撮ったりする米兵があった。

神社の務めから戻ったばかりの伯父は、白い着物に浅葱色《あさぎいろ》の袴《はかま》を着けたままであったから、米兵たちはいよいよそこが神聖な社殿だと思いこんだのだろう。ひとりひとりが非礼を詫び、きちんと挙手の敬礼をして去って行った。夏の軍服の腕に一本か二本の山型を縫いつけた、どれも若い兵隊だった。

伯父があまりにも権高《けんだか》で、米兵たちが従順であったから、戦争に負けても軍曹は偉いんだなと私は妙な誤解をした。

昭和三十年代も初めのそのころ、立川のキャンプには大勢の米兵が駐留していた。戦争直後の「進駐軍」という呼称が、「駐留軍」に変わったころである。せっかくの休日を都心で過ごさず、逆方向の青梅《おうめ》線に乗って御嶽山《みたけさん》を訪ねるのは、恋人も金もない若い兵隊ばかりだった。

彼らはすでに日本と戦争をした世代ではない。だが伯父は米兵を毛嫌いした。山上の宿坊はハイキングや避暑に訪れる客も利用したが、私の知る限り外国人を泊めたことはなかった。

米兵を追い払ったあと、伯父はせいせいした顔で表廊下に座りこんだ。海抜一千メートルに近い山上にはやかましい油蟬が棲《す》まず、日がな一日、蜩《ひぐらし》が鳴いた。

伯父にはあぐらをかく習慣がなかった。神社から戻ってそんなふうに一服つけるときですら、すっくりと背筋を伸ばして正座した。

おじさんはアメリカと戦争をしたんだよね、と私は訊ねた。くわえ莨《たばこ》のまま、伯父はしばらく黙りこんだ。

それから言葉を選ぶようにして、北支《ほくし》に行っていたからアメリカの兵隊は見たためしもなかった、というようなことを言った。

子供心にも私は、伯父がかつて敵であったアメリカを、いまだに憎んでいるのだろうと思っていた。だから物見遊山にやってくる米兵たちを邪慳にするのだろう、と。

伯父は私の心を読み取った。こっちにおいで、と清らかな神官の手で私を呼び寄せ、かたわらに座らせた。話はいつも面白いのだが、かしこまって聞かねばならぬのは苦痛だった。

夏休みも終わりに近いたそがれどきであったと思う。兄やいとこたちはどこに行ったのか、屋敷はしんと静まり返っており、木々の高みのあちこちから蜩の声がカナカナと降り落ちていた。

おばあさんから聞いた昔むかしの話だよ、と伯父は言った。

祖母はたくさんの子を産み、四十代の若さで死んだ。下から二番目の私の母はその顔を記憶していなかった。

ともかく伯父が生まれるよりずっと前、祖父が山麓の千人同心の家から婿入りする前の、遥かな昔話である。

講社の氏子たちが参詣にこない冬の間、宿坊はしばしば兵隊宿になった。明治の中ごろに御嶽の手前の日向和田《ひなたわだ》まで鉄道が敷かれると、奥多摩の山々が山地行軍の演習場に使われるようになったのだった。

東京の麻布聯隊《れんたい》や近衛聯隊は、青梅の吉野梅郷あたりから山に入り、日の出山の稜線をたどって御嶽山を往還する一泊二日の行程だった。軍容はまちまちだったが、千人の大隊が来るとなれば、山中の三十数軒の宿坊が兵隊で埋まった。

日清日露の戦争ののちには、何日もかけて大菩薩《だいぼさつ》を越え、甲府聯隊がやってきた。土地柄ゆえか山岳戦を得意とする甲州の兵隊は頑健だった。

歩兵部隊ばかりではなく、通信隊が谷を挟んで手旗信号の訓練をしたり、輜重《しちょう》隊が砂の詰まった土嚢《どのう》を担いで登ってくることもあった。いずれにせよ、参拝客の少ない厳冬期と決まっており、軍隊の会計にまちがいはないのだから、山は大助かりだった。

伯父は庭に向いて長く続く表廊下を見渡しながら言った。

「行き帰りにはヒゲのおじいさんがここに座って、兵隊さんは庭に整列して、捧げ銃《つつ》をする。何だか乃木将軍になった気分だと、おじいさんは喜んでいた」

陸軍の登山訓練は大正昭和になっても続いた。光栄な受礼者の役目はやがて、白髯《はくぜん》を胸まで蓄えた曾祖父から祖父へと引き継がれた。

「おじさんは？」

伯父は目を細めて笑った。

「おじさんは兵隊に取られてしまったからなあ。いっぺんぐらい将校から敬礼されてみたかったが、戦争が終わるまでずっと戦地にいたんだから仕方がない」

ヒゲのおじいさん、という愛称で一族に語り伝えられる曾祖父は、狐払いなどをよくする神力の持主だった。だから、捧げ銃の最敬礼を受けて得意満面になっている姿など、とても想像がつかなかった。私の中では人間というより神に等しい曾祖父が、いくらか身近に感じられた。

だが、そう思ったのもつかのま、私は話の先に恐怖を予感して伯父に寄り添った。ヒゲのおじいさんにまつわる話は、たいてい怖かったからだ。

「怖い話なの？」

と、私は腕にすがりついて伯父を見上げた。

「怖いか怖くないかは、人の心が決めるものだ。聞きたくないのならよしにしておく」

聞きたい、と私は呟《つぶや》いた。

「見てきたように言うが、おまえのおばあさんから聞いた昔むかしの話だよ」

伯父はとつとつと、独りごつように語り始めた。

＊

閑院宮《かんいんのみや》様の御殿に上がっていたイツが、行儀見習をおえて山に帰ったその晩の出来事だったという。

年も押し詰まったたいそう寒い夜のことで、外には粉雪が舞っていた。囲炉裏《いろり》を囲んで箱膳の夕食を摂りながら、弟妹たちはイツに東京のみやげ話をせがんだ。

イツは女中奉公に出ていたわけではなかった。子供らは算《かぞ》えの十五になるといったん山を下り、宮家や華族の御屋敷に住みこんで厳しい躾《しつけ》をされた。男子はいわゆる書生であり、女子は行儀見習である。

遠からず同じ経験をする弟妹たちにせがまれれば、くたびれてはいても語らぬわけにはいかなかった。気の進まぬまま笑顔だけ繕って話していると、様子に気付いた父母が助け舟を出してくれた。

「帰りがあと一日遅れたら、雪の山道で往生するところだった。イツは心がけがよいから、大御《おおみ》神《かみ》様が雪を待って下すったのだろう」

「姉様《あねさま》は疲れているのよ。話はあしたになさい」

弟妹たちはハイと答えたが、イツはその従順さが哀れに思えて、食事のあともしばらくみやげ話を語った。

日向和田の駅には迎えの下男が来ていた。御嶽山の麓までは馬車に乗れるが、その先はつづら折りの山道である。心がけがよいかどうかはともかく、運はよかったとイツは思った。

弟妹たちは銀座や浅草の様子を聞きたがったが、実は一年近くも東京に住まいながら、盛り場には行ったためしもなかった。

一番の思い出といえば、妃殿下のお供をして参内したことである。御所の奥深くのお内儀《なぎ》まで通していただいた。おいとまするときには、御玄関までお出ましになった皇后陛下のお姿を、遠くから拝見した。

「おまえ、見てはならぬだろう」

と、父が驚いたように言った。

「いいえ、お父《もう》さん。今は何でもかでも西洋流ですから、床や畳にかしこまることなどありません。御殿のお庭やお廊下で宮様と鉢合わせても、立ち止まって、こう、おつむを少し下げるだけでいいんです。お呼びがかかってお目もじするときなどは、俯いていたらかえって叱られます」

父は意外そうに、「ほう、そんなものか」と言った。

官幣大社《かんぺいたいしゃ》の宮司という立場は、華族にも匹敵する貴顕にはちがいないのだが、山上で神に仕えるほかには世間とのかかわりを持たなかった。明治の世に変容を続ける国家は異界だった。

そうこう囲炉裏端《いろりばた》で話しこんでいるうち、イツはふと人の声を聞いたような気がした。

おたのみもうします。

たしかにそう聞こえた。来客ならば玄関の木鐸《ぼくたく》を叩くはずであり、山上の人ならば勝手口から訪《おとな》いを入れるのだが、その声は雨戸を閉《た》てきった表廊下の外から聞こえたように思えた。

気付いたのは父とイツだけだった。二人は囲炉裏を挟んで顔を見合わせた。空耳か、と心を通わせて目をそらしたとたん、また聞こえた。

おたのみもうします。

父が立ち上がり、イツもあとに続いて居間を出た。「おや、どうかしましたか」と母が言った。

屋敷の大方は真の闇でも、大階段の昇り口には豆電球の常夜灯がともっていた。かそけき光だが真白な障子に映えれば、あんがいに明るい。

父は廊下の端の雨戸を一枚だけ開けた。雪がうっすらと庭先を被っていた。

おそるおそる覗き見て、イツは目を疑った。雪の中に大勢の兵隊が整列していた。一様に黒い外套《がいとう》を着て頭巾を冠《かぶ》っているが、軍帽には赤い帯が巻かれており、星章よりも大きな近衛兵の徽章《きしょう》が輝いていた。

さらに目を凝らせば、列の端には大荷物を担いだ何頭もの馬が、白い鼻息を吐いていた。

サーベルを鳴らして将校が駆け寄ってきた。士官学校出らしい精悍な顔は、イツにも見憶えがあった。

「夜分、ご無礼いたします。近衛師団砲兵隊の芳賀《はが》少尉であります」

よほど面食らったのか、父は少しとまどってから答えた。

「やあ、これはこれは。何も伺ってはいないが、いったいどうなされましたか」

少尉はいかにも申しわけないというふうに、軍帽を脱いで坊主頭を下げた。

「実は本日、日の出山から御嶽山を経て養沢《ようざわ》に下るという機動演習を実施しましたところ、行方不明になった兵があり、今の今まで捜索をしておりました」

「何ですと」と、父は雨戸をもう一枚開いて、雪闇に目を凝らした。

「いかに戦時下とはいえ、話に無理がありましょう。身軽な歩兵ならともかく、砲車を曳《ひ》きながら一日で山越えをしようなど、無茶にもほどがある」

ロシアとの戦争は今がたけなわだった。難攻不落の二百三高地はようやく陥としたものの、戦死者のあまりの多さに世論は悲喜こもごもだった。

「こんばんは、少尉さん」

イツが挨拶をすると、芳賀少尉は形ばかりの笑顔を返してくれた。

かつてこのあたりの山地で砲兵の大演習があった。峰から峰へと山砲を曳き回し、陣地をあちこちにこしらえ、さすがに実弾こそ撃たなかったが、空砲は幾日も山々に轟き渡った。

そのとき芳賀少尉の砲兵隊が、屋敷を宿舎にしたのだった。五日にわたる演習中、将校と下士官は客間に起居したが、兵隊は門長屋と納屋に寝起きして、表と裏の門前には夜通しの不寝番《ふしんばん》も立った。兵隊さんは大変だと、しみじみ思い知ったものだった。

イツは芳賀少尉が好きになった。親の定めた許婚《いいなずけ》は顔も知らないけれど、こんな人だったらいいと思った。朝夕の食膳を客間に届けるのはイツの役目だった。ごはんをよそいながら、もうじき閑院宮様の御殿に上がるのだと告げると、少尉は飯を噴いて仰天した。鄙《ひな》の山里の神主が、そんなにも格式高いとは思ってもいなかったのだろう。

でも本当は行儀見習なんて行きたくはないんです、とイツは言った。親元から離れる不安もあったが、べつだん格別の学問を授かるわけでもなし、ただ千人同心の家から婿を取るために女の箔を付けるのだと思えば、それは本心だった。

芳賀少尉はやさしく諭してくれた。自分もついこの間までは見習士官だったのだ。人間、一丁前になるにはやはり見習というものをしなければならん。つらい思いもしようし、いじめられもしようが、いずれ人の上に立つのだから、それくらいの辛抱はなさい、と。

「ところで、御師様《おし》――」

芳賀少尉は雪の中に整列する部下たちをちらりと振り返ってから、いくらか声を潜めて言った。

「自分は、一夜の宿を乞うているわけではありません。山中を捜し回ったあげくにふと思いついたのであります。もしや御師様は、古市《ふるいち》一等卒を匿《かくま》ってはおられませんか」

聞いたとたんに父は、「ばかを言うな」と少尉を叱りつけた。

「畏《かしこ》くも陛下より御勅願を賜って、日本武尊《やまとたけるのみこと》に必勝祈願を奉っておる神職が、どうして脱走兵を匿ったりするものか」

イツは古市一等卒を知っていた。おしなべて体格のよい砲兵の中にあって、何かのまちがいじゃないかしらんと思えるほど、ひよわな感じのする兵隊だった。そのせいで厳しい演習では足手まといになるのだろうか、しばしば屋敷に取り残されて糧秣掛《りょうまつがかり》のような仕事をしていた。昼飯の弁当を背負子《しょいこ》にくくりつけて部隊に届けるのも、新兵ではなくて古市一等卒の役目だった。

芳賀少尉は怯まずに言い返した。

「脱走とは申しておりません。古市一等卒は昨年の演習の折に、ご尊家にてよくしていただいたことが忘られず、この正月も里には帰らずにこちらでご厄介になったと聞いております。もしやこのたびも、里心がついてふらりと立ち寄ってしまったのではないかと考えました。まちがいならばご容赦下さい」

古市一等卒が正月の休暇に山を訪れたのはたしかだった。初詣の客で大忙しであったから、古市は演習のときと同様に門長屋に寝起きして、まめまめしく働いてくれたのだった。

何でも入営前には、新橋の仕出し屋にいたという話で、なるほど包丁さばきは玄人《くろうと》はだしだった。父はそんな古市に感心して、あなたは軍人に向いていないから、満期除隊したらうちにおいでなさい、とまで言った。

しかし古市はけなげな兵隊だった。ロシアといつことを構えるかわからぬこのときに、除隊後の身の振りようなど考えてはなりますまいと言い、父が心づくしの給金を渡そうとしても、自分は軍人ですから、と言って受け取ろうとはしなかった。

もともと影の薄い人であったので、憶えているとは言ってもはっきりと顔は思いうかばなかった。イツの胸の中の古市一等卒は、うしろ姿ばかりだった。砲兵らしからぬ小さな体に、弁当の面桶《めんつう》を山のようにくくりつけて、よろめくように遠ざかってゆく姿、あるいは砲兵隊のしんがりを、砲車の尻を押しながらついてゆく姿、そして正月の休暇をおえ、振り返り振り返りして参道を下ってゆく軍服のうしろ姿だった。

「しかし、少尉さん。まちがいも何も、この雪の晩に山で迷ったら命取りです。人を集めますので、もういっぺん捜しましょう」

いいえ、と芳賀少尉は否《いな》んだまま言葉に詰まった。

イツには事情が読めた。閑院宮様は現役の軍人にあらせられるから、御殿には供奉《ぐぶ》の将校や当番兵がいつも詰めていた。ほかにも大勢の近衛兵が御殿の警護をしていた。軍人たちには小娘など目に入らぬらしく、戦地の噂やら上官の悪口やらが、まるで鳥の囀《さえず》りのように聞こえてくるのだった。だからイツは、ロシアに対する宣戦布告も前もって知っていたし、乃木将軍が二百三高地攻めにひどい難渋をし、軍人たちから無能よばわりされていることも知っていた。

「おもうさん――」

イツは父の耳元に囁いた。たとえ声には出さなくとも、子供の時分から父とだけはふしぎと心が通じるのだった。

「大ごとにしてはならないの」

言葉にしたのはそれだけだったが、イツはうまくは言えぬ確信を、一塊りにして父に伝えた。父は目を瞑《つむ》った。イツの手渡した思いの塊りを、ていねいに掌《て》の中で開いてくれた。

芳賀少尉の砲兵隊は、もうじき戦地へと向かうのだろう。それを知ってか知らいでか、もし知っていたとしたら訓練の総仕上げのために、知らなかったとしたら逸《はや》る気持ちを抑えかねて、この山地演習に出た。

古市一等卒は怖気づいて脱走した。いや、もしかしたら落伍したのかもしれない。しかしともかくにも、住人たちの手を借りて山狩りなどしてはならなかった。

芳賀少尉からすれば、脱走兵として捕まるくらいなら、凍え死んでくれたほうがよかったのだろう。「大ごとにしてはならない」というのは、そうした意味である。

俯けていた顔をもたげて父は言った。

「少尉さんがさようおっしゃるなら、要らぬお節介はやめておきましょう」

その夜、砲兵隊は納屋と門長屋に分かれて寝た。芳賀少尉も下士官たちも、座敷に上がろうとはしなかった。

食事は携帯口糧を十分に持っているからと固辞し、火鉢も必要ないと言った。戦時下の兵隊さんは大したものだとイツは感心したが、また一方では、部下の失踪という大事件を抱えこんでしまった芳賀少尉が、つとめて地方人とのかかわり合いを避けているようにも思えた。

三頭の馬は門の下に繫がれた。従順だが屈強な、砲兵たちと同じ印象のある馬だった。背中にくくりつけられた砲身や車輪を解かれたとたん、よほど嬉しかったのか三頭が声を揃えて嘶《いなな》いた。

そして神の山に雪の降り積もる、深い夜がきた。

＊

「おばあさんはヒゲのおじいさんから、おまえはもう寝なさい、何も見ず何も聞かなかったことにするのだよ、いいね、ときつく念を押されたそうだ」

目の前の夏の夕景が、心の中で雪降る庭に変わっていた。いったいどれくらい昔の話なのだろうか。私は柱も縁側も飴のように丸くなった表廊下を撫でた。長屋門は神社に向かって大扉《おおど》を開いていた。注連縄《しめなわ》に懸けつらなる紙垂《しで》が、いったい誰がいつ張り替えるものか下ろしたての純白を、たそがれの風にひらめかせていた。

「太平洋戦争じゃないよね」

「もっとずっと昔の、おじさんが生まれる前の戦争だよ」

「見えているのに見えてないなんて、できっこない」

伯父は答えに苦慮した。どんなひどいいたずらでも笑ってすます伯父だが、嘘や言いわけはけっして赦《ゆる》さなかった。むろん伯父がそう言ったわけではない。しかし曾祖父が祖母に命じ、なおかつ伯父の口から私に伝えられたその言いつけが、私には納得できなかった。血の繋がっている限り、曾祖父が私にそう命じたような気がしてならなかった。

「おばあさんは牀《とこ》に入ってもなかなか寝付けず、何べんもお便所に通ったそうだ――」

私は開け放たれた大広間を振り返った。百畳の広敷の端には、白木の神殿が鎮《しず》まっていた。

曾祖父は一晩中、灯明を立てた御神前《ごしんぜん》に座っていたという。小声で祓詞《はらえことば》を唱え続け、忍び太鼓をかすかに打ち、気合をこめて幣《みてぐら》を振った。キリスト教徒のように両掌を組んで、体をぐるぐると回したり腕を上げ下げしたりするのは、振魂《ふりたま》の法という鎮魂の術だった。

「ヒゲのおじいさんはとても立派な人だったから、かかわり合うなと言っておきながら、そうして一所懸命に行方しれずになった兵隊さんの無事を祈っているのだろうと、おばあさんは思ったそうだ」

やがてまんじりともせぬまま朝がきて、祖母が表廊下の雨戸を開けると、砲兵隊はすでに出発したあとだった。長屋門の大扉は開かれたまま、雪の上を神社に向かうたくさんの踏跡が徴《しる》されていた。

祖母はかじかんだ指先に息を吐きかけながら、見る間に白く被われてゆく軍靴の足跡や蹄の形や砲車の轍《わだち》を、ぼんやりと眺めた。それは雪のしわざではなくて、高天原《たかまがはら》から降りたもう無数の小さな神々が、盲《めし》いよ聾《みみし》いよと祖母に命じているように思えた。

「そのままおばあさんは、何もかも忘れてしまった」

謎めいた言い方をして、伯父は話をいったん鎖《とざ》した。

私を仲間はずれにしてどこかで遊んでいたのだろうか、森の中からいとこたちの笑い声が近付いてきた。

霧が下りてくる前に、屋敷のぐるりを繞《めぐ》る廊下を走り回って雨戸を閉《た》てねばならなかった。

伯父に話の続きを聞いたのは、その夜のうちであったか翌《あく》る晩であったか、いずれにせよ夏休みも終わるころであったから、そう日を置いたはずはない。

私が続きをせがみ、伯父が「あれでしまいだよ」と笑って往《い》なすようなことが、いくどかあったようにも思う。

しかしどう考えても、話は尻切れとんぼだった。講社を泊めるための宿坊が、兵隊宿だった時代もある、というだけではあまりにもつまらない。つまらない話が祖母から伯父へ、伯父から私へと受け渡されるはずもなかった。

　ましてや寓意性に富んだ童話の類いしか知らない私は、たとえばかぐや姫が月に帰ってしまうような、マッチ売りの少女がささやかな夢を見ながら凍え死んでしまうような、劇的な結末を待望していた。

　古市一等卒は砲兵隊が帰ってしまった雪晴れの朝、山奥の谷底で遺体となって発見される――そんな結末は残酷すぎるから、伯父は話を鎖したのかとも思った。

　あるいは、脱走した古市一等卒が実は屋敷に匿われており、砲兵隊が下山したあと着替えと旅費を与えられて無事に逃げおおせた――これはいかにも偉大な曾祖父に似合う筋書だが、犯罪に加担したことにちがいはないから、話の続きはためらわれたのかもしれぬ。

　そうこう勝手な想像をしていると、いよいよ辛抱たまらなくなった。

　伯父は話の先をせがむ私を袖にして、直会《なおらい》に出かけてしまった。直会というのは祭事ののちに神饌神酒《しんせんしんしゅ》をいただく儀式のことだが、酒場などあるはずもない山上で、神官たちが示し合わせて酒を酌む際もそう呼ぶのである。

　帰ってくるまで起きてるからね、と言って伯父を送り出した。

　牀に就いても目を閉じぬようにした。枕を並べるいとこたちはじきに寝入ってしまった。とうとう耐え難くなったので、顔を洗いに立った。好奇心というよりも意地である。牀に戻れば寝てしまうと思ったので、大階段を下りて表廊下の雨戸をそっと開け、星降る夜更けの庭に出た。

　太古の杉に鎧《よろ》われた山巓《さんてん》は、月を眺める場所がない。そのかわり屋敷の真上には、井戸を逆さに見上げるような円い夜空が豁《ひら》けていた。星ぼしは天の水面《みなも》に溢れていた。

門の潜り戸を開けて屋敷の外に出た。神社に続く小径《こみち》は星あかりに照らされていた。長屋門の大屋根が、きっぱりと影を落とすほどの明るさだった。行くえしれずになった兵隊の話の結末を、あれこれ想像したのはそのときかもしれない。

話の続きがいくつもでき上がったころ、小径の先に提灯《ちょうちん》の火が見えた。伯父が帰ってきた。

門前の私に気付くと、伯父は古い軍歌を呑みこんで、ヤ、と声を上げた。まさかよもやの「ヤ」は、じきに「ヤレヤレ」に変わった。

提灯の上あかりに顔を載せて、「約束だよ」と私は言った。「何の約束だ」と伯父は空とぼけた。

「兵隊さんの話さ」

伯父は白勝ちの着物に兵児帯《へこおび》を締めており、私の寝巻も浴衣《ゆかた》だった。

「ええと、何の話だったか」

「いなくなった兵隊さんの話だよ」

伯父は酒豪だったが、酔うほどに陽気になるいい酒だった。私はその酒癖を承知していたのかもしれない。

はたして伯父は、観念したように私の手を取って門を潜り、青白い夏の夜の庭を横切って、沓《くつ》脱石《ぬぎいし》に腰を下ろした。

＊

イツは翌る年の春に、親の定めた許婚《いいなずけ》と結納をかわした。対面したのはそのときが初めてだった。写真もなく、たがいの顔はまるで知らなかった。ただ、由緒正しき旧家の子息であり、洩れ聞く噂話などから、武張った男を想像していた。ところがいざ面と向かってみると、あんがいのことにほっそりと痩せて背の高い、やさしげな好青年であった。笑顔には稚気さえ感じられた。

婿は婿で、山上の神主の娘だというから、垢抜けぬ猿のような女を覚悟していたらしい。結納の品々を挟んで向き合ったとたん、二人は挨拶も忘れてしばらく見つめ合った。

祝言《しゅうげん》を七月の吉日と定めたのは、遅くともそのころには戦争も終わっているだろうと思われたからだった。二百三高地がついに陥落し、正月早々に旅順が開城され、そののちも奉天大会戦だの日本海海戦だのと、捷報《しょうほう》がうち続いていた。

ならばいっそのこと、祝言の前に婿を屋敷に迎えて、神職の修行を始めさせたほうがよかろうという話になった。そもそも双方の家にとっては願ってもない良縁であったし、何よりも当人どうしが相手の意外な美男美女ぶりに心奪われていたから、誰にも異論はなかった。

参道の中途まで見送ったとき、振り返りもせずに小さくなってゆくうしろ姿を見つめながら、本当に戻ってきてくれるのだろうか、このまま話が水になるのではなかろうかと、イツは不安になった。

思いをつのらせていたせいか、数日を経ずして婿が現れたときには、二つ三つも大人に見えたものだった。

七月の祝言が日延べになったのは、誰のせいでもない。戦争が終わらなかったのだ。必勝祈願の功徳が顕《あらわ》れぬうちに、婿取りの慶事でもあるまい。

ようやく講和が成り、日露戦争が終結したのは九月の初めであった。戦勝の気分も相俟《あいま》って、祝言は華やかだった。

行儀見習に上がっていた閑院宮家からは使者が差遣され、祝儀の白羽二重《しろはぶたえ》のほかに、妃殿下の御祝辞まで添えられた。行儀見習という名の花嫁修業は、そんなふうにして締めくくられたのだった。

一方の婿の家は、江戸の甲州口を護る千人同心の家柄ということで、こちらも旧幕府の旗本だの御家人だのと称する人々が、大挙して参列した。

本を正せば旧家の見栄の張り合いにすぎぬのだが、見栄でも意地でも張らぬことには、旧家の存在意義が殆《あやぶ》まれる時代になっていた。

祝言の宴は二日にわたった。大広間の御神前に夫婦がかしこまり、東に向かって何列にも祝膳が並べられた。つまり夫婦は物言わぬ雛飾りで、数百の客が入れ替わってゆくのである。玄関には抱稲《だきいね》の家紋を染めた幔幕《まんまく》が張られ、参会者は受付に祝儀を置いてから大広間に通る。夫婦と親に挨拶をしたきり帰ってしまうお義理の客もあれば、長々と居座って酔い潰れる人もあった。

見栄の張り合いであるうえ、講社講中《こうじゅう》は関東一円に散在しているから、ほとんどが見知らぬ顔だった。

夫が懇《ねんご》ろに語り合っていたので、去ったあとに「どなたですか」と聞けば、「知らない」と答える。そうこうするうち、やはり知らない顔が懇ろに語りかけてくるから、イツも粗相のないようお愛想を返す。去ったあとで夫が「どなたかな」と聞くので、「知りません」と答える。しまいにはたがいの生真面目さがばかばかしくておかしくて、笑いをこらえるのに懸命だった。

この人とは気が合うみたいだ、とイツは思った。祝言までは婿という扱いではなく、父の弟子とされていたから、むろん寝間は別であったし、二人きりで語り合うこともなかった。

髷《まげ》を俯けて笑いを嚙み潰していると、夫は訝《いぶか》るでもなく、そっと指先で尻をつつく。夫が噴き出しそうなときはお返しである。

招かれざる客が目の前に現れたのは、そんなときだった。

宴もようようしまいにかかろうという、二日目の夕昏どきである。開け放たれた裏廊下の先には、戦勝に沸く大東京の灯がちらほらと瞬き始めていた。

見知らぬ顔と長い挨拶をかわし合ったあと、その背中のうしろから唐突に、これはたしかに見憶えのある小柄な男が、ずいと膝を進めてきた。

「このたびは、おめでとうございます」

イツは息をつめた。紋付袴の正装で、髪も中分けになでつけていたから、とっさにはそうとわからなかったのだが、古市一等卒にちがいなかった。

大広間の喧噪が遠ざかり、御神前の灯明を残して光も落ちたような気がした。

「かたじけのうございます。わざわざご足労いただき、申しわけございません。今後ともよろしゅうお引き回し下さいまし」

おしきせの返答は慄《ふる》えてしまった。顔を上げることもできずに、早く消えてくれと胸に念じた。

ところが、古市は消えるどころか袴の膝を滑らせて、夫の前にかしこまった。

「このたびは、おめでとうございます」

夫は応答した。イツが頭を下げたままであったから、よほど義理ある人だと思ったのであろう、夫の言葉は懇切だった。

見えている。聞こえている。死者の魂魄《こんぱく》ではないと知って胸をなでおろしたが、それはそれでまた得体の知れぬ恐怖が迫った。

古市は宴の席につこうとはせずに、すうっと酔客に紛れて消えてしまった。

「どなたかな」と夫が訊ねた。顚末《てんまつ》を語るわけにはいかないので、「せんにお台所を手伝って下さった板前さん」とだけ答えた。嘘にはあたらない。

多くを語らぬかわり、イツは訊ねた。

「見えましたか」
エ、と驚いてから、洒脱な冗談と思ったらしく夫は笑った。
「そりゃあ、見えたとも。見えぬ人にご挨拶はできないよ」

もしや夫は、幾月かの厳しい修行の間に、見えざるものを見る験力《げんりき》を得たのではあるまいか、とイツは疑ったのだった。

修験道と深くかかわる御嶽山の神主は、滝に打たれたり峰々を奥駆けしたり、岩屋に籠《こも》って木食《もくじき》をしなければならない。まして先達は、験力を感得している父なのである。

二人は白無垢の行者のなりで暗いうちに屋敷を出発し、日の昏れるころにくたびれ果てて帰ってきた。どうかすると幾日も戻らずに、家族が気を揉むこともあった。

イツは悲しくなった。父と自分がしばしば迷いこむ神秘の世界を、夫と二人してさすらいたくはなかった。

すがる思いで父を捜したが、接客に疲れたのであろうか姿は見当たらなかった。


「おもうさん。ちょっとお話が――」

二日にわたる祝宴がお開きとなり、家族が遅い夕飯をおえたころあいを見計らって、イツは父に声をかけた。きょうの一件をはっきりさせておかなければ、新床に就く気にはなれなかった。

御神前で父と差し向かいに座った。イツは忌憚なく訊ねた。

「おまえはどうして、あの人が死んでいると決めつけるのだ」

聞くだけを聞いたあとで、父は腕組みをしてそう言った。

「だって、おもうさん。脱走兵は銃殺されるのでしょう。いえ、捕まるよりも、あの晩のうちに雪の中で凍え死んでしまったにちがいありません」

それからイツは、夫にも古市一等卒の姿が見えていた、と恨みがましい口調で言った。夫が験力など備えてほしくはなく、お狐払いだの家伝の鎮魂術などは、父を限りに絶やしてほしかった。

「あいにくだが、あれにそのような力はないよ。験力は生まれつき授かっているもので、修行を重ねてどうこうなるわけではない」

「だったら、どうしてつらい修行をなさるのでしょうか」

「山に近付き、草木に親しみ、心身を鍛えるためだ」

何を言いためらっているのだろう。イツの詮索を遮るように、父は固く心を封じていた。

「古市さんは達者にしておいでだ。戦地ではずいぶんご苦労をなさったらしいが、名誉の負傷も本復して、祝言に駆けつけて下さったのだよ。何のふしぎのあるものかね」

イツはそれこそ狐が落ちでもしたように、縛《いまし》めを解かれた気がした。そう考えればたしかに、ふしぎは何もなかった。

「軍隊はおやめになったのでしょうか」

中分けに撫でつけた髪は、地方人の証《あかし》だった。

「満期除隊となったそうだが、戦地で右腕をやられたので、包丁は握れぬらしい」

「だったら、うちでお雇いになって下さいまし。包丁は持てなくたって、ほかに仕事はいくらでもあります」

「いや」と、父は理由を言わずに拒んだ。心がいっそう頑なになった気がした。

「どうしてでしょうか。お国のために働いてそうなったのだったら、せめて面倒を見るのがご神意にかなうというものではございませんか」

「いや」

「わけをお聞かせ下さいまし」

イツは詰め寄った。軍隊が思いのほか寛容であったのか、それとも芳賀少尉が骨を折ったのかはわからない。ともかく古市一等卒は罪を問われずに戦地へと向かい、汚名返上の働きをした末に傷を蒙ったのだ。

「いや」

「わたくしは了簡できません。おもうさんを見損なってしまいます」

父は蓋を被《き》せた心をほんの少し開いて、怖いことを言った。

「あの人は穢《けが》れている。山に住まわせるわけにはいかない」

その夜イツは、夫と手を繋いで眠った。妻が塞ぎこんでいるのは、新床の気構えができていないからだと思ったらしく、夫はけっして無理強いをしなかった。やさしい気配りにもまして、夫が人の心など読めぬ当たり前の人間であることが、イツは嬉しかった。

古市一等卒は穢れている、と父は言った。それは戦塵にまみれて汚れてしまったという意味なのだろうか。あるいはよほどの前線に出て、ロシア兵を殺したのだろうか。

だがいずれにしろ、それは天皇陛下のご命令によるのだから、神様に仕える父が穢れとする理由にはならなかった。

ならばいったい、何が穢れているのだと思うと、怖くてたまらなかった。

父とイツは声に出さずに心を通わすことができるのだが、心に壁を立てられるのは父だけだった。

新妻のおののきを感じたのだろうか、夫は夢うつつに手枕をさし入れて、そっと肩を抱き寄せてくれた。


翌る朝早く、古市は再び屋敷を訪れた。

きのうはよその宿坊に泊まり、これから下山するのだが、みなさんに挨拶もできなかったので帰りがてら立ち寄ったということだった。

風呂敷包みを結わえつけた蝙蝠傘《こうもりがさ》が式台に立てかけられていた。紋付袴には似合わぬ鳥打帽を左手で脱いで、きっかりと腰を折り、古市は兵隊ッ気の抜けぬお辞儀をした。きのうは動顚《どうてん》していて気付かなかったが、たしかにその右手は力なくちぢこまっていた。

だが、もう怖くはなかった。古市が幽霊などでないのは瞭《あきら》かだし、穢れどころか傷つきながらも生還した強運と勇士の栄光とが、その小柄な体を燦々《さんさん》と隈取っているように思われた。

父も母も、古市を屋敷に招き入れようとはしなかった。九月のなかばだというのに、ひんやりとした秋風が立って、気の早い楓の葉が式台に散り落ちていた。つい幾日か前まで鳴いていた法師蟬も蜩《ひぐらし》も、みな死んでしまったらしい。

この人は頼ってきたのだ、とイツは思った。利き手の力を喪《うしな》ってしまえば、包丁を握るどころかまともな職にも就けまい。そこで祝儀にこと寄せて山を訪れ、父の情けにすがろうとした。

たぶん、きのう宴の雑踏のどこかで古市は父に懇願し、父は拒否したのだろう。イツに同じことを頼まれても、まさか厄介者よばわりはできぬから、父は「穢れ」などという曖昧《あいまい》な言葉を使ったにちがいなかった。

　イツは怒りを覚えた。御師様と呼ばれ敬されてはいても、つまるところは凡俗の薄情者だと思った。藁《わら》にもすがるつもりで二度訪れた古市の胸のうちを百も承知していながら、まったく穢らわしいもののように玄関払いを食わせようというのだ。

　式台の上と下に佇んだまま、父と古市はまるで意地を張り合うように語り合った。

「それにしても、あなたは運がお強い。たったひとり生き残られたとは」

　イツはギョッとして、父のうしろに控える母の腕を引いた。

「たったひとり、って――」

　母が袖をからげて囁き返した。

「みなさん、戦死なすったんですよ」

　思わず顔を被った。みなさん、と母が言うからには、芳賀少尉をはじめとする砲兵隊をさしているにちがいなかった。

　問わず語りに古市は続けた。

「敵の着弾が接近してきたので、砲座を変換しようとした矢先でした。野砲の一門が砂を嚙んでしまって動かぬから、みんなして集まって押し引きしているところに直撃弾です。そのうえ、陣地には榴散弾が山のように積んであったからたまりません」

　話の先を継ごうとして、古市は俯いてしまった。それから不自由な右手をさすって、「運が強いのでしょうか」と呟いた。

イツはたまらなくなって、「おもうさん」と父をせかした。ここまで泣きを入れさせておきながら、情けをかけようとしない父を諫《いさ》めたつもりだった。

「お黙んなさい」

父は振り向きもせずにイツを叱りつけた。打擲《ちょうちゃく》されたように背筋が伸びたが、怯まずに言い返した。

「芳賀少尉さんは古市さんを見捨てなかったのに、おもうさんは知らんぷりをなさるのですか。とうていご神意にかなうとは思われません」

いつの間にやってきたのか、夫が這うようにイツの袖を掴んで、「こらこら、たいがいになさい」と小声で叱った。

父はようやく式台にかしこまり、懐から畳紙《たとう》にくるんだ餞別《せんべつ》を取り出して古市に手渡した。

「お引き取りねがいたい」

冷ややかな声であった。まるで、きのう古市が持参した祝儀を、そのまま突き返すようだった。そこでイツは、先ほどの「お黙んなさい」という厳しい叱責が、自分にではなく古市に向けられたものであると知った。父の様子は尋常を欠いていた。

「そんなつもりではなかったのですが」

「いや、当家にも他意はございません。言を翻すようで心苦しいが、当家には当家の事情があります」

餞別を握ったまま古市はしおたれてしまった。

「娘は了簡できぬようなので、も少し話し合っていただきたい」

まるで放り出すようにそう言い、父は母を従えて玄関から立ち去ってしまった。イツには父の真意がわからなかった。

父の去った式台に進み出る気にはなれず、イツは何間も離れた上がりがまちから哀れな古市を見つめた。

「おもうさんに口応えをしてはいけないよ」

夫がイツの背をさすってくれた。その当たり前の、凡傭なやさしさに触れたとたん、イツは気付いたのだった。

父の言った「穢れ」が何であるか。すると古市の体を被っていた強運と栄光とが、たちまち濡れた革衣でも着せたように、黒く翳《かげ》った。

「砲兵隊のみなさんは、いつどこで戦死なすったのですか」

おやめなさい、と夫が言った。思い出したくもないことを訊いたりするものじゃないよ、と。

古市は顔を歪めて答えた。

「昨年の十二月二十七日であります。何としてでも年内に二百三高地を陥とすということで、砲兵隊は二龍山《にりゆうざん》の真下まで進出したのです」

一万五千四百人の日本兵が虫けらのように殺されたあと、ロシア軍がついに白旗を掲げたのは翌る一月元旦であった。

イツは目を瞑《つむ》った。年の瀬の雪降る庭に、疲れ果てながら整然と並んでいた兵隊たちの姿が思い出された。

「横なぐりのひどい吹雪でしたが、それでも歩兵は突撃するので、砲をつるべ撃ちにしなければならず――」

古市一等卒は脱走兵などではなく、訓練中に落伍したわけでもなかった。いや、近衛砲兵隊はあのときすでに、吹雪の戦場で全滅していたのだ。

「自分は非力なので、砲座を変換するとき小隊長に命ぜられて、弾薬を運んでいたのであります。強運でも何でもないのです。足手まといだから、弾薬箱を抱えて陣地の外に出ていたのです。働き者がみな死んで、役立たずひとりが生き残っちまって――」

古市は鳥打帽を顔に当てて、わんわんと泣いた。

あの夜の出来事は口に出せない。いっぺんに死んでしまった芳賀少尉と三十人の砲兵さんが、姿の見えぬあなたひとりを捜していた、なんて。

これを穢れと呼んでよいものだろうか。おそらく父は、あまりにも瞭《あきら》かな霊異に畏《おそ》れおののき、触れるなかかわるなとイツを諭したのであろう。ならば一言で穢れとするのが、最も適切にちがいない。父には二度と抗《あらが》うまい、とイツは思った。

「もう、およしなさい」

夫がどちらに言うでもなく、穏やかに二人を宥《なだ》めた。

「神様がね」

そう口にしたとたん、イツはありがたさに涙をこぼした。日本武尊は戦争を勝利に導いて下さったばかりか、異国の土となった兵隊たちの魂を、御嶽山のお社に喚び集めて下すったと思ったからだった。

「神様が、どうしたのだ」

「いえ、何でもありません」

見えざるものを見、聞こえざる声を聞く父や自分よりも、心やさしいこの人こそ神職にふさわしい。きっと夫は、神に希《のぞ》まれたのだと思った。

ふと顔を上げると、颪に舞い落ちるくれないの楓の中を、よろめくように去ってゆく古市のうしろ姿が見えた。

苔むした檜皮葺《ひわだぶき》の裏門を抜けるとき、鳥打帽が脱げずに少しだけ首をかしげ、けっして二百三高地の生き残りには思えぬ閑《のど》かなお辞儀をした。

＊

今さらアメリカ兵を憎んでいるわけではない、と伯父は話のしまいに言った。

「見世物にされたり、記念写真に撮られたりするのはいただけない」

「神社とまちがえてるんだよ、きっと」

いつの間にか提灯の火は消えて、星あかりが沓脱石の先に、屋敷の軒をきっぱりと截《た》ち落としていた。

「神様は神社にお籠りになっているわけではない。御嶽山は神様のお山だから、どこにでもいらっしゃる」

「ここにも」

「そうだよ、神様のお山ではしゃいだり、面白半分に写真を撮ったりしてはいけないんだ」

祖父母は八人の子があった。だがその子らの数は訊ねる人によっては十一人になったり十三人になったりしたから、無事に育った子供が八人という意味なのだろう。伯父と私の母は十七歳も齢が離れていた。

おまえのおばあさんは子供を産みすぎて命を縮めてしまったのよ、と母は口癖のように言った。それは二人の子供すら満足に食わせられない自分を恥じているようでもあり、また幼い子供を残して死んでしまった自分の母を、恨んでいるようにも聞こえた。

屋敷が兵隊宿であったなど、母から聞いたためしはなかった。ひどい負け戦をして、軍隊もなくなってしまったから、そんな話も禁忌となったのだろうか。そう考えれば、米兵に対する伯父の感情も納得がゆく。少なくとも、神の山だという説明よりも。

私たちは円《まる》い夜空に溢れる星ぼしを見上げた。兵隊さんは星になったのだろうかと考えるそばから、伯父は私の心に答えてくれた。

「べつに兵隊ではなくたって、死ねばみな神様になる」

母を苦しめる人々の顔が胸にうかんで、それは不公平な話だと私は思った。

星降る庭はいっそう青ざめ、一面の雪景色を彷彿させた。

「寒かったろうね」

兵隊は靴も脱がずに、門長屋や納屋の土間で眠ったのだと伯父は言っていた。戦争は私の想像を超えているが、山上の寒さは知っていた。湯上がりの濡れ手拭を庭で振り回すと、たちまち棒切れになる。

しばらく物思うふうをしてから、伯父はぽつりと呟いた。

「北支はもっと寒かったよ」

「二百三高地は」

「さあな。たぶん、もっともっと寒かったろう」

秋虫の集《すだ》き始めた庭に腰を下ろしたまま、伯父と私はぼんやりと夜空を仰いだ。

天狗《てんぐ》の嫁

宴もたけなわのころ、ふいに屋敷中の光という光が消えた。

愕《おどろ》きの声が上がったのはほんの一瞬で、闇に呑みこまれた人々は長いこと何も語らず、身じろぎすらしなかった。

客間ならば柱伝いに手探りをして人を呼ぶこともできるけれど、百畳余りの大広間ではじっとしているほかはない。まして大盤振る舞いの宴席は、幼い私の膝前にも豪勢な二の膳三の膳が据えられていた。

山々のどよめきが耳に迫った。密生する千年の杉や檜《ひのき》が枝を鬩《せめ》ぎ合い、幹をしならせる音である。それは都会育ちの私が日ごろ馴れ合っている喧噪とはまるでちがう、天然の騒擾《そうじょう》だった。

大丈夫だよね、と私は母の腕にしがみついて訊ねた。

「怖がらなくていいのよ。御嶽山《みたけさん》の神様が天狗《てんぐ》なんぞに負けるはずはないの」

霊山の神官の家に生まれ育った母は、どことなく浮世ばなれしていて、何か物を訊ねたときの返答にしても、いちいち物語めいていた。

人々がやっと語らい始めた。

——この台風は並じゃあないらしい。

——よりにもよって、こんな山の上にいるとはなあ。

——避難するにしたって、逃げ場はありませんや。

そんな不穏な会話が耳に入ると、私は生きた心地がしなくなった。この暗闇の中で、風に吹き飛ばされるか山崩れに呑まれるかして、わけもわからずに死んでしまうのだろうと思った。

正確な気象情報などはもたらされぬ時代の話である。台風が来るらしいと聞けば、いくらか面白半分に雨戸に釘を打ちつけたり、ガラス窓に板囲いをしたものだったが、幸いそうした準備が功を奏するほどの嵐を私は知らなかった。

闇の彼方の上座から父の声がした。

「まあまあ、これも座興じゃあないか。この屋敷は百年も前からここに建っていて、関東大震災のときだってビクともしなかったらしいから、心配はいらないよ」

いつも夢見ごこちの母とはうらはらに、父はかたときも金勘定を忘れたことのない現実主義者だった。少なくとも「神様が天狗に負けるはずはない」などというよりも、父の声は私を安心させた。

光が届けられた。広い屋敷の台所のほうから、女たちが一列になって、長い脚の付いた燭台《しょくだい》をしずしずと運んできたのだった。いったいにこの神坐《かみいま》す山には、性急な人の動きというものがなかった。神官や巫女《みこ》たちの祭事の所作が、そのまま人々の物言い物腰となっていた。

私と母の前に燭台を据えたのは、少女のように小柄な伯母だった。母のすぐ上の姉であるその人は、カムロというふしぎな名前を持っていて、いつどこで見かけても体の向こう側の景色が透けていた。

ありがとう、ねえさん、と母は頭を下げた。

長幼の序にやかましい旧家に育って、虚弱なゆえに婚期を逸した姉を、母はことさら気遣っていた。私がいとこたちの口ぶりを真似て「カムちゃん」と呼びでもしようものなら、「カムロおばちゃんと言いなさい」と母に叱られた。

漢字では「学文路」と書くのだが、実は女神の尊称である「神漏美《かむろみ》」に拠ると言われていた。

ひと通り燭台が立てられると、山のどよめきなど聞こえぬふうに、また酒盛りが始まった。


戦地から命からがら復員した父は、新宿の闇市を足がかりとしてのし上がった。

詳しいいきさつは知らないが、若い時分には立川の米軍キャンプに出入りしていたというから、その帰りがてら奥多摩に足を延ばして、宿坊の娘を見初めたのだろう。

そののちいくども通いつめ、しまいには駆け落ちして所帯を持った。しかし商才に長けていた父は、ほどなく事業を成功させて、私が物心ついた時分には何十人もの従業員を抱える写真機材問屋を営んでいた。

余裕のできた父は、しばしば自家用車や営業車を列ねて御嶽神社を詣で、大枚の寄進をした。のみならず、みずから世話人となって講社まで結成した。

他人に頭を下げることの嫌いな人であったから、金に飽かせてそんなふうに、駆け落ちの決着をつけたのだろう。ともかくその時代にしか存在しえない、横紙破りの男だった。

その日も父は大型台風の接近など物ともせず、かねてからの予定通りに大勢の社員を従えて山に登ったのである。

私には前後の記憶がない。しかし、五千人あまりもの犠牲者を出した伊勢湾台風の晩であるから、一九五九年・昭和三十四年九月二十六日か七日という特定はできる。だとすると私は七歳、母は三十、父は三十四であったことになる。

神田美土代《みとしろ》町の電車通りに本社ビルを建て、新宿の三越の並びには小売店舗もあった。ほんの十年ばかりの間に、闇市のブローカーが店を構え、卸問屋にまで出世したのである。

戦後復興期の需要がもたらした繁栄であったにせよ、軍隊毛布一枚を貰って復員してきた父には、わがことながら信じられぬ飛躍であったはずで、もしやこれは御嶽神社の冥加かと思ったかもしれない。

それで御礼参りを始めた、というほうが理に適っているように思える。かつて結婚に大反対した祖父が亡くなり、やはり軍隊から復員した伯父の代になったのをしおに、冥加を蒙ったかもしれぬ嫁の実家との、関係修復を始めた、というところであろうか。

若い社長と若い社員たちはまさしく騎虎の勢いで、迫りくる台風など物ともせず御嶽山に登った。あるいはあんがい、台風の規模などは知らなかったとも思える。

山道で難行した記憶はないから、ケーブルカーは動いていたのだろう。ともあれ宵の大広間で宴会が始まったときには、天狗の仕業かと思える暴風雨が襲来していた。

ほの暗い宴のさなかにまたカムロ伯母がやってきて、「風が強うございますから、お風呂はよしにさせていただきます」と言った。

そのときの伯母の紬《つむぎ》の後ろ背には、ふしぎな威厳があって、居並ぶ男たちはみな冗談のひとつも思いつかず、まるで神の依代《よりしろ》となった巫女の口から託宣でも授けられたように、「はい」と声を揃えた。

巫女といえば、そののち中学に上がったころ一度だけ、巫女の装束を着て神社に上がる伯母の姿を見たことがある。

何かの祭事の折に若い巫女の具合が悪くなり、ほかに適当な少女がいなかったのか、昔とった杵柄だなどと言われて、伯母がいやいや代役に立つこととなった。

若い巫女に月の障りでも訪れたのであろうか。そうした体の変調は穢《けが》れとされており、本来の巫女の条件は女性の証《あかし》を見る前の少女でなければならなかった。

嵐の晩の出来事よりも何年も後の話だから、伯母は四十にもなっていたと思う。「いい齢《とし》をしてみっともない」と伯母は拒んだが、祭事は迫っているとみえてしぶしぶ承諾した。

婚期を逸してしまった伯母は、小さい体をよけい小さくして宿坊の家業に勤《いそし》んでいた。いつの時代のものかもわからぬ地味な紬を着て、どうかすると忙しいときには、絣《かすり》のもんぺをはいていることもあった。

沐浴をして装束を身につけ、御神前《ごしんぜん》でお祓《はら》いをすませた伯母が表廊下に出てきたとき、わが目を疑った。

山上の巫女は少年たちの憧れであったが、噂に上る少女などとは較べようもないくらい、伯母は美しく愛らしかった。

人形のような顔に紅をさし、眉を引いただけなのに、それこそ太古の神漏美命《かむろみのみこと》の化身としか思えぬほど神々しかった。長い黒髪をおすべらかしに垂らし、衣は雪のように白く、袴《はかま》は燃え立つばかりに緋《あか》かった。

「すまないけど、神社まで手を引いておくれ」

伯母は私を眩《まばゆ》げに見つめながら言った。

「メガネは？」

「傍目《はため》があるじゃないか」

ひどい近視眼の伯母は、風呂に入るときでさえ眼鏡をかけていた。それはまるで虫眼鏡のように分厚くて、伯母の表情をわからなくさせるどころか、稀有な容貌を乗っ取っていたのだった。

巫女のなりをして眼鏡をかけるのは恥ずかしく、裸眼では足元も覚束ない。そこでたまたま居合わせた甥に介添を頼んだのである。

こっちこそ恥ずかしいとは思っても、そうとは口にできぬ男の矜持のせいで、伯母の言いつけを拒むことはできなかった。

伯母の掌を握って長屋門を抜け、神社へと続く杉木立の坂道を登った。伯母は前のめりに体を丸めて、見えぬものを見究めようとするように歩んだ。そして人目のある参道に出ると、片方の袖を掲げて顔を隠した。鳥居前の広場では声をかけてくる人もあったが、伯母は会釈だけを返して通り過ぎた。

大鳥居を抜けると、幅の広い石段が随身門《ずいしんもん》へと続く。講社の団体客がきまって集合写真を撮る場所だった。そのあたりで、伯母は早くも息を上げてしまった。

朱色に塗られた随身門の両翼には、左大臣と右大臣の神像が鎮《しず》まって、眼下に豁《ひら》ける関東平野を見つめていた。

「ちょっと休ませて」

伯母は喘ぎながら言い、朱色の壁に背を預けた。山頂の社殿は遥かだった。

屋敷を出てからずっと、ふしぎな錯覚に捉われていた。その人が伯母ではなく、いくつか齢下のいとこのように思えた。たしかな人数さえわからぬほど多くのいとこやはとこたちは、旧家の純血を守るためにしばしば夫婦になった。

随身門の朱い壁に身を任せて佇んでいる美しい巫女が、いつか私の妻になる人のような気がした。

息が整うと、伯母はふいに見えざる木立ちを眩げに見上げて言った。

「ここで天狗様に攫《さら》われたのよ」

意味がわからずに伯母の表情を窺った。冗談など言う人ではなかった。

「六つのときに、この随身門の下でね」

伯母の声は今際《いまわ》の人のように切れぎれだった。

「神社の宿直《とのい》のお父《もう》さんにお弁当を届けた帰り途に、御坂《みさか》の霧がふいに霽《は》れたと思うと、ひどい吹き降りになったの。それで、ここに駆けこんで雨宿りをしていたら――」

森の中から天狗が現れたのだ、と伯母は言った。それは修験《しゆげん》のなりをした雲をつくような大天狗で、呪文を唱えながら印を結ばれたとたん、金縛りにかかってしまった。

「天狗様の懐に入って空を飛んだのよ。般若心経が気持ちよくて、ちっとも怖くなかったの」

その話は母から聞いた憶えがあったのだが、あまりにも荒唐無稽なので心にはとどまらなかった。いったいに私の母は、真実と虚構とをないまぜに語る人だった。

母の話によると、幼い子供が行方しれずになったというので山は大騒ぎになり、総出で捜し回ったのだが足跡すら見つからなかった。ただ、随身門の裏に赤い鼻緒の下駄の片方が落ちていただけだった。もしや神隠しならば、返して下さるよう神様にお頼みしなければなるまいなどと、神官たちが相談していたところ、三日目の晩にひょっこりと、まるで分教場からいくらか遅くなって帰宅でもしたくらいに何ごともなく、伯母が帰ってきたのだった。

「ほんとに何も憶えてないの？」

と、母の話を思い出した私は、改めて伯母に訊ねた。

「気がついたらここに立ってたの。ああ、ぼうっとして夢でも見てたんだな、って思っただけ」

屋敷に帰った伯母は、三日をどこでどうしていたかと首をかしげるほど身ぎれいで、少なくとも山中をさまよっていなかったことだけはたしかだった。ならばどこかで厄介になっていたのかと考えても、山上には神官の屋敷が三十ばかり、みやげ物屋や使用人たちの家を合わせてもせいぜい五十かそこいらで、大騒動が聞こえなかったはずはない。

唯一の手がかりと思しきは、伯母の履いていた下駄だった。随身門に落ちていた下駄のかわりに、伯母は白い鼻緒の、下ろしたてと見える大人の桐下駄を履いて帰ってきたのだった。しかし祖父母がその下駄を持ってあちこち訊ね回っても、思い当たる人はいなかった。

そこで、これはやはり本人の言う通り天狗の仕業にちがいない、ということになった。祖父は神社に上がって下駄をお焚き上げし、わが子を返してくれた感謝をして、一件は落着した。

母から聞かされた話の大要はそのようなものだった。

「こんなところで油を売ってちゃいけないね」

伯母は私の手を探ってたぐり寄せ、随身門の下から歩み出した。

巫女の到着を待ち切れずに祭事が始まったのか、遥かな石段を覆い隠した霧の向こう側から、忍ぶような御太鼓の音が聞こえてきた。

伯母の手ざわりは、少し小さいけれど母の掌によく似ていた。


ところで、嵐の夜は燭台と懐中電灯の光の中で更けていった。

雨風はつのるばかりで、薪《まき》を焚いて風呂を沸かすなどもってのほかである。宴は早々にお開きとなり、それぞれが客間へと引き揚げた。

大広間から出ると、ぐるりを繞《めぐ》る表廊下の雨戸が風に撓《たわ》んでいた。飛ばされてきた木の枝やら礫《つぶて》やらがぶつかり、屋敷はまるで攻め手に取り巻かれてでもいるようだった。

大階段を昇った二階には半間幅の廊下が通っており、障子と襖《ふすま》に隔てられた客間が両側に並んでいた。そもそもが講社講中《こうじゅう》の参拝客を泊める宿坊であるから、余分な仕切り壁などはなくて、襖や障子をはずせば二階にもうひとつの大広間ができるのである。

登山客や観光客も増えたので、眺望のよい東側に棟をつないで新館と称したのはそのころだった。そうなると今さら宿坊でもあるまいから、民宿の看板を掲げたのだが、三多摩地方で随一の建坪を誇ると言われた巨大な屋敷は、いかにも民宿の名にそぐわなかった。

その夜、母と私は古い母屋の客間を使い、父は新館の先端にある、テラスの付いた部屋で寝た。偏屈な人であったのか、父は家でも旅先でも家族と同室することがなかった。

闇の廊下で父と別れるとき、私は丹前の袂《たもと》を引いて「一緒に寝ようよ」と言った。嵐の夜の心細さもあったけれど、東に張り出した新館が殆《あやう》いものに思えたからだった。テラスの下は急峻な崖で、大宮司の屋敷の茅葺屋根を足元に俯瞰した。神官の家はおおむね参道に沿っているので、隣家といえば石垣か崖を隔てた上か下なのである。

私と母は懐中電灯を枕元に置いて、ひとつの蒲団《ふとん》に入った。

襖ごしに聞こえる若者たちの潜み声は、山の唸りに被われて切れぎれになり、やがて死んだように絶えてしまった。

雨風はいよいよ激しくなった。御嶽山の巨木をふんだんに用いた屋敷は、たしかに微動だにしなかったが、そのかわり精妙に組み上げられた梁や柱の軋《きし》みが間断なく聞こえた。

私は母に寝物語をせがんだ。

「嵐は天狗様のいたずらなの。大きな団扇《うちわ》で煽《あお》るとね、こんな大風になるのよ」

それから母は、御嶽山に伝わる天狗の話を始めた。安らかな夢につながる物語を、母の口から聞いたためしはなかった。たいていは怪談か悲しい話か、戦時中の酷《むご》たらしい記憶だった。みずからの体験ならば思うさま虚飾を施し、聞いた話ならみずからの体験に変えた。もっとも、だからこそ母の寝物語は面白かったのだが。

もしかしたら、天狗に拐《かどわ》かされた伯母の話を聞いたのは、その晩だったのかもしれない。


嵐は猛り狂った。

じっと闇を見つめていると、波風に翻弄される船の底で、運を天に任せて横たわっているような気がしてきた。

空は鳴り続け、森はわななき、ときおり大木が倒れたとしか思えぬ地響きが伝わった。雨戸に物のぶつかる音も次第に大きくなり、もしや眠ったまま飛ばされた人間の体なのではないかなどと思えば、いよいよ目が冴えてしまった。

母を揺り起こしても、「大丈夫よ」という寝言が返ってくるばかりだった。私はとうとうじっとしていることに耐えられなくなって、蒲団から這い出した。

隣座敷の障子を開けて懐中電灯の光を当てると、日ごろ遊び相手になってくれている若い衆は、みな高鼾《たかいびき》で寝こけていた。命のかかったこんなときに、ぐっすりと眠っている大人たちがふしぎでならず、もしや天狗の魔力にかかって、ひとり残らず眠らされているのではないかと思った。

大階段の下り口まで這って、はっと身をすくめた。光の先に伯母の小さな背中が映し出されたのだった。伯母は大階段の一段目に腰かけて、叱られた子供のように泣いていた。

懐中電灯を消し、闇の底にほんのりと浮かぶ白勝ちの寝巻の背をしばらく見つめた。

体ばかりか心までも育ちきらぬ伯母は、子供らと遊びながら些細な言葉に傷ついて、泣き出してしまうことがあった。そうしたとき、宥《なだ》めたり慰めたりするのは定めて私の役目だった。

こんなふうに考えた。

甲斐性のある男の妻となり、子供にも恵まれ、大勢の若い衆を引き連れていわば故郷に錦を飾った妹を、伯母は羨んでいるのではなかろうか。妬《ねた》み嫉《そね》みなどのさもしい感情を持ち合わせぬ伯母は、兄弟姉妹が公平に幸福であった子供の時分に、肩を並べてお手玉をついた大階段の下で、人知れず嘆くほかはないのではあるまいか、と。

少し前に、東京の私の家を訪ねてきた伯母が、家族と語らいながらふいにさめざめと泣き出したことがあった。まるで原因がわからなかったのだが、のちに私の家の祖父母がたぶんこんなところではないか、と話し合っていた。七歳の私がおしゃまな憶測をするはずはないから、祖父母の受け売りでそんなふうに考えたのだろう。

宥めようも慰めようもなかった。気易く声をかけるわけにもいかず、かと言って寝床に引き返すのも卑怯な気がして、私は嵐に怯えながら長いこと大階段の上に蹲《うずくま》っていた。

ふたたび懐中電灯をつけると、伯母が振り返った。厚い眼鏡が白く輝いた。

目の悪い分だけ闇の中では勘が働くのだろうか、伯母はすぐに私だと気付いて手招きをした。

私は階段を下りて、伯母に体を寄せた。

「怖くて眠れないんだろう」

と伯母は言い、肩を抱き寄せてくれた。やさしい力に身を任せると、心と体を縛《いまし》めていた縄の結び目が、ふいにほどけたような気分になった。

「電池がもったいないよ」

伯母は私の掌の中の懐中電灯を消した。嘆きを覗き見られたことを、恥じているようだった。あたりは漆黒の闇に返ったが、そのぶん伯母の顔と寝巻の白さがまさって、大階段に腰を下ろした私たちのまわりだけが、ぼんやりと明るんだ。

伯母の嘆きを慰めなければならないと思ったが、適当な言葉の見つかるはずもなかった。幸福な母に引き較べて、伯母が不幸なわが身を果無《はかな》んでいる、ということぐらいはわかっていても、大人の領分に立ち入る知恵はなかった。

「そんなのじゃないよ」

伯母は私の心を読み取った。

「大きくなったら天狗様のお嫁さんになるって約束したのに、それでやっとこっちに帰してもらったのに、ヒゲのおじいさんが験力《げんりき》を使って、あたしを護ってくれたの。おじいさんもおもうさんも死んでしまったから、天狗様があたしを連れにきたのよ」

私は慄《ふる》え上がった。

「おじさんが護ってくれるから、大丈夫だよ」

と、私は再び寝巻の袖をからげて泣き出した伯母の、背をさすって宥めた。

「にいさんなんかあてになるものかね。どうせあたしは厄介者だから、天狗様のところに嫁に行けばいいいって思ってるんだ」

私と同様に、伯母は眠りそこねてしまったのだろう。そしてまんじりともできぬまま、猛り狂う嵐に怯えて、心の奥底に潜む不安や不満を膨らませてしまった。もしそうだとすれば、父母よりも親類の誰よりも、私と似た気性だったのかもしれない。

何か大きくて硬いものが表廊下の雨戸にぶつかって、私たちは身をすくませた。それはたしかに、天から庭に降り立った大天狗が伯母の決心をせかして、雨戸を蹴とばしたようにも思えた。

伯母は立ち上がった。

「あたしが嫁に行きゃいいんだ。何でもかでもそれで丸く収まるんなら、仕方ないよ」

闇に向かって歩き出そうとする伯母に、私はすがりついた。もし雨戸を開けようものなら、小さな伯母はひとたまりもなく飛ばされてしまうと思った。

そのとき、重い地響きとともに屋敷が揺れた。遠くで悲鳴が聞こえ、襖や障子があちこちでばたばたと開いた。伯母は廊下にへたりこんで、「あたしのせいだ、あたしのせいだ」とわめくようにくり返した。

懐中電灯の光が錯綜し、誰だかもわからぬ男衆が廊下を駆け抜けていった。

屋敷はしばらく揺れ続けた。天狗の催促かどうかはともかく、どこかが破壊されたことはたしかだった。湿気った風が廊下の先と階段の上から吹き寄せてきた。

大階段の並びには、茶の間と呼ばれた応接用の座敷があり、眠りを破られた女衆や子供らが、慄えながら泣きながら集まってきた。伯母と私も障子を開けて、廊下から段上がりになった茶の間に入った。

その座敷の角には、大人が一抱えしても手に余るくらいの大黒柱が立っていた。大正十二年の関東大震災のときには、曾祖父の号令で家族全員がその周囲に集まり、揺れの収まるまでじっとしていたという話だった。

震災を記憶している誰かが呼びかけたのだろうか、女子供はやがてひとり残らず、大黒柱に支えられた茶の間に集まった。卓の上に燭台《しょくだい》も置かれた。

どこかの破れ穴から吹きこんでくる風が、屋敷を風船のように膨らませているように思え、しまいには破裂してしまうのではなかろうかと私は気を揉んだ。

新館が、という声が耳に入った。

「大丈夫かしら。うちの主人が寝ているんだけど」

母が不安げに言った。そこで私は、かたわらにいたはずの伯母が、いつの間にか母にすり変わっていることに気付いた。ずっとつないでいたはずの手も、母の手に変わっていた。

あたりを見回しても、蠟燭《ろうそく》の光に蝟集した顔は誰が誰やらわからず、蒲団や毛布を頭から被っている人などもあって、伯母の所在はわからなかった。無理に捜そうとすれば、見てはならないものを見つけてしまいそうな気がして、私は詮索をやめた。

屋敷にはまだテレビなどなかった。ましてや停電してしまえば、ラジオのニュースすら聞くことはできなかった。

人々が知っていたのは、大きな台風が関西に上陸し、濃尾平野に大水害をもたらして、死者もずいぶん出たらしい、という程度だった。

地域の情報伝達と通信を担っている有線電話も、夜半にはとだえてしまった。それからというもの、山中に点在する御師《おし》の屋敷は、嵐の海に投錨《とうびょう》した船のようにそれぞれが孤立して、ひたすら耐えるほかはなかった。

新館を見てくる、と立ち上がりかける母を、人々はきそって押しとどめた。山上では神に仕える男たちの権威が絶対で、たとえ生き死にかかわることでも、女がみずから進み出てはならなかった。人々は母の身を案じたのではなく、道徳において母をとどめたのだった。

そうした道徳に照らせば、血族の結界から見も知らぬ男と駆け落ちした母は、今の暮らしがどうであれ許しがたい女であったにちがいない。母は故郷に錦を飾ったつもりであり、父は多大の寄進によって罪障を滅ぼした気でいたのかもしれぬが、事実は当主たる伯父が寛容な人だったのである。

嵐の夜の茶の間には、掟破りの幸福を手にした母をめぐる女たちの思惑が、充満していたのだと思う。そこには、好いた男と結ばれた女などはひとりもおらず、子供らはみな天からの授かりものだった。そのとき私が肌で感じていた、のっぴきならぬ空気は、おそらく嵐のもたらした不安のせいばかりではなかった。

そうこうしているうちに、表廊下の先から、おーい、おーい、と人を呼ぶ声が聞こえた。父の声だとわかった。どうしたわけか父は人を名指しで呼ぶことができず、家族でさえも「おい」だの「おーい」だのと呼びかけた。だから私と母が、その声を聞きたがえるはずはなかった。

私は人をかき分けて廊下に出た。大広間に閉《た》てられた障子の白さが、父の大きな姿を瞭《あきら》かにしていた。父は獣のように、さもなくば戦場をさまよう兵隊のように、おのれのありかを示して、おーい、おーい、と誰に言うでもなく呼び続けていた。

そうして遥かな廊下を、なぜか鷹揚に、一歩ずつ近付いてきた。

そのとき私のかたわらで、ワッと泣き伏したのは母ではなかった。またいつの間にか、母が伯母にすり変わっていた。ずっとつないでいた手も、伯母の手に変わっていた。

伯母は子供のように泣きながら言った。

「もう堪忍して下さい。あなたのお嫁になりますから。あなたとどこへでも行きますから」

大柄な父の姿を、屋敷に風穴を開けてついに乗りこんできた天狗様と見誤ったのか、あるいは誰も知りえぬ駆け落ちのいきさつが、血を分けた姉の心に突如として顕現したのか、私にはわからない。

嵐はすさんでおり、茶の間では泣きやまぬ子供もいたから、伯母の声を正しく聞いたのは私だけだったかもしれない。

やがて闇の底から浮かび上がるように姿を顕《あらわ》した父は全身が濡れ鼠で、額から頬に血を流していた。

「ぐっすり眠ってたら、壁も柱も持ってかれちまって。やあ、生きた心地がしませんや」

父は腰を浮かす人々に向かって、少しも怯えるふうはなくむしろ興奮気味に、いささか伝法な口調でそう言った。

その夜、女子供はめいめいが蒲団や毛布にくるまって、茶の間と御神前に身を寄せ合って眠った。

遠ざかる嵐は、熱のさめてゆく安息に似ていた。

ふだんは雨戸を開ける物音で目が覚めるのだが、その日ばかりは母に揺り起こされるまで、ぐっすりと眠った。

燦々《さんさん》と陽の当たる表廊下で、伯父と父が一日の段取りについて話し合っていた。予定によると、父の引率する一行は神社に上がって昇殿し、寄進の目録を捧げてお祓いを受けるはずだった。

「日を改めましょうか」と伯父が言い、「いや、こうなっては神様も物入りでしょうから」と父が言った。

父の額には大きな絆創膏が貼り付けられていて、瞼まで腫れ上がっていた。そのせいでいっそう悪辣な顔に見えた。

空が広く感じられた。長屋門の屋根や庭は吹き飛んできた枝や生木のかけらで埋まっていた。

下駄をつっかけて門前に出た私は、様変わりした風景に息を詰めた。

目の上に神社が見えたのである。そこはきのうまで、こんもりと茂る杉の森に被われて、目を凝らせばその木の間《こま》がくれに、ちらほらと社殿の朱色が覗くくらいだった。

しかし山頂の神木は一夜で消えて、丸裸になった社殿が指呼の間に望めたのである。長い石段もすっかり道筋を露わにして、しかもところどころが倒木で塞《ふさ》がれていた。

伯父と父が、語らいながら門前に出てきた。

「それにしても、あの有様ですからなあ」

「女子供を置いて行けば、元気のいい若い衆ばかりですから大丈夫ですよ」

「まあ、日を改めるにしても、お仕事に障りましょうし」

「思い立ったが吉日、というのはこのことでしょう」

伯父は白の浄衣《じょうえ》に浅葱色《あさぎいろ》の袴を着けており、父も礼服を着ていたのだから、どちらも肚《はら》はすでに決まっていたのだろう。だが、これほどの災厄を前にして大枚の寄進を受け納めするのには、形ばかりでもたがいを忖度《そんたく》する手順が必要だった。

父は三十代のなかば、伯父は一回り上だった。悪い時代に生まれ合わせて、それぞれが苦労を舐めたにせよ、昔の男は大人だった。

思いついて庭先をめぐり、新館を見に行った。いとこたちが裏庭を遮る倒木に跨《また》がって、目刺のように二階を見上げていた。

私も一尾の目刺になった。父の寝ていた新館の二階は、鉈《なた》で断ち割られたように、柱や梁を簓《ささら》に晒《さら》していた。

「どこかの屋根が飛んできてぶつかったんだ」

齢かさのいとこが、見てきたように言った。

「ほら、あの屋根だよ」

足元を気遣いながら怖る怖る崖下を覗き見ると、たしかに大宮司の屋敷の門前に赤いトタン板の屋根が、まるで一軒の家がぬかるみに沈んででもいるように置かれていた。

そこで私は、空の広さが目の錯覚ではないと、ようやく気付いた。神社と同様に、たくさんの木がなぎ倒されて、青空を大きく豁いていたのだった。あたりが燦々たる陽光に満ちているのも、実はそのせいだった。

巨木が倒されるくらいなのだから、どこかの屋根が丸ごと飛んできてもふしぎはなかった。見上げれば、父の寝ていた座敷は天井が丸出しで、東側に設《しつら》えてあったはずの床の間も窓も、跡形なく消えていた。

眠っている間にそんなことが起こって、よくもあればかりの怪我ですんだものだと思った。壁や床の間と一緒にどこかへ飛んで行ってしまってもふしぎはなかった。

私はその瞬間の父を想像しようとしたが、どうにも思いうかばなかった。蒲団にくるまってじっとしていたのだろうか。それともとっさに、柱にかじりついたか部屋から逃げ出したのか。だが、どういう姿も父にはそぐわなかった。

ひとつだけ、突拍子もないが父にはお似合いの想像をした。

嵐にこと寄せて、父が新館の座敷をむちゃくちゃに壊したのではなかろうか。時代の転変とはおよそ無縁に存在し続ける旧家を呪い、いくら肩を並べようとしても、一代の成り上がりめと蔑む権高《けんだか》さに業《ごう》を煮やして、伯父の自慢の特等室を破壊してしまったのではあるまいか。闇の廊下を、おーい、おーいと呼ばわりながら歩いてきた父の姿は、そう思えば災難に遭ったというよりむしろ、一仕事をおえた晴れがましさを纏《まと》っていたような気がしてきた。

暗い妄想を打ち攘《はら》って無残な新館から目を戻すと、はろばろと広がる関東平野の彼方に、行き過ぎた台風の後ろ姿が一列の雲になっていた。

きのうまでその景観を縦割りにしていた木々は、きれいさっぱり消えうせていた。御嶽山は嵐の通り道だった。

「おまえんちのおじさん、でっかいから飛ばされなかったんだ。よかったなあ」

いとこたちは倒木に跨がって、そんなことを口々に言った。私の中の小さな父が罵《のの》られているように思えて不快になった。

抗う言葉が思いつかずに、私は途方もないことを考えた。

もしや父は、天狗様なのではないか、神の名を持つ伯母だけが、その秘密を知っているのではないか、と。

私の記憶はそこで途切れてしまう。

おそらく父と若い社員たちは、曠《あ》れた石段を登り倒木を潜り抜け、神社に上がってかねての予定通りに神事をすませたのだと思う。

その日のうちに下山したのか、ケーブルカーは動いていたのか、ともかく嵐の夜を挟んだ前後の記憶は絶えてない。

とりわけふしぎに思えるのは、日ごろまったく影の薄いカムロ伯母が、その一夜に限って私の記憶の主人公となっていることである。嵐が過ぎると、伯母はたちまち元のいてもいなくてもよい人物に還って、記憶の画面から姿を消してしまった。

ともあれ、のちに伊勢湾台風と命名された大災害の私なりの体験は、こうしたものであった。自然災害にしろ病や事故にしろ戦争にしろ、悲劇的事象には他者の窺い知れぬ、人それぞれの業が隠されていると、私はそのとき悟ったのかもしれない。

この一事からほどなく、せいぜい二年かそこいらのうちに、私の生家はあえなく崩壊した。父の事業が潰えて夫婦は離別し、家族は離散してしまった。

離婚だの生き別れだのはいつの時代にも珍しい話ではないが、ある日突然、まるで破裂したように跡形もなく、家族がばらばらになってしまうような例を、私はほかに知らない。

それはまったく謎だらけの出来事であったから、私の頭の中ではいまだに、あの伊勢湾台風の一夜と一家離散の悲劇とが、分かちがたい連続性をもってとどまっているのである。

父はそののち事業を再興し、新たな家族をこしらえて安穏と暮らし始めた。縁の切れぬ程度に、ほんの一年に一度か二度その生活を覗きにくる私を、父はまるで前世の因縁か何かのようにすげなくあしらった。

小遣を渡すのは親心ではなくて、もう帰れという無言の合図だった。いかにも賽銭箱《さいせんばこ》に放りこむように投げてよこした。そのつど私は、こういう性根で寄進などするから罰《ばち》が当たるのだ、などと考えた。

年齢とともに父とは疎遠になった。自分も妻を持ち子を儲ければ、その性根もいくらかは理解できるだろうと思っていたのだが、いよいよわからなくなったからである。

私の中には、台風の翌朝に抱いた父への猜疑心がずっと残っていた。

嵐にこと寄せて、御嶽山の屋敷を破壊したのは父ではなかったのか。

いや、父は人間ではなくて、天にも昇れず地獄にも堕ちずに、人間界を飛び回って人心を惑わし続ける、増上慢の天狗様なのではないか。

親子の情愛どころか、人間味のかけらも感じられなかった父は、七十まで生きて勝手に死んだ。遺骸はどうにも父の体とは思えず、人間ではない何ものかの脱け殻が、踏めば粉々に壊れてしまうほど干からびて、棺の中に打ち棄てられているように思えた。

御嶽神社の参道には、かつて父が音頭を取って設立した講社の碑《いしぶみ》が今も立っている。半世紀余りも経てば、あの日さんざんに倒された森も相当に恢復《かいふく》して、石碑の裏は木洩れ陽に照らされた父の名も刻んであるのだろうが、私はいつも知らんぷりをして通り過ぎる。

そこに若き日の父の、たしかな人間味やら心の葛藤やらを見出すくらいなら、彼が天狗であり、私は妖怪と人との間に生まれた不実の子であると思うほうが、まだしもましだからである。

神漏美《かむろみ》の名を持つ小さな伯母は、それからまだ長いこと生まれ育った屋敷にとどまっていた。

転々として居場所の定まらぬ私は、休みのたびに御嶽山に帰った。長屋門の一室を勝手に自分の部屋と定めて寝起きし、自分の箸と茶碗で三度の食事も摂《と》った。

ありがたい話ではあるが、べつだん私が不憫《ふびん》に思われていた様子もなく、たぶんいつの時代にも私のような子供を養う習慣があったのだと思う。忙しいときに男手があるのは重宝だし、食客のひとりやふたりごろごろしていても、邪魔になる屋敷ではなかった。

しかし、ふしぎなくらいカムロ伯母の記憶がない。屋敷の家族や常連客との思い出は溢れているのに、それらの場面のどこにも伯母は登場しないのである。

あの嵐の出来事と、数年後に巫女姿の伯母の手を引いて神社に上がったこと、そのふたつだけが記憶の点景だった。

伯母は四十を過ぎてから嫁に行った。詳しいいきさつは知らない。

私も齢が行って、いくらか御嶽山とは間遠になっていたのかもしれないが、あるとき訪ねたら、カムロ伯母の姿が消えていた。もっとも、姿が消えたというほどの存在感すら、伯母は持たなかったのだが。

私は得心した。手を引いて神社に上がったときの、あのいたいけな少女のような愛らしさ美しさを、ありありと思い出したからだった。

もし好運な宿泊客の誰かが、何かの拍子に顕れた伯母の美しさを目のあたりにしたら、あとさきかまわずたちまち恋に落ちたとしてもふしぎではなかった。

公平に開示される当たり前の美しさのほかに、日ごろは謙虚に包み隠され、ふとしたはずみで正体を顕す奇蹟の美は、この世にいくらでもあると思う。それが見た目の美しさであったのか、触れた心の美しさであったのかはわからないが、たまさかその瞬間にめぐり遭わせた人があったのだろう。

おそらく伯母は、神に選ばれた人だった。生まれるとじきにそのことを悟った曾祖父は、神前にぬかづいて神漏美の名を戴く許しを乞うたにちがいない。

しかし伯母の肉体は偉大な神力に耐えられず、幼いまま成長を止めてしまった。

そのとき伯母は、山中に遍満する八百万《やおよろず》の神々と約束を交わしたのかもしれない。このさき見えざるものを見、聞こえざる音を聞いても、けっして声にはしない、と。

約束を果たし続けた伯母は、いつも向こう側が透けて見えるほど果無げだった。


伯母の訃《ふ》に接したのは、嫁入りからさほど歳月を経ぬころのことであったと思う。

私はたまたま御嶽山にいて、どうしたわけか朝からずっと、伯母のことばかり考えていた。そこに電話が入って、従兄や家族らはあわただしく山を下りて行った。後にも先にも、屋敷の留守番を言いつかったのはそのときだけである。

伯母は死に際さえも印象が薄くて、命日どころか季節がいつであったのかも私には思い出せない。

宿泊客がひとりもいなかったのはたしかだから、紅葉《もみじ》が散り終えた淋しい季節の、冬のかかりであったとしよう。

私は心許ない一日を、大階段に腰かけて読書をしながら過ごした。

そこは電話口にも近く、玄関を訪れる人の声も届き、目の前は表廊下を隔てて長屋門が建っていた。ひとりで留守居をするには、最も適当な場所だと考えたからだった。

空は縹色《はなだいろ》に煤《くす》んでおり、庭には花もなかった。ふと清らかな気配を感じて書物から目を上げると、長屋門に隈取られた杉林の小径《こみち》に、巫女のなりをしたカムロ伯母が佇んでいた。

長い黒髪をおすべらかしに束ね、浄衣は輝くばかりの白さで、緋の袴は冬枯れの中の一点の色だった。

眼鏡をかけていなかったから、神上《かむあが》るにしても不自由ではないかと思って立ち上がりかけると、伯母は小さな頤《おとがい》を振ってにっこりと笑った。

そして、御神前に御饌《みけ》を捧げるときのような、舞うように典雅な所作で屋敷に背を向け、神社に続く径をしめやかに歩み去った。

その行方をたしかめようともせずに、私は書物に目を戻した。

もしや神の名を持つ伯母などは私の空想で、そんな人ははなからいなかったのではないか。

いや、まさかそんな冷酷なことを考えたはずはない。

今し神上らんとする伯母は無言のうちに、そう思いなさい、それでいいから、と私を諭したのだろう。

伯母は幼い日に八百万《やおよろず》の神々と立てた誓いを全うして、みずから神となった。

聖《ひじり》

睡《ね》むたくなったなら辛抱せずにおやすみ、たいして面白い話じゃないから――。

寝物語を始める前に、ちとせ伯母はきまってそんなことを言った。

子供らは蒲団《ふとん》の中で手を握り合い、よし今晩こそ終《しま》いまで聞こうとたがいを励ますのだが、やがて耳にここちよい伯母の語り口に翻弄されて、ひとりずつ眠ってしまった。終《しま》いまでたどり着けるのは、いつも私ひとりだった。

伯母は明治の生まれで、私の母とは親子ほども齢《とし》が離れていた。青梅《おうめ》の素封家に嫁いだのだがゆえあって離婚し、実家に戻っていたのである。夏休みに里帰りをする大勢のいとこはとこたちの面倒を見るのは、この伯母の役目だった。むろん誰がそう決めたわけでもないのだが、子供らは伯母を、若くして亡くなった祖母のように思っていた。それくらいやさしく温かく、慎ましい人だった。「ちとせ」という名は、そんな伯母にふさわしかった。

屋敷の二階は、半間幅の廊下を挟んで左右に座敷が並んでいた。大人数の講社講中《こうじゆう》が宿泊するときは、それらの客間も階下の大広間もいっぱいになるが、参拝をおえて下山してしまえば、幾日かはがらんどうになった。

昭和三十年代のそのころは、まだ個人の旅行客が少なくて、屋敷は民宿の看板を掲げてはいたものの、内実は旧来の宿坊だったのである。

講社講中の泊まらぬ日には、それまで家族の居間や門長屋などに分かれていた子供らも、どこか好きな客間に集まって、林間学校さながらに蒲団を並べた。そうした晩にはきっと伯母がやってきて、御嶽山《みたけさん》に伝わるふしぎな話を聞かせてくれるのだった。

伯母はいつも、寡婦のような黒い着物を着ていた。

二階の座敷の窓には、カーテンも障子もなかった。鬱蒼《うっそう》たる山顚《さんてん》の森を拓いて建っているせいで、陽光を遮るそうした調度を必要としなかったのであろう。だから伯母の寝物語は、いつも水底《みなぞこ》のように青ざめた月光の中か、さらに秘めやかな星あかりの中で聞いた。

「昔むかしの話だよ。おまえたちのおじいさんじゃなくって、こわいこわいヒゲのおじいさんが屋敷を仕切っていたころの昔話さ」

それほどの齢ではなかったはずの伯母は、媼《おうな》のように背を丸めて語り始めた。

＊

その人は夏の新月の晩に、いずくからともなくやってきて、声もかけずにじっと、土を搗《つ》き固めた表庭に座りこんでいた。

湯殿の渡り廊下から、たまたまその姿を見つけたのは幼いちとせだった。びっくりして湯殿に戻り、浴衣《ゆかた》がけで髯《ひげ》の手入れをしていた祖父に注進した。

「おじいさん、おじいさん、お庭に神様がお出ましなの」

子供の目には、山伏のなりで闇の庭に折り敷いている姿が、そうとしか思えなかったのである。

祖父は鏡の中でぎょっと目を剝《む》き、居ずまいを正して渡り廊下に出た。そしてべつだん驚く様子もなく、闇に目の慣れるまで佇んでいた。

じきにちとせにも、時ならぬ来訪者の姿が瞭《あきら》かになった。

夜目にも白い鈴懸衣《すずかけごろも》の背中に、大きな笈《おい》を担いでいる。金剛杖《こんごうづえ》を立て、正座しているのではなく勇み立つように片膝を立てていた。坊主頭には烏天狗《からすてんぐ》のような頭襟《ときん》を載せており、首からは太い念珠と、法螺貝《ほらがい》の赤い緒が下がっていた。

そうした身なりで御嶽神社を詣でる修験者《しゅげんじゃ》は珍しくもなかったが、まるでちがうとちとせは思った。これは本物の山伏だ。

妙なことに祖父は山伏の横顔を睨みつけるばかりで声をかけようとせず、山伏も顧みようとはしなかった。何やら二人が根くらべでもしているように思えた。

屋敷を繞《めぐ》る表廊下には雨戸が閉《た》てられている。山伏はその内側でも見透しているかのように動かない。

怖くなったちとせは、人を呼びに走った。真夏でも火を絶やさぬ囲炉裏端《いろりばた》で、父が書物を読んでいた。

「おもうさん、おもうさん、山伏がきたの。おじいさんが怖いお顔をしてる」

養子の父は家伝の験力《げんりき》を持たなかった。つまり平凡で誠実なふつうの神主なのだが、養父の力はよく知っていた。

屋敷にはしばしば「髯の御師《おし》様」を頼って、狐憑《つ》きやら神託を乞う人が訪れた。だからそのときも父はあわてる様子がなく、読みさしの書物を閉じて、のんびりと立ち上がった。

「こんな夜更けに、山伏かね」

と、父はいくらか面倒くさそうに言った。

＊

「夜更けと言ったって、テレビもラジオもない大正の昔の話だから、せいぜい八時かそこいらだったんじゃないかしらん。おまえたちみたいに宵っぱりの子供なんて、ひとりもいなかったんだよ。九時を過ぎて起きていたら、天狗様に拐《かどわ》かされるって、子供らはみんな信じていた」

伯母はそう言いながら、早くも寝入ってしまった甥や姪の夜具の襟元《えりもと》を押して回った。海抜一千メートルに近い山巓の屋敷では、夏でも綿入れの掛蒲団が必要だった。

「おまえたちのおじいさんと私がお廊下に出てみると、沓脱石《くつぬぎいし》のあたりの雨戸が一枚だけ開けられていて、いつの間にか袴《はかま》を着けたヒゲのおじいさんがかしこまっていた。ちょうど目の先の、お庭のまんまん中に山伏が折り敷いていて、まだ睨めっこをしているの。いえ、たぶんそうじゃなくって、人には聞こえぬ声で、何かしら問答をしていたんだろう。ちょうどこんな、星あかりの晩だった」

伯母は硬い着物を軋《きし》ませながら、子供らの寝顔を左右に見る元の場所に座って、話の先を続けた。

*

長い沈黙のあとで、山伏は言った。

「験力に名高い、鈴木の御師《おし》様とお見受けいたします」

時を慮《おもんぱか》った囁《ささめ》きでも、荒行に鍛え上げた張りのある声だった。年齢はおそらく、三十のなかばほどであろう。

「いかにも、鈴木でございます」

祖父が答えた。神官の家には多い「鈴木」の姓だが、熊野の修験を家祖とするせいか、「すずき」と平坦な言い方はせず、関西ふうに「す」の字から尻下がりになる「すずき」と称していた。

先祖は徳川家康の関東入封に際して、悪霊払いの先達を務めたのち、西方鎮護の台盧を賜って御嶽の山に上がったという。

「お名前を承りましょう」

祖父はいくらか不愉快そうに訊ねた。山野に伏す修験者ならば、夜更けに訪《おとな》いを入れるのは無定見にちがいなかった。

「俗名は持ちません。去る年、羽黒山において喜善坊《きぜんぼう》の法名をいただきました」

山伏は廊下ににじり寄って、油紙にくるんだ奉書を差し出した。祖父が灯を求めた。

父のかざした手燭の下で検《あらた》めたあと、祖父は得心したように奉書を返した。

「ご来意を承りましょう」

山伏の表情が、いくらか和んだように見えた。

「熊野に向かう途中、甲州にて御師様の験力を聞き及びました。蔵王権現の御許《おんもと》に参らんとする前に、御師様のお足下にて修行いたしたいと思い立ち、大菩薩《だいぼさつ》を越えて参上つかまつりました」

乞われて拒むこともできぬが、よほど思いがけなかったと見えて、祖父はしばらくおし黙った。

山伏の物言い物腰からは気概が感じられた。白い衣も袴も汚れており、手甲脚半は煮しめたような黒さで、たしかに二夜をかけて大菩薩嶺を越えてきたと思われた。

痩せこけた顔に眼光ばかりが炯々《けいけい》と燃えていた。

「しかし御坊。御嶽山は神仏分離のご布告を奉じまして、山中の正覚寺は廃され、蔵王権現も大己貴命《おおなむちのみこと》、少彦名命《すくなひこなのみこと》のご祭神に生まれ変わられました。よって、吉野熊野の修験道とは無縁です」

いいえ、と山伏は強い口調で言い返した。

「わたくしの恃《たの》みといたしますところは、畏《おそ》れ多くも御嶽のご尊社ではありません。鈴木の御師様のお足下にて修行を重ねなければ、熊野に参ることはできぬと思いつめたゆえです」

祖父は困《こう》じ果てたように腕組みをした。星あかりの庭に秋虫が集《すだ》き始めていた。

「おまえはもうお休み」

と父に囁きかけられても、ちとせは段上がりになった茶の間の敷居に腰かけたまま動かなかった。何が面白いわけでもないのだが、一枚の雨戸を開けた長四角の空間を隔てて対峙する、祖父と山伏の姿が美しく思えたのだった。

「羽黒山で修行を積まれた御坊に、今さら何を教えられますものかね。たしかに私は熊野修験の裔《すえ》だが、修法は当家の口伝で、弟子をとって伝えるものではありません」

祖父がやんわりと断わっているのに、山伏は引き退がらなかった。

「教えは乞いません。わたくしの行法に何かお気付きのところがあれば、叱っていただきたいのです」

「それはあなた、身勝手というものだよ。も少し若い時分ならともかく、こうも齢を食ってしまったのでは、水行も滝行も命取りになりかねん」

「ごもっともでございます。わたくしはただ、御師様の謦咳《けいがい》に触れるところで修行を積みたいだけなのです」

「話のわからんお人だ。第一あなた、この夜更けにどこから忍びこんだか知らぬが、まるで泥棒じゃあないか」

山伏が背にした長屋門も、東の裏門も、日昏れには鎖《とざ》されるのである。石垣を乗り越えるか土手を攀《よ》じ登りでもしなければ、庭には入れない。

いささかも悪びれずに山伏は言い返した。

「どなたに道を訊ねたわけでもありません。大菩薩嶺に至りましたあたりで神気を感得いたし、三頭山《みとうさん》、御前山《ごぜんやま》、大嶽山《おおだけさん》と、導かれるままに歩みまして、ご当家に至りました。畏《おそ》れ多くも蔵王権現のご先達を賜ったにちがいございません。泥棒だなどと夢にも申されますな」

「軽々に蔵王権現のご威光を口にするなど、修行を重ねた聖《ひじり》とは思えん。お控えなさい」

失言を悟ったのか、祖父にたしなめられた山伏は、金剛杖を置いて平伏した。

今にも祖父の怒りが破裂しそうで、ちとせは肝を冷やした。父は大声も出さぬ穏やかな人なのだが、祖父は山上の子供らからも怖れられる癇癪《かんしゃく》持ちだった。

「おもうさん、ちょっとよろしいですか」

父が祖父の背に囁きかけた。いくら修行を積んでも験力など身につかぬあたりまえの人だが、そのぶん父には常識があり、考えようによっては祖父よりも聡明だった。

「話が怪しくはないですか。あんなふうにして食客に居座る手合じゃあないでしょうかね。さもなくば、新手《あらて》の泥棒かもしれませんよ」

「では、羽黒山の免状を何とする」

「いかに修行を積んだ御坊でも、苦労を重ねるうち人間界に逆戻りするだの、餓鬼界に落つるだのということは、ままあるのでは。いや、もしかしたらそもそもお免状が偽物かもしれませんよ」

叱りつけるかと思いきや、祖父はあんがい得心してしまった。やさしい父が、こわい祖父をそんなふうに説得するのは、見ていても気味がよかった。

「どうせあちこちの屋敷で追い払われて、こんな時間にうちにやってきたんでしょうよ。うっちやっておけばじきにいなくなります。そうなすって下さいな」

祖父は白髯《はくぜん》をなでながらしばらく考えこんだ。父の言うところはもっともなのだが、そうとも言い切れぬ何ものかを、祖父が感じ取っているように見えた。

「枉《ま》げてお願い申し上げます」

ぬかづいたまま山伏が言った。白い掛衣《かけごろも》の背中が慄《ふる》えていた。

祖父は正体を見極めようと、またしばらくその姿を見おろしていたが、とうとう極めあぐねるようにきっぱりと言った。

「お断りいたします」

その一声を聞いたとたん、父が幕でも引くように雨戸を閉ざした。

＊

「あの当座はね、三度三度のご飯も満足に食べられない人が大勢いたの。そりゃあ今だって大勢いるけれど、一所懸命に働けばどうにかはなる。大正の昔はちがった。こんな山の上にまでおもらいさんはやってきたし、何でもするからご飯を食べさせて下さい、なんていう人も珍しくなかった。だから私も、おとうさんの言うことのほうが正しいと思ったの。お金や食べ物は天から降ってくるわけじゃないのよ。ご飯をいただくときには、自分たちの幸せを感謝しなくちゃいけない」

ちとせ伯母は話の中途に、そんな説諭を折りこむことを忘れなかった。

ひとつ蒲団に入ったいとこは、すでに寝息を立てていた。歪んだなりに磨き上げられたガラス窓の向こうは満天の星だった。子供らがひとりひとり眠りにつくほどに、星ぼしはひとつひとつ輝きを増すようだった。

伯母の高く澄んだ貴顕の声は、星空によく似合った。

「それで、どうしたの」

私が話の先をせかすと、伯母は人差指を唇に当てて、「シッ」と叱った。

「睡たくなった子から眠ればいい。口を利くなら話はこれでよしにするよ」

覚めている子供らは口々に私を咎めた。「よしにするよ」と、伯母は闇を見渡してもういちど言った。

黙《しじま》が戻った。

「翌《あく》る朝早くに、屋敷は騒ぎになった。大階段を寝呆けまなこで降りてゆくと、雨戸を開けた女中さんたちがおろおろしているじゃあないか。そこにヒゲのおじいさんがやってきて、仕方ないからお上げなさい、と言った。おまえたちのおじいさんも、もう反対はしなかった。だって、庭先に一晩じゅう金剛杖をおっ立てて、石みたいに座っていたんだもの。おもらいさんや泥棒に、そんな真似ができるものかね」

伯母はどう転がってゆくのかわからない話を、とつとつと続けた。

＊

喜善坊と称する修験は、その日から門長屋に棲《す》みついた。

御神前《ごしんぜん》でお祓《はら》いをしたあと、祖父はきつく言い渡した。

本日より算《かぞ》えて百ヵ日を満万行《まんまんぎょう》とし、その間に思うところあれば、必ず辞意を告げて立ち去ること。

母屋には勝手に立ち入らざること。

当家はあくまで修行のための宿坊であり、両神官はその主《あるじ》に過ぎぬこと。すなわち修行修法には一切かかわりなきこと。

三度の食事と門長屋は提供するが、修行専一と心得、不平不満は申し出でざること。

――つまり祖父は、喜善坊を信用していなかったのである。しかし、もしまっとうな行者であったのなら、修験の聖地たる羽黒山と熊野権現の手前、おろそかにはできぬ。そこで本物でも偽物でもかまわぬように、条件をつけたのだった。

祖父が牀《とこ》に入ってしまった夜更け、父母は囲炉裏端《いろりばた》でこんな会話をかわしていた。

「私はやっぱり贋《まがい》だと思うんだが、おまえはどうだね」

「そうですねえ。何だかこう、ピンとくるものがありません」

「おや、おまえの勘働きでもわからんのか」

「おじいさんだってわからないのに、どうして私なんぞにわかるものですか」

「そこが妙なんだ。じいさんには験力があるのだし、おまえには勘働きがある。たいていはどちらも百発百中なのに、どうしてあの修験に限っては何の見当もつかんのだね」

「あなたがあんまりまともなことをおっしゃるものだから、おじいさんの験力も私の勘働きも曇ってしまったんじゃなくって」

「おいおい、凡人のせいにするなよ」

「何が凡人なものですか。この屋敷ではね、あなただけが非凡な人なのよ。当たり前のことを当たり前に言えるんですから」

「おや、これは一本取られたね。しかしその非凡なおつむで理詰めに考えれば、やはり贋だと思うよ。山に上がってくる修験は、贋とまでは言わぬまでもみな俄《にわか》じゃないか。ああいう洒落たなりをして、観光登山をしている連中だ。そのうちのひとりが、ただめし食いを思いついたところでふしぎはないだろう」

「ですからね、あなたがそういうことをおっしゃるから、おじいさんも私も何が何だかわからなくなってしまうんですよ」

「ともかく、夜はしっかりしんばり棒をかけて、お財布やお通帳は枕の下だよ。なくなってからでは後の祭りだからね」

ところが、そうした懸念とはうらはらに、喜善坊はすこぶるまじめな、たしかに羽黒山を下って熊野をめざすとしか思えぬ聖のくらしを淡々と続けていた。

屋敷の者とは滅多に口も利かぬ。一汁一菜の粗末な食事にも文句はつけず、山に入るときは女中たちが気を回した握り飯さえも固辞した。祖父よりも早く起き、子供らよりも早く寝た。とりわけちとせにとって印象深かったのは、暗いうちから唱え始める修験の拝詞《はいじ》だった。

諸々《もろもろ》の罪穢《つみけがれ》　祓《はら》ひ禊《みそぎ》て清々《すがすが》し
遠津神《とほつかみ》　笑《え》み給《たま》へ
稜威《いづ》の御霊《みたま》を幸《さきは》へ給へ
天津日嗣《あまつひつぎ》の栄え坐《まさ》むこと
天地《あまつち》の共《むた》　無窮《とこしへ》なるべし

それは祖父や父の唱える祝詞《のりと》とたいそうよく似ていたから、洩れ聞こえる声を聞いているうちに、ちとせも覚えてしまった。二つちがいの姉と、喜善坊の声音を真似て諳《そら》んじていたら、祖父にこっぴどく叱られた。

もごもごとしてはっきりしない祖父の祝詞よりも、甲高い父の声よりも、喜善坊のくり返す拝詞は澄明で美しく思えた。

女中たちは陰でちやほやした。食事の時間になると、誰が門長屋に膳を届けるかと、竈《かまど》の前でじゃんけんなどしていた。喜善坊は子供の目から見ても顔立ちが整っており、痩せてはいるが六尺余りと思える長身だった。そのうえ言葉少なで笑顔も見せぬとなれば、齢ごろの女中たちがほめそやすのも当然だった。誰が言うともなく、「キゼンさん」と呼ばれるようになり、やがて祖父も父母もそう呼ぶようになった。

客でもなく弟子でもないのだから、誰にとっても都合のいい名前はそれしかなかった。喜善坊が言葉をかわす相手は、祖父と父だけだった。女中たちが話しかけても、答えたためしはなかった。

祖父や父に修行の内容を訊ねられると、喜善坊は無表情のまま、「きょうは綾広《あやひろ》の御滝にて滝行をいたします」だの、「本日は奥の院より大楢《おおなら》峠まで抖擻《とそう》いたしました」だのと答えた。

抖擻修行とは、あらゆる欲を捨て去ってただ無心に山中を歩き回ることである。真夜中も昼日中もかまわず、喜善坊は抖擻に出た。どうかすると二日三日も帰らずに、家族が気を揉むこともあった。

そうした具合に一月《ひとつき》ばかりも経ち、山上に冷たい秋風が渡るころ、ちとせは原因のわからぬ高熱を出して牀に就いた。

山上には医者がいない。麓の医院に使いを出したが、老いた医師が看護婦に手を引かれて山に登ってきたのは、翌日の夕方だった。

しかし医師の診立ては曖昧《あいまい》で、薬も注射も効かなかった。あとは夜っぴて冷やすほかはない、と言って医師はその日のうちに山を下りてしまった。

きっと匙《さじ》を投げられてしまったのだ、とちとせは思った。子供が風邪をこじらせてあっけなく死んでしまう時代の話である。ちとせのすぐ下の弟も、育ちざかりに亡くなっていた。

その夜、祖父は祈禱《きとう》をし、父は水垢離《みずごり》をし、母は枕元で寝ずの看病をしてくれたが、ちとせの熱は下がらなかった。

魘《うな》されながら祖父と父の言い争いを聞いた。

「キゼンさんが、これを煎じて飲ませてくれと言ってきました」

「わけのわからん薬草など飲ませられるものか」

「山に入って採ってきてくれたんですよ。お医者様の薬が効かないのですから、試してみましょう」

「お医者にも神様にも治せぬ病気を、山伏ふぜいがどうにかできるはずはなかろう。やめておけ」

父は見知らぬ草を盛った笊《ざる》を抱えていた。ところどころに小さな白い花がついていて、葱に似た香りがちとせの鼻まで伝わってきた。

「お薬、ちょうだい」

体が物を言った。何を考えたわけでもなく、花がちとせの口を借りてそう言ったような気がした。

＊

命を拾った晩のことを、ちとせ伯母は今さら心から感謝するように、しみじみと語った。

「その晩のキゼンさんは、下ろしたてのような真白の衣裳を着てらした。枕元で拝詞を唱えてから、あれこれ印を結んでね。こう、忍者みたいに、エイッ、ヤアッ、って。そうして新聞紙の上に薬草を敷いて、捏ねるように揉み始めた。真白な手甲が緑色に染まってもお構いなしだった。その間にもキゼンさんは、ずっと般若心経を唱え続けていた。ヒゲのおじいさんも、あんたらのおじいさんおばあさんも、黙って見ていらしたっけ」

代々験力をもって鳴る家が、山伏を恃みとするのは、それこそ沽券《こけん》にかかわることであったにちがいない。むろん喜善坊も、そのあたりは承知していたであろう。だが、たがいの立場や体面にこだわっている場合ではなかった。幼子の病状は切迫していたのである。

「薬草は揉みしだかれたあと、薬研《やげん》ですり潰された。そのうち、薄荷みたいなツンとする匂いが立ってきてね。何だかそれだけでいくらか気分がよくなったように思えたの。キゼンさんは一所懸命だった。真青に剃り上げた頭に、玉の汗が浮かんでいた。私の命を救ってくれたのは、薬草の効き目ばかりじゃないのよ。この子を死なせてはならないと、キゼンさんは心をこめて祈り続けていたの。あれほど真剣な人間の顔は、後にも先にも見たためしがない」

餅のように練り上がった薬草は、半分を膏薬として額と首筋に貼り、半分は御神酒《おみき》と水で割って飲んだ。

それこそ口が曲がりそうに苦かった、と伯母は笑いながら言った。

「あの薬草に較べたら、お医者様のお薬なんてお菓子みたいなものさ。だからおまえたちも、けっして嫌がっちゃいけないよ。おとうさんやおかあさんより先に死んでしまうのは、どんな悪さよりも親不孝なんだからね」

幼くして亡くなった兄弟姉妹を思い出したのだろうか。それとも命を救ってくれた喜善坊のおもかげがよぎったのだろうか。伯母は袂《たもと》から手拭を出して瞼を拭った。

＊

薬効は覿面《てきめん》だった。

苦い杯をどうにか飲み干したとたん、うつらうつらと睡くなり、汗みずくになった寝巻を替えると、嘘のように熱が下がっていた。

家族は薬草の正体を知りたがったが、喜善坊は「名もない谷の草です」と言ったきり答えようとはしなかった。

山育ちで草木に詳しい祖父は、しきりにふしぎがった。御嶽山は緑が豊かだが、厳しい気候のせいでそれほど植生の種類があるわけではなかった。畳の上にこぼれ落ちた花をためつすがめつしながら、「見たこともない」と祖父はいくども言った。

息を吹き返した安らぎの中で、きっとそんな花も草も、御嶽山にはないのだろうとちとせは思った。やさしいキゼンさんが、奥の院の天狗様にお頼みして、極楽浄土の蓮の池のほとりから、摘んできてもらったのだ。

みんなが大喜びだった。しかし喜善坊は羞《はじ》らいながら、「ほんの少しばかり御師様やお医者様のお手伝いをさせていただきました」と言うだけだった。

「それならそうで、直会《なおらい》をしなければなりませんな」

祖父は祝宴に誘ったが、喜善坊は固辞した。それればかりか夜を徹して看病したにもかかわらず、いずこへともなく抖擻《とそう》に出てしまった。

秋は深まっていった。

喜善坊が屋敷を訪れたのは夏も盛りのころであったから、満万行は師走となる。

祖父は厳格な人だった。孫が命を救われても、それはそれ、これはこれとして、何の心変わりがあるわけではなかった。

その日がくれば、キゼンさんはどこか遠いところに行ってしまうのだと思うと、ちとせは悲しい気分になった。頭を撫でてもらったこともなければ、まともに言葉をかわしたこともなかった。せいぜい朝晩の挨拶をし、門長屋から洩れ聞こえる拝詞の声に、膝を抱えて聴き入るくらいだった。

笑顔さえ見たためしはなかった。だのに姿を見かけるたび、まるで山奥に咲く白百合のような気高さが、ちとせの胸を打つのだった。

ひとつだけわかったことがある。キゼンさんはほかの大人たちのように、子供を子供あつかいしないのだ。愛想もないかわりに、邪魔にもしなかった。たぶんキゼンさんの澄んだ目には、大人も子供も、草も木も、月も星も空も雲も、同じように見えているのだと思った。自然の中で生きるキゼンさんにとっては、すべてのものが自然のいのちやかたちなのだった。

「ご苦労な人生ですねえ」

囲炉裏端で針仕事をしながら、母が唐突に呟いた。

「修行は苦労なものだよ」

新聞から目も上げずに父が答えた。父母はたいそう仲が良くて、屋敷が寝静まったあとも、夜ごと二人して語らっていた。そのかたわらでうたた寝をするのが、ちとせにとって最も幸せなひとときだった。

「でも、神主になる修行とはわけがちがうでしょう。こういう修行をせよというお定めもなさそうだし、第一、誰が見ているわけでもないじゃありませんか」

「まあ、言われてみればその通りだがね。しかし本来修行というのは、そうしたものだよ」

母は針を運ぶ手を止めて、いたずらっぽく微笑んだ。

「でしたらあなた、おもうさんやよその御師さんのご先達なしに、きちんと修行ができまして？」

父は新聞を畳んで笑い返した。

「それはどうだかね。まずキゼンさんほど熱心にはできまい。神主になるためには、滝行だの水行だの、これこれのことをこれだけしなければならないと思うからこそなのだが、あの人にはご先達すらいない。誰が見ているわけでもない」

「あちこちのお山で修行をすると、熊野に入ってから扱いがちがうのかしら」

「それもあるまいね。百ヵ日の万行と言っても、誰がお免状を書くわけでもなし、要はおのれのために修行をしているだけだよ。ほかに考えようはない」

ところで——と父は障子ごしの人の気配をやり過してから、声を潜めて訊ねた。

「うちの祖先は熊野の修験で、徳川家康の道案内をしてきたというが、何かそのこととかかわりがあるのかね」

「それはあなた、おもうさんだってご存じない大昔の話なんですから、他《はた》が知っているはずはありませんよ」

「いやね、何だかふと、うちのご先祖様はあんなふうにして、御嶽山にやってきたんじゃあないかと思ったんだ」

「東照大権現様から、そう言いつかったんですよ。だからよその神主さんより後から山に入った家でも、下《しも》に置かれることはないんです」

「幕府のお免状など見たためしはないが」

「三百年も昔の話ですからねえ。どこかお蔵の底のほうにでも、しまってあるんじゃないかしらん」

「そのうち探してみなければならないね」

それきり母は針仕事に戻り、父は新聞を読み始めた。ちとせには父と母が、何かのっぴきならぬことを考えているように思えた。

もしや鈴木のご先祖様は、権現様の道案内を務めたあと、人知れず山に向かったのではないだろうか。そして灼《あら》かな熊野の験力を敬され、神官として山上の人になったのではあるまいか。

そんなことを考えると、ちとせには鈴木の家が本分を忘れて出世をしたように思われ、百ヵ日の万行を申し渡した祖父が、冷酷な人のように思えてくるのだった。


松方公爵家のご家族が紅葉狩《もみじがり》にお出ましになったのは、その秋のことだった。

鈴木の家に生まれた女子は、平河町の閑院宮《かんいんのみや》御殿か、麻布仙台坂の松方公爵邸に上がって、行儀見習をするならわしがあった。そのころも末の叔母が松方邸に上がっており、里の秋景色の話でも伝えたのか、ならば一晩泊まりで行ってみようということになったらしい。

さすがにご高齢の公爵ご夫妻はおいでにならなかったが、若殿様と奥方様とお子様方が、執事や女中たちを連れて登っていらした。よほど険阻な山だと思われたのか、それとも遊び心だったのか、どなたもまるでアルプスでも目指すような登山姿だった。

速達が届いたのはご到着のわずか三日前だったから、屋敷は大騒ぎになった。

手紙には「内々の旅ゆえ構いなきよう」と書かれていたが、まさかそうはゆかぬ。当日は泊まり合わせた講社の団体客をよその宿坊に移し、父と何人かの神官が麓まで迎えに下りた。

新華族とはいえ、公爵家のご当代は明治の元勲である。官幣大社《かんぺいたいしゃ》たる御嶽神社の神官にとっては、肇国神話の神に等しかった。ましてや娘たちが行儀を習い、この先はちとせや弟妹たちも世話になるのである。

玄関には抱稲《だきいね》の家紋を染めた幔幕《まんまく》が張られ、家族は正装で御一行を迎えた。式台に上がるなり若殿様は、「立派な屋敷だねえ」と仰せになった。あんがい下世話なご感想に聞こえたので、ちとせはホッとして少し頭を上げた。だがご家族は式台の縁《へり》に腰を下ろして、登山靴の紐を家来たちにほどかせているのだった。

祖父は浅葱色《あさぎいろ》の袴に黒羽織を着て若殿様を迎えた。ほかの家族たちのように平伏はせず、いくらか会釈をしただけだった。神官が深くぬかづくのは、八百万《やおよろず》の神々と、現人神《あらひとがみ》たる天皇の御前だけだった。

若殿様が祖父と同じ目の高さにかしこまった。

「鈴木の御師様には、お変わりなく何よりです」

「ようこそお越し下されました。娘がたいそうお世話になっております。山家《やまが》にて何のおもてなしもできませんが、どうかごゆるりとお過ごし下さいまし」

おじいさんはこんなにも偉い人なのかと、ちとせは驚いた。

若殿様は祖父のうしろに平伏する母に目を向けた。

「これは娘のイツでございます。行儀見習は宮家のお召しに与りました」

少し心苦しそうに祖父は言った。

「ああ、さようでしたか。どうりで目に憶えがありません」

祖父は間を縫うように、幼い二人の孫娘を紹介した。

「これはこれは器量よしのお嬢だ。大きくなったらぜひうちにおいで。宮様の御殿よりはいくらか窮屈な思いをしなくてすむ」

はい、とお答えしてよいものかどうかと、ちとせも姉も黙って頭を下げていた。

そうした緊密な挨拶をかわしたあとで、一行は屋敷のぐるりを繞《めぐ》る表廊下を渡った。角を回るたびに、まるで設《しつら》えられたような楓の赤が現れた。若殿様もご家族もしばしばおみ足を止めて、感嘆の声を上げられた。

表庭にはひときわ枝ぶりのよい楓《かえで》がある。長屋門の白壁を背負っているせいで、いくらか散り始めた葉の赤さが鮮かだった。

「やあ、これはおみごとだ。京都や日光に足を延ばすまでもありませんね」

よほど感心したとみえて、若殿様は大階段の昇り口に腰を下ろしてしまわれた。

そのとき、思いもよらぬ変事が起きたのである。

長屋門からまっすぐに続く小径《こみち》を、「懺悔《さんげ》懺悔、六根清浄」と大声で唱えながら、喜善坊が抖擻をおえて帰ってきたのだった。

賓客の来訪はあらかじめ伝えてあった。だから喜善坊は目ざわりとならぬよう、前夜から山に入ったのだと誰もが思っていた。それがどうしたわけか、いかにも出番のころあいを見計らったように、門続きの杉林の中から現れたのだった。

ご夫妻もお子様方も、一瞬びっくりなさったがじきに手を叩いて大喜びした。物語の中にしかありえぬ、それも霊山ならではの本物の山伏を目にしたからである。

「懺悔懺悔、六根清浄」

胸前に念珠を掲げながら、喜善坊は声高《こわだか》に唱え続け、貴人の姿などまるで見えぬように一言の挨拶すらなく、門長屋の部屋に消えてしまった。

「寝ず食わずの修行中でございますので、ご無礼はお許し下さい」

父が詫びた。だが、それはちがうとちとせは思った。キゼンさんの目には、人の貴《たっと》さや卑しさなどは映らないのだ。それどころか、人間も草も木も、月も星も空も雲も、同じように見えている。

＊

「懺悔懺悔、六根清浄――」

ちとせ伯母は話しながら低い声色を使って、掛け念仏を唱えた。

それは眠らぬ子らを怖がらせているのではなく、幼い日に聞いた修験の声を、ひたすら心に甦らせているかのようだった。

「懺悔は自分の犯したあやまちを悔いて、神様にお赦《ゆる》しを乞うこと。六根清浄は、心と体が清らかになりますように、というお祈りの詞《ことば》なのよ。キゼンさんは山歩きをするとき、いつも大声で唱えてらした。あんたらもためしにやってみるといい。体の底から力が湧いてきて、足が軽くなる」

うそだァ、と眠らずにいる子らは口々に言った。伯母はもう叱らなかった。話しながら興が乗ってくると、寝物語であることを忘れてしまうのは伯母の常だった。

大階段の下から、時を打つ柱時計の音が聴こえた。算えきれぬほどの時刻だった。私は硬い籾《もみ》殻枕《がらまくら》の上で首を振り、睡気に抗《あらが》った。あちこちで同じ軋《きし》りが上がった。

「ここまで聞いたなら、も少し辛抱をし。たいして面白い話じゃないけど、つまらなくもないから」

目覚めている齢かさの子供らを励ますように、伯母は言った。

＊

その夜の囲炉裏端で、母はもう我慢ならぬとばかりに父を責めた。

「修行中だろうが何だろうが、ああも無愛想にされたんじゃ、うちの立つ瀬がありませんよ。今の今だって東京の御殿に上がってる、妹の立場にもなって下さいまし。ましてやこの子らが行儀見習に上がるころは、あのご夫妻がご当代様でしてよ」

マアマア、と父は笑顔で母を宥《なだ》めた。母は祖父のような癇癪持ちではなかったが、何につけてもやさしいばかりで態度の煮え切らぬ夫には、しばしば腹を立てた。つまり、父のその「マアマア」が癪の種なのだった。

母は囲炉裏端を火箸で叩きながら、喜善坊の悪行の数々を片ッ端から並べ立てた。

山上の人が語りかけても答えようとしないこと。

断食行といいながら、山中では蛇やら虫やらを食べているらしいこと。

屋敷の厠《かわや》は一度も使わずに、藪の中で立小便をし、野糞を垂れていること。

「そうは言ったっておまえ、それも修行のうちなのだから、口を出すわけにもいくまい」

「無愛想も修行のうちなんですか。蛇を食べたり、そこいらで用を足すのも修行なんですか」

「ママア、私ら神主の修行とはわけがちがうんだ。そう頭ごなしに言うもんじゃない」

ちとせは狸寝入りを決めこんだ。父母の言い分はどちらが正しいとも思えず、も少し聞いていたかった。

験力を身につけるどころか、子供の狸寝入りさえ見破れぬ父は、綿入れ半纏《はんてん》を脱いでちとせの体に掛けてくれた。

「キゼンさんを見ていると、私もこのごろつらくなるんだよ」

「どうしてあなたが」

「おもうさんは、何とか私に家伝の験力を授けようとして、婿に入った時分はずいぶんと厳しい修行をさせたじゃないか。しかし、だからと言って何が身についたわけでもない。やはり生まれついての才能みたいなものを持っていなければ、どんなに打ちこんだところで無理なのだよ」

母は黙ってしまった。その手から火箸を取り上げて、父は囲炉裏の灰に字を書いた。

「修行を重ねて験力を得るから、こう、修験と書くんじゃないかね。私はあきらめてしまったけれど、キゼンさんはまだ頑張っている。それが私にはわかるんだ。あの人は無理なことをやっている」

暗い煙抜きを見上げて、母は溜息をついた。

「おもうさんはわかっているのかしら」

「それはそうさ。たぶん、ひとめ見たとたんにわかったから、かかわらないようにしたんだよ。百ヵ日の万行なんぞと勝手に決めたのも、そのくらい打ちこめば無理を悟るだろうと思ったからなんだ。考えてもごらん、私が験力をあきらめたのも、そのくらいだったじゃないか」

自分で無理を悟るまで、あんなつらい修行をしているのかと思うと、ちとせはキゼンさんがかわいそうでたまらなくなった。

このごろでは、ご飯と具のないおみおつけと、沢庵がふた切れだけのお膳にも、箸を付けなくなっていた。ときには水断ちまでしているのだと、女中が心配そうに言っていた。

「はっきりそうと言って聞かせたほうがよかないかと思うんだがね。ところがおもうさんがおっしゃるには、行というものは他《はた》がどうこう口を出してはならない、と。考えてみれば、私のときもそうだった。無理も道理も、他人が決めるものじゃない。自分自身でそうと悟らなければいけないし、だからこそ行には値打ちがあるんだ」

「大丈夫かしら。そう言っちゃ何ですけど、キゼンさんはそこまで物を考える人じゃないと思うんです。それに、あなたより体は立派だし、強情そうですよ」

「いやいや、滝行だの水行だの岩屋籠《ごも》りだの、私もずいぶんやったがね。体力や根性で、どうにかなるほど甘くはないよ。ただ、私が考えるにはね――」

と、父はちとせの寝顔を窺ってから声を潜めて続けた。

「あの人は、よほどの業《ごう》を背負っているんじゃないかね。若い時分に、何かとても悪いことをしたとか、とんでもない親不孝をしたとか。おまえ、勘が働かないか」

「さあ。勘働きするほど面と向き合うこともありませんから。何やらうそ寒い話ですねえ」

キゼンさんはけっして悪い人ではないと思ったが、あれこれ想像するうちに怖くなった。

父母のひそみ声の向こう側から、裏の杉の木に巣をかけた梟《ふくろう》の鳴き声が聞こえる、静かな秋の夜だった。

喜善坊が祖父にこっぴどく叱られたのは、その翌《あく》る朝である。

公爵家のご家族がちょうど朝食を召し上がっているころ、屋敷中に妙な臭いが漂ったかと思うと、涙が止まらなくなった。

山上の暮らしは火の気にやかましい。何か燃えていやしないかと人々が探し回っていると、門長屋の戸のすきまから目に刺さる煙が洩れていた。

火事ではなかった。喜善坊が土間で松葉と糠《ぬか》と唐辛子を燻《いぶ》して、煙にまみれながら般若心経を誦《ず》していたのだった。

祖父は裸足で庭に飛び下り、「いったい何の真似だ」と怒鳴りつけた。喜善坊の釈明によると、それは「南蛮燻し」という行であるそうな。肌につき刺さる煙の中で、ひたすら耐える苦行だった。

折しも凪の凪いだ朝方のことで、門長屋の戸や窓を開け放ったはよいものの、どっと溢れ出た地獄の煙が屋敷中に蟠《わだかま》ってしまった。

若殿様ご一家も、二階の座敷から焙《あぶ》り出された。父が平あやまりをして、神社へと先導した。そうこうするうちに鳶口《とびくち》やら長梯子やらを担いだ消防団までやってきて、屋敷は大騒動になった。

祖父に襟首を摑まれて引きずり出された喜善坊は、しばらく門口にちんまりと座っていたが、そのうちどこかへ消えてしまった。

毒でも浴びたように、目も咽《のど》も痛くてたまらなかった。顔を洗おうにも、屋敷の中は煙っていた。そこで、ちとせと姉は手を繫ぎ合って、門の外から杉林の土手を下った。

西の石垣の下には天水を溜めた井戸があった。ふだんは近寄ってはならぬ御神水だが、この際だから仕方がないと思った。

深い杉林の中に、苔むして傾いた檜皮《ひわだ》の屋根があり、紙垂《しで》を繞らせて結界とした石積みの井戸がしんと鎮《しず》まっていた。神事のたびに祖父や父が屋敷の御神前に捧げるのは、御嶽山の雨を蒐《あつ》めたこの水だった。

晩秋の朝の気は冷え切っており、落葉を敷き詰めた黄色のところどころに、光が足らずに育ちあぐねた楓が、赤い炎を灯していた。

井戸の石組に背を預けて、キゼンさんが泣いていた。頭襟を冠《かぶ》った乱れ髪を抱えて、精も根も尽き果てたようにうなだれている姿は、とうてい日頃のキゼンさんではなかったが、悲しいことにはそれでも、乾いた唇をもごもごと動かして、般若心経を唱えているのだった。

「もう、よしなよ」

ちとせは膝を抱えて言った。キゼンさんは覗きこむちとせの顔をちらりと見たきり、駄々ッ子のように首を振った。

「はい、これ」

姉が袂からおひねりの干菓子を取り出した。キゼンさんはまたいやいやと首を振った。

夏の盛りにやってきたときとは、大ちがいだった。頬はげっそりとこけ、目が落ち窪んでしまっていた。純白の鈴懸衣ももう使いものにならなくなったのだろうか、汚れた肌襦袢《じゅばん》の上に、草や落葉を細い蔓で編んだ簑《みの》を羽織っていた。

もしかしたらキゼンさんは、半分ぐらい木になってしまったのではないか、とちとせは思った。煙に燻された目が痛いのではなく、人間をやめてしまうのが悲しくて、泣いているのではないかと思ったのだった。

ちとせと姉は御神水で顔を洗った。霊験は灼《あらた》かで、たちまち痛みは去った。

しかし、びしょ濡れのキゼンさんは、咽を嗄《か》らし涙を流して泣き続けていた。

「お水、飲んでよ」

ちとせは御神水を掬《きく》して、キゼンさんの口元に向けた。この水を飲みさえすれば、きっと人間に戻れると思ったからだった。

般若心経がやんだ。ちょうど朝の光が屋敷の石垣を乗り越えて、ぼろぼろのキゼンさんに手を差し延べた。神様だってそうおっしゃっているのだ。

だが、キゼンさんはちとせの掌から目をそむけてしまった。そして般若心経のかわりに、「懺悔懺悔、六根清浄」と唱え始めた。

「サンゲ、サンゲ、ロッコンショウジョウ」

くり返すほどに、濁った泣き声がはっきりとした掛け念仏に変わっていった。

ちとせは後ずさった。頑ななキゼンさんに根負けしたからではなく、差し延べられた朝の光が、森の黄や赤の色を翳《かげ》らせて、すうっと退いたからだった。

キゼンさんは神様に見捨てられた、と思った。

＊

「夏休みはお客さんが多くて、あんたらにかまっちゃいられないけど、危ないところに行ったらいけないよ」

ちとせ伯母は話の途中でぽつりと、見当はずれのことを言った。

目覚めていた子供らは肯《うなず》いた。登山客や観光客が増えたせいで、御嶽山にはさほど危険な場所がなくなっていた。子供らは行ってはならない場所を言い含められていた。

神社の裏手に続く奥の院は危くないが、その先の大嶽山に向かう道には岩場があるので、立ち入ってはいけなかった。綾広の滝はかまわないが、その下流にある七代《ななよ》の滝には深い滝壺があるから、水に入ってはならなかった。

ことに固く戒められていたのは天狗岩と呼ばれる名勝で、登山道に面して聳《そび》えているせいで山に慣れぬ人が面白半分に登り、しばしば大怪我をしたり死んでしまったりする危険な場所だった。

実は私も一度だけ、禁忌の鎖を乗り越えて天狗岩に登ったことがあった。齢上のいとこに「根性だめしだ」と言われ、慄《ふる》えながら登ったのである。

鎖をたぐり、足場を確かめながら攀《よ》じ登ってゆくと、千尋の谷に突き出た頂に、烏天狗の小さな銅像が建っていた。あたりは大杉の密林なのだが、どの枝先も天狗岩には届かず、手を伸ばせば雲が摑めそうな高さだった。頂をきわめた子供らはみな、膝立つこともできず鎖にしがみついていた。

子供らの身を竦《すく》ませたのは、孤高の頂の恐怖ばかりではなかった。そこは大昔から、修行中の神官やら抖擻する行者やらが、森羅万象のただなかで精進潔斎をする聖域だった。転げ落ちた人々は罰《ばち》が当たったのだと思った。

「まさか、天狗岩に登ったりはしないだろうね」

伯母は白い顔を闇にめぐらせて、子供らの罪を知っているような言い方をした。答える子供はいなかった。

「二度と妙な気を起こさないよう、この先はよくお聞き」

手拭の中で空咳をしてから、伯母は思いもよらぬ事の顚末《てんまつ》を語り始めた。

＊

師走初めの吉日に、喜善坊は百ヵ日の万行をおえた。

杉林に囲われた冬空の、かんと冴え渡った朝だった。参拝客も登山者も、その時節にはほとんど姿が見えず、まだ里帰りをする人もなくて、御嶽山が一年で最も深閑とする季節だった。

母はこの日のために、真白な晒木綿《さらしもめん》の衣袴《いこ》と、手甲脚半《てつこうきやはん》までの一揃いを仕立て上げていた。喜善坊のぼろぼろの鈴懸衣を見よう見まねで誂《あつら》えたのだった。

だが、喜善坊は母がみずから届けた心づくしの衣裳を、着ようとはしなかった。氷点下の寒さだというのに、木の葉の衣と腰簑をつけ、笈を背負って門長屋から出てきたのだった。

衣冠を正した祖父が御神前から手招いても、喜善坊は屋敷に上がろうとせず、庭先に金剛杖を立てて折り敷いた。百日前の夏の夜更けに、ちょうどそこにそうしていた姿を、ちとせは思い出した。

何貫目も痩せて、見た目もまるで変わってしまったけれど、片膝立ったその姿はとても精悍で潔く、いかにも荒行の末に蔵王権現を感得したように思えた。

父が御神前からにじり出て廊下に座り、祖父の手前を憚《はばか》るように小声で言い聞かせた。

「満万行だから出て行けとは言わないよ。その体で熊野に向かうのは無理だから、何日かゆっくりして、滋養をつけてからになさい」

いえ、とひとこと答えたきり、喜善坊は目を閉じてしまった。それから祖父が祝詞《のりと》を上げおえるまで、定まらぬ体をゆらゆらと揺らしていた。

出立は呆気なかった。誰にお礼を述べるでもなく、ただ御神前から罷《まか》り出た祖父に向かって低頭し、「鈴木の御師様の世に名高い御験力は、しかと拝見いたしました」と、喜善坊は謎めいたことを言った。

それは何ひとつ教えてくれなかった祖父に対する、嫌味な捨てぜりふのようにも聞こえた。

その一言だけを残して、喜善坊は掛け念仏を唱えながら表門を出ると、よろめくような足どりで杉林の奥に消えてしまった。

門長屋には袖も通さなかった衣袴の一揃いと、手つかずの朝の膳が置かれていた。

そばに寄るだけでも臭くてたまらなかったのに、百日も住まった小部屋はそれこそ御神前のように清浄で、人の暮らした気配がまるで感じられなかった。

ちとせは喜善坊の向かう熊野という場所が、大菩薩の嶺を越えた信州のほうだと勝手に考えていたのだが、思い立って地図で探してみると、あまりに遠いところなので驚いた。

遠い昔のご先祖様が、東照大権現様の露払いをしてそこからやってきたということが今さら信じられず、また何百年ののちにそこに向かうキゼンさんが、いよいよ信じられなかった。

「あのなりじゃ、汽車にも乗れないよね」

地図を覗きながら、姉が頰杖をついて呟いた。

喜善坊は熊野には行かなかった。

いや、行ったのかもしれないが、ちとせにはよくわからない。

祖父は日がな一日、御神前の唐紙《からかみ》を閉《た》て切って、長い大祓詞《おおはらえのことば》や聞き覚えのない祭文を奏唱し続けていた。父も家族も、各地の講社に頒布《はんぷ》する御札の仕度に大童だった。

午後になると冬晴れの空がにわかに曇って、ちらちらと雪が舞い始めた。

そんなとき、まるで風を食らって転がりこむように、営林署の作業員が屋敷にやってきたのである。

「御師さん、御師さん」と、山男は捻じり鉢巻を解いて汗を拭き拭き呼んだ。御神前にかしこまる神官の背に向かって大声を上げるなど、尋常を欠いていた。

家族はお狗様《いぬさま》の御札を放り出して廊下に駆けつけた。

「七代の滝のあたりで枯木を引いていたんだが、アッと思ったら天狗岩のてっぺんに人が立っているじゃあないか――」

その先はしどろもどろで、いったい何をしゃべっているのかわからなくなった。

だが、ちとせには見えたのだった。百ヵ日の万行をおえた聖《ひじり》が、木の葉の衣を翼に変えて空を飛ぼうとするさまが。

父は驚きあわてたが、祖父はじっと目を瞑《つむ》っていた。おじいさんにはわかっていたのだ、とちとせは思った。

「捨身《しゃしん》ですね。キゼンさんは、体を供養してしまったんですね」

父が訊ねても、祖父は答えなかった。人々の見守る中で長いこと黙りこくったのち、祖父は意外なことを言った。

「いや、自殺だよ。捨身だの入定《にゅうじょう》だのというほどの行者ではない。修験を志して験力を修められず、思い屈して身投げをした。ただそれだけのことだ」

祖父の声は頬に降りかかる雪のように、静かに冷たく、ちとせの肌にしみ入った。

祖父は御嶽山の平安のために、嘘をついていると思った。天狗岩から身を躍らせることが、けっして自殺ではなく行法のうちだと知っていなければ、喜善坊を送り出したあとあれほど根をつめて祈り続けるはずはなかった。

もしかしたら祖父は、キゼンさんをひとめ見たときすでに、わが身を天然に回帰させようとする行者の覚悟を、見透していたのかもしれない。その覚悟をいっそう鞏固《きょうこ》にする百ヵ日を、祖父が与えたような気がした。

修験者としての満万行の日が、人間として死ぬ日だと知っていたのは、喜善坊と祖父だけだった。

きっと山伏という人々は、神様も仏様も顕《あらわ》れないずっと昔から日本の山野に住まっていて、そののちの神様や仏様や人間の時代から取り残されてしまったのだろう。そう思うと、ありがたい人かかわいそうな人か、ちとせにはわからなくなった。

だから、わからなくなったその先は、キゼンさんが人間をやめて木になったと、思うことにした。

＊

「それからのことはよく知らない。キゼンさんの亡骸は谷底から引き上げられて、おまわりさんや消防団の人が戸板に乗せて運んで行ったらしいけれど、私は見てもいないの。新聞にも載らなかったし、噂にもならなかった。山の中で自殺をする人は珍しくもなかったからね。さあ、きょうの話はこれでおしまい。夢見が悪くならないように、子《ね》の権現様にお願いしておくから、安心しておやすみなさい」

伯母は闇の中ですっくと立ち上がると、廊下を軋ませて去ってしまった。

私は星あかりの中でまぼろしを見た。天狗岩の頂に立って印を結び、そのまま歩み出して声ひとつ上げず、剣でも投げたように谷底へと落ちてゆく行者の姿だった。だがその想像は、少しも恐怖を伴わなかった。むしろ病に苦しむよりも、懐疑と苦悩の果てに死を選ぶよりも、むろん強いられた死よりも、正しい方法のような気がしたからだった。

天狗岩の頂に据えられた小さな烏天狗の像は、祖父か曾祖父が設えたものかもしれない。

眠りに落ちる前に、私は思いついて「懺悔懺悔、六根清浄」と、わけはわからないがたぶん悪夢を阻んでくれそうな掛け念仏を、いくらかキゼンさんの口ぶりを真似てくり返した。

見知らぬ少年

荻窪駅を過ぎると、沿線の風景が一変した。建てこんだ住宅街がふいに絶えて、田畑や鎮守の森や、武蔵野の雑木林が遥かに拡がるのである。

小学校に上がるころに中央線の車窓から見た景色は、まだそんなふうだった。郊外の駅舎はみな木造で、がらんとした駅頭にはボンネット型の乗合バスが停まっていた。橙色の新型車輌が中央線を走り始めたのはそのころだったが、色彩の乏しい時代にはあまりに奇抜すぎて、数の少ない当初は進駐軍の専用列車だと信じている人もあった。

事実その少し前までは、立川の基地と都心を往還する米兵の専用車輌が、濃茶色の列車に連結されていたのである。そして橙色の電車が登場してからもまだしばらくの間は、新宿発松本行の蒸気機関車が、威風堂々と走っていた。

中央線は市街地をのんびりと進み、風景の変わる荻窪の先からは速度を増した。気分が高揚した。それは山里の母の実家に向かうからではなく、大家族と大勢の使用人に囲まれた過密な家を出て、自然の中に解き放たれる喜びであったと思う。

立川駅は異界の玄関だった。当時のその町は東京の延長ではなく、新宿とも中野ともちがう個性を持っていた。

いくつもの路線の乗換駅だからプラットホームが並列し、跨線橋《こせんきょう》の上では東京のように一律ではない、さまざまの風体の人々とすれちがった。たまたま日曜日であったりすると、構内は陽気な米兵で溢れた。

青梅《おうめ》線は今も昔も、多くのプラットホームの北の端に、まるで間借でもするようにちんまりと引き込まれている。その始発駅のホームには、濃茶色の国鉄車輛のうちでもとりわけ古調な、たとえば歪んだ鉄板に鋲を打ちつけたような短い何輛かが私を待っていた。

青梅線の車内が混雑していたためしはなかった。わずかな乗客も立川に近い拝島や福生で降りてしまって、青梅駅から先はがらんどうになった。それとともに多摩川の源流は谷《きわ》まり、車窓の両側には峻険な山が迫った。

いよいよ異界である。ここも東京都にはちがいないのだが、その鄙《ひな》びようと景色の様変わりは、とうてい東京の地続きとは信じられず、私は長いことそのあたりが、信州か甲州のどこかに定められた東京都の飛地のように思っていた。

単線の軌道は小さなトンネルをいくつも潜りながら、山肌を擦るようにして走る。上りの列車を待ち合わせるためにしばらく停車していると、断崖の下を流れる多摩川の瀬音が迫ってきた。

そうしてようやく、御嶽《みたけ》駅に到着する。神道が権威を持っていた時代に建てられた駅舎は神社を模したデザインで、旧官幣大社《かんぺいたいしゃ》の下車駅にふさわしく、皇族方や勅使を迎えるための別の階段までが設《しつら》えられていた。

駅舎の外には、近くの山中で捕えられた熊の檻《おり》があって、御嶽駅の名物になっていた。

異界への旅はさらに続く。駅前から乗合バスでケーブルカーの山麓駅をめざすのである。多摩川を渡り、長い急坂を唸りながら登りつめた空を被う杉の森の中に、山麓の滝本駅《たきもとえき》がある。

そのあたりではっきりと神気を感ずる。気温が急激に下がるせいばかりではない。御嶽山には八百万《やおよろず》の神が遍満していて、麓の森のそのあたりにまで、じっと蹲《うずくま》っているように思えるのである。

ケーブルカーは山を登るというより、まさに天に昇る感じで滝本の駅舎や家々をつき放し、やがて視野にはろばろと関東平野が豁《ひら》けてゆく。

山頂駅の駅員には、しばしばこう訊ねられた。

「あんた、ナリちゃんの子かね、それともキョウちゃんの子かね」

私の母は「也子《なりこ》」と言った。七人目の子供であったから、もうこれで終《しま》いだろうという意味で、文末に使う「也」の字を名前とした。

ところが、もうひとり娘を授った。「也」の下ならどうしたものかと、祖父母はよほど考えあぐねたのであろう。あげくにその叔母には、「京子」という当たり前の名が付いた。

いとこやはとこの誰が似ているとも思わないのに、他人から見れば鈴木の眷族《けんぞく》が一目瞭然であることが、私はふしぎでならなかった。

山頂駅から母の実家までは、古代の杉に鎧《よろ》われた険しい参道を、さらに三十分も登りつめねばならない。その間に私はなぜかきまって、母の兄弟姉妹の名を唱え続けた。

誰が里帰りしているか知れないから、挨拶するときに名前を取りちがえてはならないと考えたのだろうか。あるいは親族の多様な名前が面白かっただけなのだろうか。

志乃《しの》。知登世《ちとせ》。康《こう》。勉《つとむ》。起世《おきよ》。学文路《かむろ》。也子。京子。

実はその上の世代にも、様々の雅《みやび》な名を持つ大勢の大叔父と大叔母が健在であったのだが、とうていそこまでの名前は覚えきれなかった。

参道は歩むほどに神さびてゆく。東京とも昭和とも無縁の、時も場所も昔と変わらぬ森の中に、御師《おし》の屋敷が姿を顕《あらわ》す。太古から神々を祀《まつ》ってきた、三十余の神官の家である。

それらはどれも一様に苔むした茅葺きの大屋根を頂いているが、もともと山を削り石垣を堅固に組んだわずかな平地に建つせいで、かたちはさまざまに美しかった。

しかも講社の団体を泊める宿坊を兼ねるから、どの屋敷も巨大である。

やがて神社にほど近い急坂の中途に、「神代欅《じんだいけやき》」と称する天然記念物の大樹があって、その根方を折れた小径《こみち》を登りつめたところが、母の生家だった。

森の中を東西に延びる総二階は、東京の郡部では最大の木造建築とされていた。むろん増改築がくり返されているから、その家の来歴については、誰も詳しくは知らない。

玄関に立つと、杉林を渡ってきた風が、暗渠《あんきょ》のような屋敷の奥に向かって吹き抜けた。

式台の脇の下駄箱には、子供の運動靴が何足も納まっていた。いとこやはとこの誰々が来ているのだろうと、私は胸をときめかせた。

子供が声を張り上げたところで届きはしない。かまわず上がりこんで、出会《でくわ》した人に挨拶をするのがこの屋敷の習いだった。

偶然であったのか、それとも亡き祖父母の祭事でもあったものか、その夏はかつてないほど大勢の親族が屋敷に集まった。

同じ齢《とし》ごろのいとこだけでも十人ほど、それにはとこやら遠縁の子供やらが加わって、まるで林間学校のような賑わいになった。

昔の素封家にはよくある話だが、曾祖父の末の子供らと祖父の年長の子供らは年齢が重なっていた。つまり私と同じ齢ごろであっても、実は母のいとこにあたるという子供も何人か加わっていた。

そんなわけだから、大勢の子供らの中には、まったく見ず知らずの顔もあった。しかし、林間学校よろしく大広間で賄《まかな》いの卓を囲めば、やはりどの顔にもそこはかとない相似を見出すことができた。

親類はそれほど広範囲に散在しているわけではなかった。これも旧家の常で、家統の純血を守るために、嫁取りや婿入りをする家があらまし決まっていたのである。だから親戚といえば、御嶽山を扇の要として、青梅、秩父、五日市、といったあたりに集中しており、せいぜい私の母の代になってから、中央線の沿線や青梅街道ぞいに、新しい親類ができた程度だった。

初対面の子供らの顔が似通っていたのは、古くからくり返された近親婚のせいかもしれない。一族の関係は複雑すぎて、系図に書き表すことは不可能だった。

小学校の一年か二年の夏であったから、ひとりで母の里に向かったはずはないのだが、どうしたわけか同行者の記憶は消えている。

玄関の式台も表廊下も、ひんやりとしてここちよかった。海抜一千メートルの山頂では、夏のかかりから蜩《ひぐらし》が鳴いた。

障子を開け放った大広間では、いとこやはとこたちがまるで魔法でもかけられたように、思い思いの格好で昼寝をしていた。

大階段を繞《めぐ》って奥居《おくい》の襖《ふすま》を開けると、大人たちが昼食を摂《と》っていた。薪《まき》の燻香《いぶりが》が濃くなった。

「あら、いらっしゃい」と、どれがどれやらわからぬほどよく似た顔の伯母たちが、よく似た声で言った。「黙って入ってくる者があるかね」と、伯父がさっそく叱った。

一族の大人たちに男は少なかった。若いうちに胸を病む人が多く、戦死した人もあったが、何よりも山上の厳しい冬を耐え切れずに死んでしまう赤ん坊は、きまって男の子だからだった。私の祖父が養子であったのも、そのせいだった。

私は改まって「こんにちは」と言い、笑顔に迎えられて蕎麦に呼ばれた。

やはり母や兄が一緒であった記憶はない。もしかしたら、私ひとりが逸《はや》る心で、山道を先に駆け登ってきたのかもしれないが。

「ずいぶん静かだが、子供らは出かけたかね」

伯父が蕎麦をたぐりながら言った。

「おひるね」と私は答えた。

「そうかね。だったら今のうちにお参りしてきなさい。みんなと遊ぶより先だよ」

何はさておき神社に詣でることが、神に対する儀礼だった。講社の敬虔《けいけん》な氏子たちは、屋敷にようやくたどり着いても縁側に荷物だけ置いて、そのまま神社に向かったものである。

そのつもりで食事をおえ、玄関に戻りかけると、大広間の向こう側の裏廊下に、段上がりの敷居に腰かけた子供のうしろ影が見えた。

ひとりだけ目が覚めたのだろうか、ぼんやりと半ズボンの膝を抱えて、眼下に豁ける関東平野を眺めていた。

大広間は表と裏に廊下が通っていて、夏には極楽もかくやはと思えるほどの、さわやかな風が吹き抜けた。

「ヒロシちゃん？」

と私は呼びかけた。うしろ姿がひとつ齢かさのいとこに見えたからである。

しかし、振り返った横顔にはまるで憶えがなかった。

神社までの三百段の石段をひとりで登るくらいなら、つれあいは誰でもよかった。そこで私は、いとこたちを起こさぬよう足音を忍ばせて大広間を横切り、見知らぬ親類のかたわらに腰をおろした。

少年はおろしたてに見える真白な開襟シャツを着ていた。ほっそりとした上品な顔立ちには、坊主頭が似合わなかった。

ひどく内気な子供に思えたので、私から切り出した。

「お参りに行こうよ。みんな寝てるから、つまらないだろ」

少年は羞《はじら》うように尻をずらして、柱にもたれかかった。まるで女の子のようなしぐさだった。

「ねえ、一緒に行ってよ。お参りしないとおじさんに叱られる」

私は少年の腕を摑んで立ち上がった。やはり女の子のように細くて柔らかな腕だった。少年は抗わなかった。

玄関の式台に出て名前を訊ねた。

「すぐる」と少年は答え、山百合を生けた花鉢の水に指を浸して、式台の板に「秀」と書いた。

「おじいさんが付けて下すったんだよ」

秀《すぐる》という少年は、そう言ったなり足に余る駒下駄をつっかけて、玄関を駆け出して行った。

それから二人して社殿に詣でたはずなのだが、あいにく記憶を欠いている。ただ、よほど道草を食ったものか、帰り道は奥の院から湧き落ちてきた霧が行手をとざして、心細い思いをした。

かつて中里介山が『大菩薩峠《だいぼさつとうげ》』に描いた通り、御嶽山は霧の名所だった。たそがれどきにはきまって霧が降りてきて、風景を隠してしまった。

行方を見失って急な石段を踏みまどう私に、秀は手をさし延べてくれた。それは山の子供らのように、自然に親しんだ頑丈な手ではなかった。誰かに手をつないでもらったのではなく、自分の手と手を祈るように組み合わせたような気がした。

苗字を訊ねた。返答は霧にくぐもった。

「すずき」

親類の子供らのうち半分以上は「鈴木」の姓を持っていたから、思いがけなかったわけではない。だが、「すずきすぐる」と口にしてみれば、その響きはまるで伝説の英雄の名のように美しかった。たとえば、「やまとたける」のように。

秀にいざなわれて屋敷に戻った記憶はない。


厄介者がこうまで多くなると、食事の折なども居間には収まりきれなかった。

そうしたときの方法はきまっていた。子供らだけが大広間に長い卓を並べて食事を摂り、めいめいに蒲団《ふとん》を敷いて寝るのである。

遠い昔からいわゆる御嶽詣の宿坊であり、山岳部の合宿やら小中学校の林間学校にも使用されていたので、私たちも同様のあしらいだった。

親に連れられて神社を参拝し、日帰りか一泊で帰ってしまう子供もあり、私のように一夏をのんびりと過ごす子供もあった。つまり、いとこはとこの数は日ごとに増えたり減ったりした。

私たちの世話を焼いてくれたのは、明治生まれのちとせ伯母だった。ゆえあって嫁ぎ先から実家に戻っていたこの伯母は、誰がそうと決めたわけでもなかろうが、どれほど忙しくても子供らの面倒を見てくれた。

夕食の声がかかると、子供らはそれぞれ台所で膳を受け取り、大広間に設《しつら》えられた席につく。勝手に箸を取ってはならない。やがて伯母がお櫃《ひつ》を抱えてきて飯を盛りつけ、「召し上がれ」の声とともに食事が始まった。

伯母はお櫃のかたわらにずっと座り続けていた。それも旧家のしきたりであったのだろうか、食事中に立ち上がることは禁忌とされていて、「おかわり」と言えば伯母がいちいち立って飯碗を取りにきた。

口やかましい人ではなかったが、伯母には子供らをおのずと黙らせる威厳があった。

その夜の大広間には、秀の姿が見当たらなかった。それはべつだんふしぎなことではなかった。親族の中には客間を使う人もあって、私も生家の父や祖父母と訪れるときには、客として宿泊したからである。

おそらく、秀の家はいくらか遠縁なのか、あるいは家族が一緒なのでそうしているのだろうと思ったのだった。

おかわりの盆を運んできてくれた伯母に、私は何ら他意もなく訊ねた。

「すぐるちゃんは？」

そのとたん伯母は地顔のほほえみをふいに消した。飯碗の載った盆も膝の上に置いたままだった。

「おまえ、いま何て言った？」

伯母は怖い顔をした。私どころか左右のいとこたちまでが、思わず箸を止めた。私には叱られる理由がわからなかった。

「すぐるちゃんは？」

と、もういちど呟いた。伯母はまじまじと私を見据えた。

「悪い冗談はたいがいにおし」

飯碗を受け渡すと、伯母は何ごともなくもとのお櫃番に戻った。黒い着物の背筋をすっくりと伸ばしたまま、ときどききついまなざしを私に向けた。

いったい何がいけなかったのだろう、何が悪い冗談だったのだろうと、私は考え続けねばならなかった。

たぶん私の態度に何かしら粗相があって叱られたのだろうけれど、思い当たるところがなかった。畳の上にこぼれていた飯粒を拾い、いくらか崩していた膝を揃え直しても、伯母はまだきついまなざしを私に向けていた。

子供らがみな箸を置くのを見届けると、伯母は改った口調で「はばかりさまでした」と言った。それに答えて、私たちは「ごちそうさまでした」と声を揃えた。

親しいいとこたちに、秀の名を訊ねたのだが誰も知らなかった。

「お客さんの子供だよ」という、ひとつの回答に私は得心した。はなから親類だと決めつけたのは思いちがいで、宿泊客の子供が退屈をして遊び仲間を探していたのだとすれば、ふしぎは何もなかった。

家族旅行で訪れた都会の子供は、御嶽山の大自然や屋敷の広い空間を持て余してしまう。もともとが講社のための宿坊だから、遊具の用意などなくて、子供にとっては愛想のない宿である。だから私たちの遊びの輪の中に、宿泊客の子供が紛れこむのはよくあることだった。むろんその客の苗字が「鈴木」であっても、べつだん偶然というほどではあるまい。

しかし、仲間に入れても客は客だから、私たちは気遣いを忘れなかった。もし泣かせでもしようものなら、理由のいかんにかかわらず大目玉を食うからである。

そこまで考えつくと、伯母に叱られたわけも何となくわかった。客の子供の名前を軽々に口に出した節操のなさを、伯母は叱ったのだと思った。

格式高い神社の宿坊であるから、賓客が訪れることも多かった。秀がそうした特別な客の子供だとしたら、伯母が気を揉むのも当然だった。

私と秀が親しげに手をつないでいるさまを、伯母は見かけたのかもしれなかった。

あれこれ思い悩んだ末に、私は秀についてそんな憶測をし、勝手な了簡をした。


御嶽山の夜は長かった。

まだ日の残るうちに夕食をすませたあとは、夏休みの宿題にかかるよう言いつかっていたが、大勢のいとこはとこが集まればそんな時間割は消えてなくなった。

子供らの賄いをおえれば客の食事である。台所は戦場のような有様で、箱膳を四つ五つも重ね持った女中たちが、ひっきりなしに廊下を行き来した。

大切な客を食事処に集めていっぺんに飯を食わせるなど、昔の宿にはありえなかった。それぞれの座敷に、温かい料理のさめぬよう按配しながら、二の膳、三の膳と運び続けるのである。

酒はあらましが燗酒であるから、勝手口の土間に火鉢を据えて金盥《かなだらい》を載せ、お燗番の女中が付ききりになった。

客が古いなじみの氏子であれば、夕食は神様と御饌《みけ》を共にする直会《なおらい》という立前である。そうした座敷には、浄衣《じょうえ》に浅葱色《あさぎいろ》の袴《はかま》を着けた伯父が回って、盃を交わさねばならなかった。

そんな具合で長い夜は更けてゆく。子供らが宿題をしていようが遊んでいようが、大人たちの目には留まらなかった。

肝だめしをしよう、と誰かが言い出した。女の子はお手玉やらおはじきやらで暇を潰せるが、男の子はこまごまとした遊びには飽いてしまうのである。

話はとんとん拍子に進んだ。昔の少年たちは怯懦《きょうだ》を何よりも恥としていたから、誰も嫌だとは言わなかった。

一人で行くのか二人一組で行くのか。

神社に上がるか、それとも東尾根の奥城《おくつき》に向かうか。

やはり怯懦を恥ずる気持ちがまさって、結論は簡単に出た。一人ずつ、好きなほうに行く。幼い子供を除いた小学生の男児は七人か八人もいたが、奥城を選んだのは私だけだった。

墓場よりも神社のほうがまし、という大方の意見には首をかしげた。人間の死体が土葬された墓場よりも、得体の知れぬ神々の住まう社殿のほうが、私にはずっと怖ろしい場所に思えたのだった。それに、距離はどちらも同じくらいだが、石段の登り下りに較べれば、あらまし平坦な尾根道は楽だと思った。

二張の提灯《ちょうちん》が用意され、火が入れられた。それは何も肝だめしの小道具ではなく、山上の暮らしではいまだに、懐中電灯よりも重宝されていたのだった。提灯には抱稲《だきいね》の家紋が入っていた。万が一、誰かに見咎められたなら、鳥居前の参道でみやげ物屋を営む分家に行くのだ、という嘘まで申し合わせた。

出発点は玄関と決め、参加しない女の子や幼児までが、怯えながらついてきた。恐怖心と高揚感がないまぜになった妙な気分だった。

ところが、玄関の式台で思いがけぬ異論が持ち上がった。ひとりひとりの帰りを待っていたのでは時間がかかってしまうから、神社のほうは二人一組で行こう、というのである。

「だったら僕も神社にするよ」

と、私は当然の抗議をした。いくら何でも、私だけひとりで墓場に向かうのは不公平だった。時間がかかる、などという理由が怯懦の言いわけであることもわかっていた。

しかし、私の翻意は認められなかった。いとこたちは一等年少で生意気な私に意地悪をしたのだった。

理不尽にはちがいないが、腰抜けよばわりされたのではたまったものではない。腰抜けはどっちだと思いながら、私はさっさと奥城に向かって歩き出した。

右手に提灯の柄を、左手に名前を書いた割箸を握っていた。奥城の先祖の墓のどこかに、その割箸を置いて帰るのである。

東の門を出て小径を下り、神代欅の根方をめぐれば、月明りの届かぬ竹藪に入る。そのあたりの真の闇は身の縮むほど怖ろしくて、腰抜けでもいいから引き返そうかと立ち止まった。

そのとき、振り向いた藪道の先から、人影が近付いてきたのである。私が出発したあと、やっぱり意地悪が過ぎたと考えた誰かが、ついてきてくれたのだと思った。

孟宗の藪が夜風にさざめく細かな縞紋様の中に、純白のシャツが際立った。私たちのなりゆきをどこでどう見ていたものか、秀が後を追ってきたのだった。

ほっと胸を撫で下ろして、私はべそをかいてしまった。秀の登場は泣きたくなるくらい嬉しかった。

「みんな、ひどいじゃんか」

秀は私のかわりに、子供らの非道を責めてくれた。

「あれ、すぐるちゃんは御嶽山の子なの？」

と、私は思いついて訊ねた。御嶽山は方言のきつい土地柄ではないが、言葉尻にしばしば「じゃんか」と付くのが特徴だった。

へへっ、と秀は笑った。提灯の上あかりに照らされたおもざしは、少女のようにあどけなく、愛らしかった。

「そうだよ」

秀は私から提灯の柄をやさしく奪うと、かわりに手をつないで歩き出した。

尾根道には木立がなく、藍色の夜空がいっぺんに豁けた。月は雲居に隠れていたが、そのぶん星が溢れて、濤々《とうとう》と流れる天の河がそのまま地平に鏤《ちりば》められた東京の灯に傾《なだ》れ落ちていた。

歩きながら秀は、つないだ手を振って拍子を取り、古い軍歌を唄った。

四百余州を挙《こぞ》る　十万余騎の敵
国難ここに見る　弘安四年夏の頃
何ぞ恐れんわれに　鎌倉男児あり
正義武断の名　一喝して世に示す

私たちの世代には、まだ生活の中に軍歌が生きてはいたが、いかにも古臭いそんな歌は聞いたためしもなかった。

「元気が出るんだ。教えてあげるから一緒に唄おうよ」

運動会の行進曲に、むりやり難しい言葉を詰めこんだような奇妙な歌だった。だが、秀の後について一小節ずつ唄うと、意味はわからなくとも肚《はら》の底から勇気が湧いてくるような気がした。

「学校で教わったの？」

「そうじゃないよ。おじいさんが教えて下すったんだ」

「すぐるちゃんのおじいさんは、兵隊さんだったんだね」

「ちがうよ。神主さ」

「あれ、それじゃあ僕と同《おんな》しだ」

私は歩きながら夜道を振り返った。杉木立に被われた御師《おし》の家々が、山顚《さんてん》の神社に服《まつろ》うように灯をともしていた。

秀はどこの屋敷の子供なのだろう。三十余家の神官の中に、鈴木の姓を持つ家がほかにあるのだろうか。

そのとき私は、ひとつの矛盾に気付いたのだった。

御師の家はそれぞれが雅な屋号を持っていた。しかし私の家だけが、それを持たずに「鈴木」という姓で呼ばれていた。

太古から御嶽山に住まう神官の家には同姓が多いから屋号を必要とするが、江戸時代の初めに定住した「鈴木」の姓は一軒きりだからである。

伯父に聞かされていたそんな話をたどれば、秀は嘘をついていることになる。

とまどう私の手をつんと引いて、秀は奥城への道を急いだ。

「この歌は軍歌じゃないんだよ。昔むかし、蒙古の大軍が日本に攻めてきたとき、お侍さんたちが迎え撃ったんだ。それで、負け戦になりそうだったんだけど、神風が吹いて敵の船をみんな沈めちゃったんだよ」

その話は聞いたことがある。小学校の先生はひとくさり語りおえたあとで、「神風なんかじゃなくて、たまたま台風がきたんだ」と種明かしをし、子供らをがっかりさせたものだった。

「やっぱり学校で教わったんだね」

「そうじゃないって。おじいさんが教えて下すったんだよ」

秀に同じことを二度言われて、その「おじいさん」がいったい誰なのかがわかった。考えたわけではなく、それしかない答えがふいに降り落ちてきたのだった。

まるで行手の闇に投写された幻灯のように、見もせぬ時代の点景が私の胸に映し出された。表廊下の陽だまりで、白髯《はくぜん》を蓄えた老人が幼い孫の手を取って勇ましい歌を教えている。聡明な少年は意味もわからぬまま、難しい歌詞を丸呑みに覚えてゆく。その坊主頭を撫でながら老人は相好を崩して言う。「おまえは物覚えがいい。かしこいすぐるだな」と。

しかし、次の点景が闇に映し出されたとたん、私は胸苦しくなって、秀の手を強く握りしめた。凩《こがらし》に吹き晒された尾根道を、葬列がしめやかに進んでゆく。幣帛《へいはく》が風にちぎれて舞い、頂に榊《さかき》の枝を立てた幡《ばん》が翻る。小さな新木の棺は神官たちが担いでいるが、それはいかにもかろがろとしている。そのすぐ後から、験力《げんりき》こそ持たぬが心やさしい祖父が、かたときでもそうしていたいのであろうか、祓詞のかわりに人の泣声を上げ、純白の衣にくるんだわが子の亡骸をかき抱いて歩んでゆく。

やがて私と秀は、まぼろしの葬列の後を追うように、星明りの奥城に足を踏み入れた。

「もう少しだよ。腰抜けにされたんじゃかなわない」

秀は唄いながら、私を励ましてくれた。いつしか悲しみが胸に満ちて、怖じる心は消えてしまっていた。

鈴木の墓所は奥城の東の端に、長細く整然と鎮《しず》まっていた。雲居から放たれた月が、あたりの闇を押しやった。

夥《おびただ》しい数の墓石は御嶽山の歴史を映して、武張った石塔であったり、苔むした野仏であったりした。片仮名のコの字に組まれた墓所の中央には、ひときわ立派な曾祖父夫妻の墓石が建ち、その隣にいくらか謙《へりくだ》った、まだ新しい祖父母の墓があった。

私はここまでたどりついた証拠の割箸を、祖父の墓石に供えた。

「いでや、すすみてちゅうぎに、きたえしわがかいな、ここぞくにのため——」

幼い伯父は私のために唄い続けていた。それはいつまでも聴いていたいほど清らかな歌声だったが、溢れる悲しみがまさって私は言った。

「わかったから、もういいよ。僕は腰抜けじゃないから。もう二度と怖がったりしないから」

私はつないだ手をほどいて、提灯を取り返し、神前にぬかづくように深く頭を下げて、「ありがとう」と付け加えた。

祖父の墓石のかたわらには、初夏に白い花を咲かせるつつじの古木があった。茂るにまかせて地を蹲《つくば》う枝に隠された、丸く小さな岩に私は目を留めた。

枝を手折《たお》って指先で探ると、すりへって確かにはたどれぬが、たぶん「秀」とだけ彫られた一文字が触れた。ほかには何ひとつ、享年も没年もなかった。

ふるさとの巌《いわお》とつつじを標《しるべ》として、小さな棺はそこに埋められたのであろう。墓石のつややかな丸みは、風雪に磨かれたのではなく、長命を得た祖父が愛おしみ慈しみ続けた証《あかし》のように思われた。

立ち上がって顧みると、秀の姿はどこにも見当たらなかった。神上《かむあが》った父祖の気配をそちこちに感じたが、語りかけてくる魂はなかった。

見上げれば星々は天に満ちて、それらのひとつひとつが、私の命につらなっているように思えた。

それから私はどうしたのだろう。恐怖がぶり返して夜道を駆け戻ったのか、あれこれ物思いながら帰ったのか、やはり記憶にはない。


「その話を、ほかの誰かにしたか」

あたりに耳目のないことを確かめてから、伯父は訊き返した。

「誰にも話してないけど――」

すぐる、という名前を口にしただけで、ちとせ伯母に睨みつけられたこと、「悪い冗談はたいがいにおし」と叱られたことを、私は伯父に告白した。

「夢だったんだよね、おじさん」

私は伯父の答えを強いた。そのころの私は、自分の中に伝えられた力を信じてはいなかった。予感はただの勘働きだと思っており、見聞きしてしまったものは夢と決めつけていた。まさか現《うつつ》とは思えず、夢にしては瞭《あきら》かすぎる体験をした日から、何日か後のことだった。いとこはとこたちとの遊びの輪の中から抜け出して、「ふしぎな夢の話」を伯父に伝えたのである。いや、もしかしたら、ちとせ伯母から気味の悪い話を聞かされた伯父が、私を問い質したのかもしれない。

秀という子供と神社を詣でたこと、その晩の肝だめしでの出来事を、私は審《つまび》らかに語った。伯父と私は涼風の吹き抜ける北向きの裏廊下に、膝を揃えて座っていた。

伯父はしばらく考えこむふうをし、しきりに咽《のど》を鳴らしては懐紙を使った。

「ねえ、夢を見ていたんだよね」

ふたたび伯父に訊ねた。

「ああ。そりゃあ、夢だよ」

ようやく返ってきた答えに、私は胸を撫で下ろした。だが、安心もほんの一瞬だった。夢だと言っておきながら、伯父は夢にはありえぬことを、とつとつと話し始めたのだった。

「おじさんは、本当ならこの家の跡とりじゃなかった。ちとせおばさんとおじさんの間に、もうひとり惣領の男の子がいたんだ。おまえと同しぐらいのころに死んでしまったから、おじさんはよく憶えていないんだがね」

「すぐるさん」

と、私は清らかな名前を口ずさんだ。

「だから、ちとせおばさんがびっくりするのは当たり前だよ。おおかた、おまえがおかあさんから聞いた昔話を種にして、おばさんをからかったとでも思ったんだろう」

「かわいそうだね、すぐるさん」

伯父は莨盆《たばこぼん》を引き寄せて、浄衣の袂《たもと》から巻莨を取り出した。伯父の所作はいちいちが端正だった。

「あんがいそうとも言えない。名前も付かぬままに死んでしまった子供が、ほかに何人もいるんだから」

伯父は何だか扱いかねるいたずらっ子に困《こう》じ果てたように、私を横目で見た。

「夢にはちがいないが、誰にも言うんじゃあないよ」

「おかあさんにも？」

「そうだよ。おまえはきっと、これから先も妙な夢を見るだろうけれど、けっして口に出しちゃいけない。いいね」

私はこっくりと肯《うなず》いた。しかし心の中では得心ゆかずに、（どうして？）と声にせず呟いていた。

すると伯父は、口髭を歪めてさもおかしげにほほえんだ。

「そりゃあおまえ、夢だからだよ」

伯父はそう言って、神の息吹《いぶき》のような白い煙を、風に向かって吐き出した。


秀は二度と姿を現さなかった。

私が過ごした一夏のうちに、親類の子供らはたびたび入れ替わった。誰かがやってくるたびに、玄関まで飛んでゆくのだが、そこにいるのはどこかしら秀と似た、いとこはとこだった。

夏の終わりに山を下った。心が塞ぐのは、少しも進まなかった宿題のせいばかりではなかった。

御嶽山からの帰途は、いつも憂鬱《ゆううつ》な気分になったものだ。

ケーブルカーの駅までの下り道で、私はいくども振り返った。山頂の神社の真下に、大杉の森を貫くようにして長く延びる屋敷を見出すのは容易だった。

歩きながら、胸はずませて登ったときと同じように、母の兄弟姉妹の名前を唱えた。思いつって「知登世」と「康」の間に「秀」の名を並べた。するとまるで、塗り忘れていた空白が色で塡《う》まり、一枚の絵が描き上がったような気がした。

山に登るときの浮き立つ気分はいつも同じだが、帰り道はそのたびに、ちがうことを考えた。

急勾配のケーブルカーの窓から、遠ざかる山頂を見上げた。そのときふと、御嶽山は八百万の神々が坐《いま》す山なのではなく、山そのものが神なのではないか、と思った。その肩や胸や膝を借りて人々が暮らし、遥かな昔から、不死の神々に較べれば虫けらのように短い生を、くり返してきたのではないか、と。

鋼《はがね》の索条に巻き上げられて登る車輛と、吊り下げられて下る車輛は、勾配の中ほどですれちがう。見知らぬ人々が手を振り合う。

たまたまそのときは、私の乗る赤い車輛に夏休みをおえようとする子供らが多くあって、登ってゆく青い車輛には講社の団体であろうか、揃いの羽織を着た老人たちが乗っていた。

折しも山上から、霧の降りてくる時刻だった。もしかしたら、神上る霊魂と地上に生まれる霊魂は、天空のどこかで、こんなふうにすれちがうのではあるまいか、などと思った。

滝本の駅に降り立つと、山上にはありえぬ蒸し暑さを肌に感じた。山麓をバスで下るみちみち、不快感は強くなった。

気温が上がるばかりではなく、空気が穢《けが》れるのである。そして悲しいことには、肌が穢れてゆくほどに、秀の清冽な記憶は喪《うしな》われていった。

御嶽駅のプラットホームから、リュックサックを揺すり上げて山頂を探したが、そのあたりは幕を張ったような厚く白い雲に隠れていた。

私は湿ったベンチに腰かけて、秀の声やおもざしを思い出そうとした。幼くして死んだことよりも、忘れられてしまうほうが不憫《ふびん》に思えたからだった。だが、そう思うそばから、秀のおもかげは霧にくるまれるように遠ざかっていった。

伯父にそうと決めつけられるまでもなく、秀は夢になってしまった。だが夢でないことには、奥城へ向かうみちみち秀が教えてくれた歌を、意味こそよくはわからぬが、一言一句たがわずに覚えていた。

「なんぞおそれんわれに、かまくらだんじあり、せいぎぶだんのな、いっかつしてよにしめす――」

口ずさむほどに塞ぐ心が霽《は》れ、私はベンチから立ち上がると、夏の終わりを告げてやってくる汽笛を待った。

宵宮の客

その客は篠つく雨の山道を、破れた三度笠に尻端折《しりばしより》で登りつめてきたのだとちとせ伯母は言った。

子供らが寝物語に耳を澄ます窓の外は、杉の森が轟々《ごうごう》と鳴るほどの雨だった。雨音を縫うようにして、いずくからか物悲しい笙《しょう》の音《ね》が伝ってきた。

「あの晩もこんなふうに、あんたらのおじいさんがお囃子《はやし》の稽古をしてらした。いくら修行を重ねても験力《げんりき》は身につかなかったけれど、芸事の達者な人だった。笙も笛も篳篥《ひちりき》も上手だった。もしかしたらあんたらのうちの誰かしらは、音楽家になるかもしれない」

御嶽山《みたけさん》の御師《おし》の家々は隔たっているから、よその屋敷の物音が伝わるはずはなかった。だとすると、あの夜の笙の音の主は伯父だったのだろう。

「あした、お稚児《ちご》さんになるのは誰々だね」

伯母に問われて、何人かのいとこが蒲団《ふとん》の中から手を挙げた。

「おや、おまえさんは？」

私は黙ってかぶりを振った。母に言い含められ、自分もすっかりそのつもりで山に上がったのだが、金襴《きんらん》の衣裳を見たとたん怖気《おじけ》づいてしまった。さんざ追いかけ回されたあげく、「そこまで無理強いするものじゃあない」という伯父の一言に私は救われた。

このまま雨が降り続けば、稚児行列もとりやめになるだろう。泣いて逃げ回った分だけ損をした、と私は思った。

思ったとたん伯母が、枕元に座ったまま私の心を覗きこむように顔を寄せてきた。

「御嶽山のお祭りが、雨で流れたためしはないいんだよ」

それから伯母は、寡婦のような黒い着物の背をすっくりと伸ばして、私が初めて聞く昔語りを続けた。

＊

父は大広間の御神前《ごしんぜん》に着流しの普段着でかしこまり、朗々と笙を吹いた。

太々神楽《だいだいかぐら》のおさらいだと父は言うのだが、ちとせにはそれがとうてい稽古とは思えなかった。幼い姉妹は背うしろで聞いて飽くことがなかったし、そうしているうちにふと気付けば、家族もみな集まって耳を傾けており、雨戸を閉てた廊下には女中や使用人たちまでが座っていた。ひごろ婿養子の父を疎んじている祖父も、そのときばかりは白髯《はくぜん》を撫でながら陶然と聴き入っていた。

そもそも笙や篳篥の手ほどきをしたのは祖父だったが、父には天賦の才があって、じきに教えることなど何もなくなったらしい。婿入りして十年が経ったそのころには、神楽の舞も囃子も、すっかり父が取りしきるようになっていた。

祖父の偉大な験力と父のすぐれた芸事は、幼いちとせにとって同じくらい誇らしかった。祖父と父はそれぞれちがった方法で、神様に通じているのだと思っていた。

その日、御嶽山は春の嵐に見舞われた。大杉の森が一斉に撓《たわ》むほどの大風に横なぐりの雨まで沫《しぶ》いていたが、山上の人々は翌《あく》る日の例大祭の仕度に余念がなかった。例年五月八日に執り行われる日の出祭は、雨に祟《たた》られたためしがなかったからである。

そうして人々が笙の音色に聞き惚れていたとき、玄関から訪《おとな》いを入れる声が通った。

祖父が立ち上がった。氏子を正客とする宿坊は旅館ではないから、訪う人の誰彼にかかわらず、神職にある祖父か父が袴《はかま》を着けて迎えに出る習いであった。

笙の音は途切れなかった。いったいに父は、奏楽に打ちこむと無心になってしまい、まるで耳目のなくなるふうがあった。

ちとせは祖父のあとをついて玄関に向かった。浅葱色《あさぎいろ》の袴が回廊の闇に翻《ひるがえ》る先に、破風屋根を張り出した式台があり、まるで溝《どぶ》の中の鼠のような、黒く光る人影が佇んでいた。

祖父はまず袂《たもと》からマッチを取り出して置行灯《おきあんどん》に火を入れた。玄関にはほの暗い常夜灯がともっていたが、電気の通じる前に生まれ育った祖父は、何かというと蠟燭《ろうそく》や行灯を点じる癖があった。

それから夜更けの客に正対し、「ご用向きを承ります」と言った。

濡れた体が冷え切っているのか、客は声をうわずらせて答えた。

「きょうはどちらのお宿も氏子さんでいっぱいだそうで。私《あっし》ァ、祭りとは知らずに登ってきちまいましてね。無理は承知の上でござんすが、どうにかしていただけないもんでしょうか」

祖父はすぐに返答せず、じっと見定めるように目を据えていた。

「やっぱり、無理な相談でござんすか。何なら相部屋でけっこうですとも。いんや、この際だから、雨風をしのげるんならどこだろうと文句は申しやせん。のう、御師様。何とかしてやっておくんなさい」

個人の参拝客を泊めぬわけではない。しかし旅館と宿坊の分別がつかぬ客を祖父は嫌った。神官はけっして旅籠の主《あるじ》ではない、と思うがゆえである。そうした行儀にやかましい祖父が、癇《かん》癪玉《しゃくだま》を破裂させやしないかと、ちとせは気が気ではなかった。

はたして、祖父は強い口調で言った。

「人に物を頼むのなら、まず冠《かぶ》りものを脱いで、その尻端折をどうにかなさい」

もっともだ、とちとせも思った。お祭りの前夜だといっても、この吹き降りなのだから様子見の講社も多いはずで、そのぶん宿坊がどこも満杯であるわけはなかった。うちだってずいぶん余裕はあるのだ。

「へい。だったらそうさせていただきやすが、客に仁義を切らせておいて、よもやつれねえご返事はありますめえの」

男は破れた三度笠をはずし、びしょ濡れの着物を整えた。

式台に置かれた頭陀袋《ずだぶくろ》のかわりに、振り分けの荷でも担がせれば、まるで昔の凶状持ちのような身なりだった。だが灯火の下に顕《あらわ》れた顔は色白の細面で、むしろ伝法な口ぶりや粗野なふるまいが似合わなかった。

「返事はとうに決まっております。お上がりなさい」

それはいかにも祖父らしい人あしらいだった。叱言をたれるときには必ず希《のぞ》みを叶えてくれるのだ。

参道には多くの宿坊がある。訪ねる先々で断られたあげく、男は山頂に近い鈴木の屋敷までたどり着いたにちがいなかった。だからちとせは、祖父の寛容さにほっと胸を撫でおろした。

「ちとせ、お母《たあ》さんに報《しら》せておいで」

祖父に命じられて、ちとせは母を呼びに行った。

「マアマア、こんな晩にお客さんかね」

と、呆れながら玄関に出たなり、母は立ちすくんでしまった。

「どうなすったの、おたあさん」

ちとせが手を握っても、母は衝立《ついたて》ごしに式台を見つめたまま、しばらく動かなかった。

「おひとりだよ」

祖父が母を見返って、思わせぶりに言った。

「はい。おひとり様ですね」

母は胸の動悸を鎮《しず》めるように、襟元《えりもと》に手を当てて答えた。

「どうなすったの、おたあさん」

「どうもしませんよ。急なお客さんだから、ちょっとびっくりしただけ」

母は男を湯殿に案内してから、台所で夜食の膳を調《ととの》えた。女中たちの手を借りようとはせずに塩握りをこしらえ、汁と香の物を添えた。

口を利かなくなった母が気がかりで、ちとせはずっと寄り添っていた。

「あのお客さん、悪い人じゃないよ。もし凶状持ちだったら、おじいさんの勘が働くから」

家伝の験力を、母が血の中に享《う》け継いでいることは知っていた。だからきっと、何かしら悪い勘働きがしたのだろうけれど、祖父が許したからには母の思いすごしにちがいなかった。

「そうですね。おじいさんがおっしゃることに、まちがいはないものね」

苛《いら》つくように母は言った。どうしたわけか調理台の上には、二つの箱膳が置かれていた。

「ねえ、おたあさん。お客さんはひとりだよ」

ちとせが訊くと、母は「ごくう」とぶっきらぼうに呟いた。「御供」とは神に供える食事のことである。明日はお祭りだから、前の晩にはおむすびを神様にお供えするのだろう、とちとせは了簡した。

だが、そうではなかった。母はいくらかためらいがちに、怖いことを言った。

「あのお客さん、ひとりじゃないんですよ。おまえにはわからなかったろうけど、お連れさんがいらっしゃるの。お玄関の上がりがまちに、じっと俯いて座ってらした。おじいさんはその女の人を不憫《ふびん》に思って、お泊めすることにしたのよ。このことは、誰にも言いっこなし。いいわね」

ちとせはべそをかきながら肯《うなず》いた。見えるはずのないものが見えてしまう母は、どうしてそんなにも真正直に見たままを言うのだろうと思った。

父の奏でる笙の音は、いつ果てるともなく続いていた。ちとせは台所から逃げ出して御神前に行き、父の背うしろにかしこまった。

父の奏でる笙の音が、死んだ人を呼び寄せてしまったのだろうか。それとも祖父に言われるまま、父は鎮魂《たましずめ》の曲を奏でているのだろうか。

やがて春の嵐は遠ざかり、ちとせの心も安らいでいった。

うとうとと居眠りをしながら、やはり父は祖父とちがう方法で、神様に通じているのだと思った。

*

ちとせ伯母の話は子供らを慄《ふる》え上がらせた。

「黙って聞けないのなら、話はこれでよしにするよ。続きは夢で見るがいい」

悲鳴が二度上がった。子供らは口々に話の先をせがんだ。続きを夢で見るのはたまらない。

現《うつつ》の夜雨《よさめ》は上がる様子もなく、歪んだ窓ガラスを叩いていた。伯父の奏でる笙の音も、相変わらず枕に通っていた。

「あんたらのおばあさんは、私を試したんだと思うの。そうでなけりゃ、あんな怖いことを言って子供を怯えさせるはずはない。私には見えているのかいないのか、おばあさんは知りたかったのよ。だから、私が怖ろしくなってべそをかいたとき、おばあさんは何だかホッとしたような顔をした。見えないものが見えて、得をすることなんて何もないから」

いとこの誰かが、「お化けが見えたらいいな」と言い、「見えないほうがいいよ」と反論する声が上がった。

伯母は叱らなかった。議論に加わらない子供を探しているように思えたので、「見えないほうがいい」と私は言った。それならば嘘をついたことにはならないからだった。

雨音と笙の音が戻ってくるまで、伯母は黙りこくっていた。

「昭和の初めにケーブルカーが架かるまでは、御坂《みさか》を二時間かけて登らなけりゃならなかった。お米もお酒も背負子《しょいこ》で担いで上げたし、沢井の小学校に通うんだって、暗いうちに出て暗くなってから帰ってきたものさ。だから、夜遅くにお客さんがやっとたどり着くのも、そう珍しいことじゃなかった。でも、あんな嵐の晩に上がってくるのは、尋常じゃあない。そうそう――あのお客さんたちをお通ししたのは、たしかこのお座敷だった」

子供らはまた悲鳴を上げて蒲団に潜りこんだ。

私が思わず鳥肌立ったのは、座敷が同じかどうかではなく、伯母がさらりと言った「お客さんたち」という一言だった。

もし大正の初めのその晩に私が居合わせたなら、きっと見えざる夜半《よわ》の客を見てしまったはずだった。

玄関の上がりがまちに、濡れそぼったまま俯いて座る女。くたびれ果てたうなじに、毀《こわ》れた髷《まげ》が垂れ下がっている。やがて女は、気付いてもくれぬ男の後について湯殿へと向かう。

死者は風呂を使うまい。男が上機嫌で湯あみする間、板敷にぼんやりと佇むか、またうなだれて座るかしていたのだろう。そして、また男の背にぴたりと寄り添って大階段を昇り、この座敷に入る。じきに祖母が、二つ重ねの箱膳を持って上がってくる。

「あんたらのおばあさんは、のちになってその夜の出来事を、ありのまま私に話してくれた。見えないものが見えて得は何ひとつないけれど、見たものを見えなかったとはまさか言えないからね、って笑いながら」

私の妄想の先を、伯母の話がつないだ。

*

「わたくしはご覧の通り神様に仕える者ですから、世俗一切にかかわりを持ちません。どうかご心配なきよう」

障子ごしに父の声が聴こえて、イツは畳廊下に足を止めた。幸いほかの座敷は寝静まっており、雨風の音が潜み声をくるみこんでいた。

行灯の光が向かい合う二人の影を、くっきりと障子に映していた。父は白髯を撫《ぶ》しながら続けた。

「おわかりになりますかね。わたくしは世俗とは無縁なので、警察に通報したり、人を呼んだりはいたしません。しかし、大祭の宵宮にあなたがこうして訪《おとな》われたのは、きっと神様のお導きなのでしょう。ならばわたくしは、ご神意を承ってお祓事《はらえごと》をいたさねばなりません」

男の影は肩に羽織った丹前から手を抜き出して斜《しゃ》に構え、疑わしげに顎を撫でた。

「のう、御師さん。そりゃあ商売かえ」

「とんでもない。銭金など一文もいただきません」

「そのかわり寄進をせえ、か」

「話のわからぬお人だ。要らぬと言ったら要らぬのです」

「いんや。俺をわけありの客と読んで、銭金をゆすろうてえ魂胆だろう。そういう了簡なら、せっかくの一夜の宿もこっちから願い下げだ。邪魔したな」

男の影が立ち上がりかけた。ここがころあいと思い定めて、イツは「ごめん下さいまし」と膝を揃え、障子を開けた。

「おうおう、手回しのいいこったの。こうも腹ぺこの上に御神酒《おみき》まで呼ばれたんじゃあ、さすがに願い下げとは言えめえ。だがよ、御師様。そのお祓いだの何だのてえのは、勘弁しておくんなさいよ。おめえさんと直会《なおらい》の酒を酌み交わすのァ、やぶさかじゃあねえが」

座敷には向き合う主客のほかにもうひとり――置行灯のかたわらに髪の毀《こわ》れた女が俯いて座っていた。

イツは箱膳のひとつを、まずその女の膝元に置いた。

「どうぞ、お上がりなさいまし」

女は白く小さな顔をいくらかもたげてイツを見つめ、それからていねいにお辞儀をした。哀れさが怖ろしさにまさって、イツは目頭を押さえた。十七、八と見える、顔立ちの整った女だった。

それから、もうひとつの箱膳を男の前に進めた。

「何だえ、おかみさん。いってえ何の真似だえ」

男の顔色は変わっていた。その目には女の姿など見えず、行灯のかたわらの、尻の形に濡れた畳しか映っていないのだろう。

父が悲しげに呟いた。

「だからお祓事をしなければならぬと申しておるのです。正直を言えば、あなたがどうのではない。世俗のあなたのご苦労はわたくしの領分ではないが、お連れさんはわたくしがどうにかしてさし上げねばならぬのです」

ああ、と命を吐きつくすような息をついて、男はへこたれてしまった。そのまま横ざまに倒れそうな体を片方の手でようよう支え、支えきれずにがっくりと肘をついた。

そのしぐさを見ながら、きっと悪い人ではないとイツは思った。

男は丹前の襟に声を殺して、しばらく嗚咽した。浴衣《ゆかた》からは彫物が覗いていたが、やくざ者の凶々《まがまが》しさは感じられなかった。

「のう、御師様。見逃しちゃくれめえか」

男が泣きながら懇願した。

「ですから、あなたをどうこうしようというつもりはない、と申している」

「お祓いをすれァ、俺は逃げおおせるんか」

「そういう話ではない。身の振りようはあなたが決めることだ。お連れさんが神上《かむあが》れば、あなたも楽になる。いきさつを聞かせてはくれまいか」

鎮魂の祓事をするためには、当時者の姓名やらことの経緯を祭詞《まつりことば》に托さねばならなかった。神官が神様に説明をし、願いを聞き届けていただくのである。

「うめえこと言いやがって、足止めしている間に警察を呼ぶつもりだろう」

「断じてさようなことはない。世俗の法はわたくしと縁がない」

イツは感心した。短腹《たんぱら》で癇癪持ちの父だが、狐落としや鎮魂にかかわるときには、別人のように粘り強かった。そのさまはまるで、包丁を握った板前や鉋《かんな》をかける大工のような、職人の一途さを感じさせた。

そしてとうとう父は、神主の禁句にちがいない一言まで口にした。

「神様に誓《ちこ》うてもよい」

行灯のかたわらで、女がゆるりと白い顔を上げた。


――お見それいたしやした。

御嶽山には狐落としで名高い神主様がいらっしゃると聞き及んでおりやしたが、それァ御師様のことだったんですねえ。

お察しの通り、私《あつし》ァひとごろしでござんす。指名手配も回っておりやす。それでもどうにか逃げおおせているのは、前科がねえおかげと、この彫物のせいで軍隊の飯も食っちゃいねえもんで、なかなか足が付かねえんでしょう。

やくざ者じゃあござんせん。稼業は床屋でござんす。欧州大戦の始まった年がちょうど徴兵検査の二十歳《はたち》で、おっつけ日本が参戦すれァ床屋の徒弟なんざまっさきに引っ張られよう、そこで親方が知恵を絞って下さって、左の肩にだけ墨を入れやした。

とんだ徴兵逃れもあったものでござんすが、下町の職人ならば彫物は珍しくもなし、鉄砲玉を食らってくたばるよりァ、よっぽどましだろうてえ親心です。

実の父親《てておや》は、明治三十八年の奉天会戦で戦死いたしやした。親方は同じ三聯隊《れんたい》の戦友でして、まだ小学校に通っていた私を引き取ってくれたんです。だから、どんな手を使ってでも兵隊にはさせねえ、おめえを戦死させたなら、死んだふた親にあの世で顔向けができねえ、と言って下さいやした。

おかげさんで、ご覧の通りどこから見たって甲種合格のこの体が、軍隊の物相飯《もっそうめし》を食わずにおりやす。

それと、もひとつ。たとえ人を殺したって、軍隊に行っていねえ男は素姓がわかりづらいから、足が付かねえんです。趣味道楽も立ち回り先も、親方とおかみさんさえ口を噤《つぐ》んでいりゃあ、何もわかりゃしません。

のう、御師様。かれこれ四月《よつき》も逃げ回って、路銀もそうは残っちゃいねえんです。だからお祓いのご報謝もできねえが、それでもよござんすか。

ありがてえ。私ァもう、てめえの身の振りようなんざ、どうだっていいんです。手にかけちまった女のことが、かわいそうでたまらねえ。こんな腐った気分を引きずっているのも、成仏できねえあいつが、ずっと一緒にいるからなんでしょう。

いいや、てめえの気分がどうかじゃあねえな。御師様のお力で、あいつを極楽だか高天原《たかまがはら》だかに送り出してやっておくんなさい。この通り、ひとつよろしくお頼み申しやす。

私《あっし》の名前は、楠元正太と申しやす。さいです。楠《くすのき》に元旦の元、正しく太い、でござんす。名前負けでござんすな。

連れの名前――ああ、連れと言われてもピンとはこねえが、苗字は佐藤、名はヨシと申しやす。ヨシは片仮名です。ああ、今さらこうして口に出してみると、淋しい名前でござんすねえ。

あいつは葛飾《かつしか》の紡績工場で働いていました。算《かぞ》えの十四で米沢の工場《こうば》に売られ、ようよう年季が明けたと思ったら、ろくでなしの親がまた追い借りをして、東京に売られたんです。

けなげな女でしてね。そうした聞くだに気の毒な事情も、あっけらかんと話すんです。当たり前《めえ》のことみてえに。

米沢の工場に較べたら、東京は天国だって言ってました。見習の女工だった時分は、日当がたった十五銭で、そのうち八銭が食費に取られたそうです。立ちっぱなしの糸引きで日に十六時間、昼の休みが三十分だけだっていうんだから、ちっとも当たり前だとは思われません。

東京の工場は設備もいいし、腰かけて十二時間、昼休みのほかに十時と三時の一服もあって、月に四日の休日。まあ、それなら床屋と乙甲《おっつかっつ》でしょう。

おたがい乙甲の身の上だから、初めて出会った向島土手で、すっかり意気投合しちまいましてね。休みのたんびに会うようになりやした。もっとも、床屋と女工の休みがうまく嵌《は》まるわけもねえから、あれこれ算段して月に二日というところでしょうか。

あいつが言うには、東京の工場の待遇がいいわけじゃなくって、おととしにできた法律のおかげなんだそうです。これから先は世の中がどんどんよくなるんだから、一所懸命に働いてさえいればいいのよ、と口癖みてえに言ってましたっけ。

はて、そうですかね。たしかに世間は大戦景気に沸き返っちゃいるが、貧乏人にはいってえ何がよくなったんだかわからねえ。物の値段ばかりが上がっちまって、いよいよ貧乏になるぐれえのもんです。

親方もぼやいてましたっけ。散髪代は二十銭、子供は半額、って決まっちゃいるが、さてこれを三十銭に上げていいもんかどうか。さりとてこっちも食っていかにゃならねえしの、って。

私ァ、小学校をおえるとじきに、床屋の徒弟になりやした。

職人てえのは、何を教わるわけじゃあござんせん。見て覚えるから、見習っていうんでしょう。だから一年やそこいらは、ただじっと親方の手先を見ている。たまにおかみさんから言いつかって、買い物に行くだの、研ぎ上げた鋏《はさみ》や剃刀《かみそり》を届けにひとッ走りするぐれえのもんです。

見て習うにしたって背丈が足らねえもんで、朴歯《ほおば》の高下駄を履くんです。こう、天狗様《てんぐさま》の下駄みてえな、歯が一尺もありそうなやつです。そうやって足腰を強くしなけりゃ、一人前の床屋にはなれませんしね。

二年目になって、ようやっとお客さんの髪を洗いました。まだ湯わかしに手が届かねえもんだから、高下駄を履いたままでした。

親方にもおかみさんにも、かわいがっていただきやした。そりゃあもう、実の子供みてえに。おふくろのお医者代も払ってくれたし、葬式まで出して泣いてくれたんです。

だから彫物を入れろと言われたとき、私ァちっとも妙には思わなかった。親方は四の五のと理屈を言う人じゃあねえが、これは兵隊にならずに床屋になれ、って意味だと思いやした。

口数の少ねえ親方は、よほど言い出しかねていたんでしょうか、剃刀を研ぎながら背中で言った。

「おとっつぁんとおっかさんにもらった体でも、ぶっ壊すよりァ汚したほうがいい」

親方の尻っぺたにァ、奉天会戦の流れ弾がまだへえったまんまだったんです。戦地で苦労してきたからこそ、あんなことが言えたんでござんしょう。


去年の大晦日の話だと思って下さいやし。

床屋は除夜の鐘が渡るまで店を閉められません。ようやく終《しま》いの客を送り出して後片付けをしていたら、親方が妙にかしこまった口ぶりで言った。

十年の上を辛抱させりゃあ、暖簾《のれん》分けも考えなけりゃならねえんだが、あいにく二十銭の散髪代が祟っちまって余分なお足がねえ。ついては、おっかあともよく相談したんだが、おめえを婿にしようと思う――。

私ァ、そんなことこれっぽっちも考えちゃいなかったんです。夢といったら、ゆくゆく小さな店を構えさしてもらって、年季の明けたあいつを、嫁にしてえと思っていた。私にァ給金の貯えがあったし、あいつも法律のおかげで借金の勘定が立つようになっていたんです。あとは親方が暖簾を分けてくれれば、万々歳だと。

いや、もしそれが無理なら、店から出してくれるだけでもよかった。渡りの職人だろうが雇われだろうが、床屋は所帯を持っても食っていけるんです。

てめえのそんな夢を、言い出しかねていたのがいけなかった。私の肚《はら》の中にァ、ちょいと打算がありまして、暖簾分けの話ができ上がったところでかくかくしかじかと打ち明けるつもりだったんです。渡りの職人になるよりは、ずっと得だと思ったから。

人間、打算があっちゃならねえんだなと、しみじみ思い知らされましたよ。だって、私が先に洗いざらいしゃべっていたなら、親方は婿取りの話なんて口にしなかったにきまってまさあ。それどころか、無理をしてでも私に店を持たせて下すったと思いやす。

だが、先に言われちまった。

いろんな人の情けを蒙って生きてきたわけじゃあねえ。私にとって義理ある人は、親方ひとりでござんした。

どう申し上げたところで、当たり前の生まれ育ちをなすった方にァ、わかっていただけますめえの。たったひとつの情けにすがって生きてきた人間なんて、そうそういるわけはござんせん。

親方にァ一粒種のお嬢さんがいらっしゃいやした。その当座は、洋裁学校を出たあと、美容学校の寮ずまいをしてらしたんです。五つ六つの時分からひとつ屋根の下で育った妹みてえなものでしたから、まったく寝耳に水の話でござんした。

お嬢様と呼ぶほどじゃあねえが、大正の新時代を絵に描《か》いたようなモダンな娘さんでござんす。店の間口を拡げて、床屋と美容院を一緒にやりゃあいい、と親方は言うんだが、私にしてみれァよもやまさかの婿入り話で、頭ん中がめちゃくちゃになっちめえました。

親方もおかみさんも、もうそうと決めてらっしゃるみてえでした。そりゃあそうです。徒弟を入婿にする話を、断わる馬鹿のいるもんか。

大晦日てえのもまずかったんです。お嬢さんは家に帰ってきているし、私ァ住み込みの分際で、四人家族が揃っちまった。実は惚れた女がいるなんて、どの口が言えるもんか。

いや、言って言えねえはずはなかった。私の中にァ、利欲の鬼が棲んでいて、惚れた女とお嬢さんを秤にかけていたんです。

そうじゃあねえとおっしゃるか。

おめえさんは義理堅えんだ、と。

こんな男をかばって下さるのァありがてえが、さて、どうですかね。

私ァ、義理に絡んであいつを手にかけたわけじゃあござんせん。あれこれ思い悩んでいるうちに、何だか邪魔くさくなっちまったんで。

どうです、御師様。それァ義理も人情もねえ、鬼の心でござんしょう。

どうも私ァ、間が悪くていけねえんです。年明けの休みにあいつと会ったとき、貯金をそっくり引き出して持って行ったんだが、手切金を渡すどころか別れ話も切り出せなかった。

これといった道楽もねえもんで、百円も貯めこんでいたんです。あいつの前借金も残りはそんなものでしたから、きっと了簡するだろうと胸算用を立ててました。

そんなはずはないやね。商売女でもあるめえに、人の心を銭金でチャラにできるわけはねえんだ。

常に変わらぬ笑顔を見ているうちに、やっぱり親方に不義理をしてでも、こいつと一緒になりてえと思ったんだが、店に戻れァ戻ったでまた心が裏返っちまうんです。親方もおかみさんも、すっかりそのつもりになってましたから。

いっそお嬢さんに打ち明けて、加勢に立ってもらおうと思ったこともありました。兄と妹みてえな仲だったから、あんがいすっきり聞いてもらえそうな気がしたんです。

お嬢さんが家に帰ってきた日曜に、物干に呼び出しましてね。頭を下げたんだが、声が続かねえ。そしたら、かえって妙な誤解をされちまいました。そんな真似、やめてちょうだい、って。

何たって間が悪いんです。ひとつっつ順序よくやれァ、さほど難しい話じゃなかったはずなんですが。

親方もおかみさんも、お嬢さんもあいつも、みんないい人間で、私ひとりが悪者だと思いやした。みんなして私を幸せにしようとしているのに、私ひとりがとんでもねえ不実を抱えて、嘘をつき続けていたんです。

のう、御師様。

私がこの山に登って参《めえ》りやしたのは、まさか神様におすがりするためじゃあござんせん。あいつから話を聞いていたんです。葛飾の工場は大きな会社で、年にいっぺん成績のいい女工たちを、泊まりがけの旅行に連れて行ってくれたそうです。

御嶽山の話はあいつの口癖でした。山道は険しいけれど、東京が箱庭みたいに見えるのよって。あんたと出会えたのは、御嶽神社のご利益にちがいないって。いつか一緒に行きましょうって、まるでてめえのふるさとみてえに言っていたんです。

そんなにいいところなら、私もいっぺん行ってみてえと思ってました。神様からめぐんでいただいたご利益を、私が不幸に変えちまったんだから、お詫びもせにァなりますめえ。

ところが、お山はとんだ吹き降りで、こいつァ神様がさだめし怒ってらっしゃるからにちげえねえ。

そんなわけだから、さっき御師様から怖いことを言われたとき、内心では嘘でも冗談でもあるめえと思ったんです。だが、あんましおっかねえから、悪態をついちまったんですがね。

あいつはやさしい女です。私を憑り殺そうなんて思っちゃいません。いつか一緒に登ろうってのは、約束だったからね。

のう、ヨッちゃん。そうだろ。

──鎮魂の祓事はその夜のうちに行われた。

水垢離《みずごり》をしたあと、父は純白の狩衣に烏帽子《えぼし》を冠り、台所で榊《さかき》の御幣《ごへい》を振って、屋敷の火と水とを浄めた。

「この火を天之香具山《あまのかぐやま》の磐村《いわむら》の清火《さやび》と幸《さきわ》い給え」

「この水を天之忍石《あまのおしは》の長井《ながい》の清水《きよみず》と幸い給え」

そして、やはり純白の衣袴を着けたイツを伴って、御神前に入った。イツは神上《かむあが》る魂の依代《よりしろ》だった。

厚い板戸を繞《めぐ》らせて結界とした御神前には夫が待ち受けていて、浴衣に丹前のままわけもわからず端座する男を、人の言葉で励ましていた。

父がかしこまって祓詞《はらえことば》を唱え、夫が石笛《いわぶえ》を静かに吹き始めた。灯りは二本の蠟燭《ろうそく》だけだった。女の姿は見当たらなかった。しかし、消えてしまったのではなく、御神前の闇のどこかに、形を崩して浮遊しているのだった。男と同様に、女の霊魂もわけがわからずうろたえているにちがいなかった。

父が験力をもってそのさまよえる魂を呼び集め、イツの体に納めてから天に昇すのである。

祓詞のあとで、父は一枚の奉書を目の前に掲げた。そこには、「楠元正太」と「佐藤ヨシ」という名前が書かれているきりだったが、父は一言の淀みもなく、二人の間に起きた出来事を神に伝えた。

――楠元正太の所行は、人の世の法に照らせばこれ万死に価する罪なれども、深く悔やみかつ嘆きて、佐藤ヨシの荒魂《あらみたま》をば高天原に昇せ給わんと希い願《ねが》うておりまする。冀《こいねが》わくは、掛けまくも畏《かしこ》き御嶽の神の社《やしろ》の御前《おんまえ》に拝み奉りて、畏み畏みも白《まを》さく――。

おもうさんはすごい、とイツは思った。名前のほかには何も書かれていない奉書には、人の目には見えぬ言葉が、びっしりと記されているにちがいなかった。

父の験力はこれまでにもずいぶん見てきたけれど、こんなことは初めてだった。きっと父は、人間ではない何ものかに書かせた奉詞《ほうし》を、朗々と読み上げているのだと思った。

ふと見れば、夫も石笛を吹きながら父の手元に目を向けていた。名人の奏でる音色が慄《ふる》えた。男が打ち伏して泣き始めた。その泣声と石笛と父の声がひとつに混ざり合ったと思うと、イツの体に霊魂が入った。

落ちてきたのではなく、水のしみ入るように。

――あたし、お金なんていらない。

百円どころか、一厘だっていらない。それよりも、今ここであたしを殺して。

脅しでも面当てでもないの。自分で首を絞《くく》る度胸がないだけ。大好きなあんたの手にかかるんなら、痛くも苦しくもない。隅田川にうっちゃってくれれば、あたしは海まで流れていって、誰にも見つからないようにするから。

工場《こうば》では、月に一人や二人は外出したまま帰らない。それは仕方のないことだから、捜しもしない。一ヵ月たっても戻らなければ、帰郷者名簿に「逃走」と書かれて、それでおしまいなの。だから外出の許可がおりるのは、前借金を踏み倒されてもそうは損のない女工だけ。法律なんて、せいぜいそんなもの。

逃げ出した女工の中には、自殺した人も、野垂れ死んだ人も、殺された人もいると思う。でもそんな不幸は耳に届かない。用済みの女工なんて、犬や猫と同じだから。

東京の工場に来て、初めての外出が許されたとき、あたしは怖くて仕様がなかった。東京が怖かったんじゃなくって、用済みの人間になったような気がしたから。

東武電車を降りると、仲間たちは大はしゃぎで浅草をめざしたけれど、あたしには鉄の蛇腹みたいな吾妻橋が三途の川の橋みたいに見えて、渡る気にはなれなかった。

そうして、向島河岸にぼんやりと立って川向こうの観音堂や十二階を眺めていたら、あんたがお団子をくれた。「よかったら食いねえ」って。

名残《なご》んの花の下に座って、何も語らずに景色だけ眺めていた。そのうち気分が晴れた。もしかしたら、まだ用済みじゃないかもしれないって思ったの。

ねえ、正太さん。

似た者どうしが一緒になれば幸せになれるって、あんたは言ってくれたけど、あたしはそうは思っていなかった。不幸が倍になると思った。

おなかの中のこの子が産まれれば、きっと不幸は三倍だ。

だから、あんたひとりで幸せになって下さい。三つの不幸より一つの幸せのほうが、ずっといいに決まってる。

お願いよ、正太さん。あたしは人を恨んで生きたくはないの。

ああ、ありがとう。やっぱりあんたは、やさしい人だ。

「――比《か》く佐須良《さすら》い失いてば、罪という罪はあらじと祓え給い清め給うことを、天津神国津神《あまつかみくにつかみ》、八百万《やおよろず》の神等《かみたち》ともに、聞こし食せと白《まを》す」

長い大祓詞《おおはらえのことば》で儀式はしめくくられた。

御幣を振って平伏し、穏やかな人の声に戻って父は言った。

「佐藤ヨシ刀自《とじ》の御《おん》みたま、ただいま神上られました」

イツにもはっきりとわかった。こわばった体から力が抜け、総身の鳥肌も鎮まった。

男は身をこごめて嘆き続けていた。父が退出するのを待って、夫は男ににじり寄り、浄衣《じょうえ》の袖をからげて背中をさすった。

「ご気分はいかがですか」

感極まったふうに、男は声もなく肯いた。

「少しお休みなさい。祭礼には青梅《おうめ》警察の巡査も出てくるから、あなたはこの屋敷でじっとしていなさい」

夜が明けたのだろう。雨風の音は去って、鳥の囀《さえず》りが聴こえていた。

庭に咲きかけた石楠花《しゃくなげ》が、散らずにいてくれればいいとイツは思った。

法螺貝《ほらがい》の響きが渡ると、屋敷の中はたちまちからっぽになってしまった。

じきに参道を行列が登ってくる。見たい気持ちは山々だが、ちとせは意地を張って大階段の下に蹲《うずくま》った。

お稚児さんになりたいとあれほど言ったのに、父も母も知らんぷりを決めていた。稚児行列に加わることができるのは、男の子だけなのだそうだ。天照大神《あまてらすおおみかみ》も伊邪那美命《いざなみのみこと》も女なのに、稚児行列が男だけというのは納得できなかった。

きのうの嵐が嘘のような上天気である。庭先の石楠花は春の陽ざしに浮かされて、重たげなほどに開いている。たぶん山桜も満開なのだろう、甘い香りが漂ってきた。

「おや、お留守番かい」

大階段の上から声をかけられて、ちとせは振り返った。

きのうの晩のお客さん。でも春の光と温もりのせいか、ずいぶん様子がちがって見えた。

「お客さんは、行列を見ないんですか」

「そういうお嬢は、見ねえのかい」

だって、と言いかけてその先がうまく言えずに、ちとせは俯いてしまった。

「年に一度のお祭りに、留守番はかわいそうだな。罰《ばち》当たりな泥棒もおるめえに」

目の前に大きな手が差し出された。

「よし。おにいちゃんと一緒に行こう。お客さんを案内してきたんなら、誰も叱らねえよ」

手を握る前に、おそるおそるあたりを窺った。たぶん「お連れさん」はいないと思う。ちとせの目には見えないだけかもしれないけれど。

お客さんの手は、とても白くてきれいだった。だから握る前に、着物の腰でごしごしと自分の手を拭った。

陽だまりの廊下を歩きながら、ちとせは訊ねた。

「お客さん、髪結さんなの？」

「床屋だよ」

山の上にはみやげ物屋のほかの商いはなかった。一度だけ母に連れられて、青梅の町の髪結さんに行ったことがあった。ちとせも前髪を揃えてもらった。

床屋さんは月にいっぺん、山に登ってくる。親方のうしろから、道具箱を背負った小僧がついてきた。

「どうして知ってるんだい」

「だって、おじいさんが喜んでたもの」

神社に上がる前に、祖父は陽だまりのてるてる坊主みたいな床屋の客になっていた。禿げ上がった髪よりも、胸まで垂れた髯《ひげ》のほうが大変そうだった。

「何だい、見てたんか」

「うん。おじいさん、とっても喜んでたのよ。名人だなあ、って」

法螺貝の音が近付いてきた。花の香りが吹き抜ける玄関で、お客さんは汚れた雪駄を履き、三度笠は冠らずに脇に抱えた。荷物は頭陀袋ひとつだった。

玄関先には一夜で咲いた片栗や芝桜が敷き詰められ、東の門の檜皮《ひわだ》屋根に乗りかかるようにして、真白な山桜が枝を拡げていた。

門を出ると急な杉林の道が下って、神社に向かう参道に行き当たる。そのあたりは日の出山と関東平野を遠景に置いて、坂道を登ってくる行列を一望できる特等席だった。

とりわけ神代欅《じんだいけやき》の根元には、危ないくらい見物客が群れていた。

警戒にあたっている巡査が、メガホンをかざして「危ないから下りなさい」と叫び続けているのだが、やっと行列が通りかかる段になって、忠告に従う人のいるはずもなかった。

行列が来た。

先頭は金剛杖《こんごうづえ》をついた山伏たちで、そのうしろにものものしい具足姿の武者行列が続いた。

稲穂と榊のあとから、白無垢の浄衣を着た神官たちに担がれて、立派な御輿《みこし》が上がってきた。五代将軍綱吉の奉納した御輿は、「常憲院様」と呼ばれていて、春の大祭のときだけお渡りになる。

「ご低頭ォー」

神官の声が通ると、人々は見物を忘れて頭を垂れた。

巡査が帽子を取って、腰を深く折り曲げた最敬礼をした。ちとせも合掌した。

御輿が神代欅の下を通りかかるとき、ふいに空が翳《かげ》って風が吹き上がり、注連縄《しめなわ》に繞《めぐ》らされた幣《ぬさ》が一斉に翻った。人々は神の渡御を感得してどよめいた。

だがそれもほんのつかのまで、稚児行列が通るころには、もとの春の光が金襴《きんらん》の衣や冠を、きらきらと輝かせた。あたりには元の喧噪が戻ってきた。

稚児行列など見たくはない。ちとせは踵を返して屋敷に戻りかけた。

「お嬢」と呼ばれて振り返れば、お客さんが神代欅の木洩れ陽に眉庇《まびさし》をかざしていた。

「みなさんに、よろしくお伝え下さいまし」

三度笠と頭陀袋を提げたまま、お客さんは常憲院様の御輿にそうしたよりもっと深く頭を下げた。

「危ない、危ない、ほれ言わんこっちゃない」

巡査が警笛を吹いて叱りつけた。土手から降りてくる見物客の中には、勢い余って滑り落ちる人もあった。

ちとせはお客さんを見送った。このままお帰りになるのなら、誰かが送らねばならないと思ったからだった。

お客さんは大忙しの巡査の肩を叩いて、小声で何かを言った。

知り合いだったのだろうか。巡査はちょっとびっくりした顔をした。二人はまた少し言葉をかわすと、仲良しのように固く肩を抱き合って、行列のあとから神社に向かう人の波に逆らいながら参道を下っていった。

ありがとうもまたどうぞも言いそびれてしまったけれど、ちとせは母のしぐさを真似て頭を下げた。

＊

「話はこれでしまいだよ。おやすみなさい」

伯母が闇の中でそう言っても、答える声はなかった。

「おやすみなさい」

と、私ひとりが間を置いて言った。

いつしか雨は上がり、ガラス越しの夜空には星が輝いていた。伯父の奏でる笙の音も絶えて、屋敷は黙《しじま》に返った。

伯母は私の顔を覗きこんだ。親子ほども齢《とし》が離れているのに、母とそっくり同じ匂いがした。

「あしたはお稚児さんにおなり。おかあさんが喜ぶから」

答えを強いずに伯母は座敷を出て行った。

一度だけ稚児のなりをして神社に上がったのは、その年の大祭であったろうか。

天井裏の春子

五月の例大祭をおえると、御嶽山《みたけさん》は花と若葉に彩られる。里の春のように駘蕩《たいとう》と訪れるのではなく、まるで神がそう命じたかのように、きっぱりと季節が変わるのである。

梅も桜も辛夷《こぶし》も石楠花《しゃくなげ》もみな一斉に咲くのだから、その景色は言うにつくせぬほどなのだが、神様が気まぐれなことにはたいていそうしたさなかに春の嵐が来て、一夜のうちに花という花を、きれいさっぱり散らしてしまうのだった。

私たちの神は花を好まぬとも思える。御神前《ごしんぜん》に花を供える習慣はなく、奥城《おくつき》に墓参するときは榊《さかき》だけを持って出かける。高天原《たかまがはら》にも花は似合わない。

たとえば、花が文学に不可欠な要素となったのは仏教信仰が定着したのちで、記紀にはほとんど記述がないと言ってもいい。太古の神々は花を大自然の些末な一部分とみなし、あるいは巌《いわお》や常磐木《ときわぎ》の清浄を穢《けが》す色や香りだと考えていたのかも知れぬ。

だとすると、神坐《かみいま》す山の花々が一夜の嵐であとかたもなく毀《こぼ》ち散らされることも、合点がゆくのである。

そうした春の嵐は、山頂の神社に宿直《とのい》する神官によって正確に察知された。西の大菩薩《だいぼさつ》嶺に黒雲が湧き、稲光が走るとただちに、山中の御師《おし》の家々に伝達される。風雨だけならばまだしも、海抜一千メートルの集落にとって雷は脅威だった。

春の日は閑《のど》かに昏れて、子供らが大広間を挟む表裏の廊下に雨戸を閉《た》ておえたころ、伯父が神社から戻ってきた。

「もういっぺん開けなさい」

と伯父は言った。

ふざけ合いながら雨戸を手渡ししていたことを、咎められたのだと思った。

「そうじゃないよ。神様がお渡りになるんだ」

年長のいとこの言う意味が、私にはわからなかった。

子供らはふたたび廊下を走り回って、雨戸を戸袋に収めた。鼠色の夕まぐれの彼方から、雷鳴が近付いてきた。

女中たちが大階段を駆け上がり、あわただしくガラス窓を開けた。するとじきに、二階の座敷から講社の客がぞろぞろと下りてきた。多くの人は何が何やらわからずに不安げだった。講元から世話人と見える老人が宥《なだ》めた。

「神様がお通りになるんだから、心配はいらないよ」

そうこうしているうちに、家じゅうの人々が大広間に集まってきた。押入れから蒲団《ふとん》が担ぎ出された。

やがて、夜の闇ではない黒雲が屋敷にのしかかったと思う間に、雷鳴が耳を裂き、光が爆《は》ぜた。私は生きたここちもせず、蒲団にくるまって誰だかわからぬ人にすがりついた。しかし神の顕現を見落としてはなるまいと思って、薄闇に目を瞠《みは》っていた。

屋敷は雷雲の中にあった。突然、関東平野に向いた裏庭が金色に染まり、太い光の束が大広間を貫いて長屋門まで突き抜けた。

それはほんの一瞬ではあったが、鋸《のこぎり》の歯のように鋭く尖った稲妻の形が、けっして思いすごしではなく、私の目にはっきりと見えたのだった。

生木を裂くような音のあとはしばらく耳鳴りが続き、ややあってから人々は聴力を確かめるように悲鳴を上げた。

雷雲の中の山上ならば、稲妻は横に走るのかもしれない。だが私には、その尖光が紛れもない神の姿に思えた。

門戸をすべて開け放って雷を通過させることが、はたして科学的な理に適っているかどうかはわからないが、御師の家が落雷で焼けたという話は聞いたためしがない。私が神渡りを見たのも、その一度きりである。

ふしぎなことに、柱にも鴨居にも焦げ跡ひとつなく、山中のどこかに雷が落ちたわけでもなかった。だとするとあの稲妻は、大広間に蹲《うずくま》る人々の頭上をかすめ、柱をよけて門から出て行ったことになる。大気中の放電現象というよりも、神渡りとするほうがまだしも納得がゆく。

日本語の「カミ」の語源は知らない。しかし「カミ」をあてた「神」を解字すると、示偏《しめすへん》が贄《にえ》を供えた卓であり、「申」は稲妻の象形であるとわかる。そう思えば神祭にはつきものの紙垂《しで》の形は、稲妻に似ている。

やはり私が幼い日に見た一瞬の鋭い光は、神の顕現だったにちがいない。

外国から渡来した神仏には、愛だの慈悲だのという人間性があるのだが、日本古来の神は超然としており、ひたすら畏怖すべき存在である。そうした意味では、一概に宗教とは言えまい。

私たちは未知なる自然や神秘なる現象を総括して、固有の神とした。長い歴史の中で、預言者の出現すら許さなかった、怖ろしい神である。

「十七か八の娘ざかりで、それはそれはきれいな人だった。狐が憑《つ》くのはたいてい若くてきれいな娘さんだったけど、あの人は格別だった」

ちとせ伯母が枕元で寝物語を聞かせてくれたのは、神渡りを見た晩のことだった。気分が高揚してなかなか寝つけぬ子供らを叱りに来て、伯母はせがまれるままに語り始めたのだった。

講社の客も興奮さめやらずに、二階の座敷で酒を過ごしていた。子供らは神様の通り道となった大広間に牀《とこ》を並べていた。

手拍子や歌声は大階段を伝い下りてきたし、天井の踏み音も耳に障った。

伯母もいくらか気が立っていたのか、いつもの寝物語よりも口が滑らかで、声も瞭《あきら》かだった。

「名前かね。はて、いつも姐様《あねさま》と呼んでいたから覚えてないわ。どうしようかね。名なしの姐様じゃあ話すにも具合が悪いから、春子さんとでもしておこうか。春に来たから春子さんでいいだろう」

怖い話の予感に慄《ふる》えながら、子供らは蒲団の中のくぐもった声で、「いいよ」と口々に言った。

「昔むかしの話さ。大正の震災の前で、私が十《とお》かそこいら、畑中《はたけなか》のおばさんもまだ沢井の小学校に通っていて、おじさんは学校にも上がっていなかった」

私の母も、まだ生まれてはいない。大正という時代より、そのことが遥かな昔話に思えた。

「陽気がよくなると、きまってお狐様がやってきた。あれはどうしたわけなんだろう。冬の間は穴の中で眠っていた狐が、おなかをすかせて人間に取り憑くんだろうか」

御神前に揺らぐ灯明が、伯母の影を子供らの枕元に延ばしていた。

「大丈夫かなあ」

と、誰かが心細い声で呟いた。笑いごとではなかった。御嶽山はうららかな春を迎えていた。

「心配しなくていいよ。おまえたちは神様に守られている。御嶽山の子供にお狐様は憑かないの」

伯母はいくらか酒が入っていたのかもしれない。神渡りを目のあたりにしたからには、家族にも直会《なおらい》の御神酒《おみき》がふるまわれたのだろう。

「睡たくなったら眠ればいい。べつだんためになる話でもないから」

黒い着物の背筋をすっくりと伸ばして、伯母は春子という娘の話を始めた。

＊

ケーブルカーもなく、青梅《おうめ》線も二俣尾《ふたまたお》が終点のその時分に、御嶽山の頂上から沢井の小学校に通うのは並大抵ではなかった。

冬のうちは提灯《ちょうちん》を下げた使用人が山道の送り迎えをしてくれたが、日が長くなれば幼い姉妹は手をつないで歩き通さねばならなかった。

だから春と秋には、けっして道草を食えなかった。どうかすると千年の杉木立に囲まれた御坂《みさか》で霧に巻かれ、天狗《てんぐ》の笑い声を聞いたり、狐火を見たりしなければならなかった。

山下の滝本《たきもと》には何軒かの神官の屋敷があり、急な雨風の折などは泊めてももらえるのだが、それもよほどのときに限ると、祖父からきつく戒められていた。

子供らが厄介者の自覚を持っていた時代の話である。

その日も滝本の集落を過ぎるころにははや昏れなずんでいたが、ちとせと姉は金平糖を舐めて元気を出し、つづら折りの山道を登り始めた。

道が折れる場所の杉の木には、紙垂《しで》の付いた注連縄《しめなわ》がかけられていたので、深い霧の中でも踏み惑う心配はなかった。

急な登りにさしかかったころ、道端に腰を下ろして息を入れる人があった。ひとりは絣《かすり》の着物の裾を端折《はしょ》った母親と見え、もうひとりは断髪に洋装の若い女だった。

「ああ、よかった。道に迷ったかと思った」

母と見える人はほっと息をついた。

「もうじきだから、精を出してね」

と、姉がおしゃまな物言いで二人を励ました。

ちとせは若い女の美貌に目を瞠った。たそがれどきの薄闇に、まるで切り貼りをしたような白い顔だった。うなじが見えるくらい短く切り揃えた髪に、ちょこんと帽子を載せて、襟《えり》ぐりの広く開いた洋服は少し寒そうだった。女中たちが回し読みをする婦人雑誌の、表紙を飾るモダンガールそのものだった。

「どこへ行くんですか」

ちとせが訊ねても、娘は黙って微笑んでいた。かわりに母親が答えた。

「鈴木の御師《おし》様ですけれど、まだ遠いのでしょうか」

ちとせと姉は思わず目を見かわした。お客さんを案内するのはお手柄だし、夜道も心強い。何よりもこんなきれいなモダンガールを連れて帰ったら、女中たちは大騒ぎするだろう。

「私のおうちよ」

姉が誇らしげに言った。

「おや、まあ。神様のお引き合わせかしらん」

「それからね、すずき、じゃなくって、すずき」

遠い昔に、徳川家康の先達を承って熊野からやってきた鈴木の家は、関西ふうに「すずき」と発音する。学校で教師や友人たちから平たく苗字を呼ばれるたびに、姉はいちいち訂正することを忘れなかった。

ちとせは美しい女の人の手を取って歩き出した。ぬめりと汗ばんだ掌《てのひら》だった。

そのうち、いずくからともなく獣の臭いが漂ってきた。もしやと思って、帯に結わえた熊除けの鈴を振ったが、異臭はずっと鼻について離れなかった。

＊

「ヒゲのおじいさんはたいそう名の知られたお狐払いだったから、手に負えない狐憑きが、それこそ日本中からやってきた。ときには殿下閣下と呼ばれる偉いお方のお姫《ひい》さんも、お忍びでおいでになった。狐はなに不自由ないお金持ちのお嬢さんに憑くことが多いの」

ちとせ伯母は高く澄んだ声で言った。

裕福な家の子供には、狐も取り憑き甲斐があるのだろうか。それとも狐払いにはお金がかかるから、そうした家の子供しか曾祖父の施術を受けられなかったのだろうか。いずれにせよ、私が聞いた狐憑きの主人公は、話を混同してしまうくらいよく似た境遇の子供だった。家令や女中を供連れとした美少女である。

ところが、仮に春子と呼ぶその狐憑きはちがった。十七か八のモダンガールで、困《こう》じ果てた母親が連れてきたらしい。

伯母は春子が曾祖父を頼ってきた経緯を語った。

「春子さんはおとうさんを早くに亡くして、おかあさんが苦労して育てた一人娘だったの。でも、とびきりのべっぴんさんだからデパートに雇われて、金看板の案内嬢をしていらした。ほら、東京の子は知っているだろう、制服を着て白い手袋をはめている、女優さんみたいな女の人――」

大正という時代が、私にはわからなくなった。戦争の向こう側に、今と同じような世界があったとは知らなかった。私の家は新宿の伊勢丹を贔屓《ひいき》にしていて、祖母や母に連れられてしばしば出掛けたものだった。

「そんな春子さんには好いた男の人がいて、休みの日にデートをしたんだね。デパートの休みは平日だから、きっとお相手も同じお店の店員さんだったんじゃないかしらん」

話が思わぬほうに向き、女のいとこはとこたちは小さな嬌声を上げた。

「ちょうど花の季節だったの。でも、待ち合わせた場所がいけなかった。赤坂の豊川稲荷の、満開の枝垂桜《しだれざくら》の下に立っているうちに、狐が憑いてしまったのよ。男の人が時間に少し遅れて行ってみると、紅をさした春子さんの唇がとんがっていた。遅刻したので膨れているのかと思ったら、目の玉が寄っていたの。それでも、まさか狐が憑いたとは思わないから、宥めすかして境内の茶店に誘ったら、名物の稲荷鮨を、物も言わずに何人前も平らげてしまった。春子さんはお金持ちでもお姫様でもないけれど、とても器量よしだからお狐様に気に入られてしまったのよ」

女児たちの嬌声が悲鳴に変わった。伯母はかまわずに続けた。

「あんたらもべっぴんさんなんだから、油断しちゃいけない。夜爪を切ってはならない、左と右が不揃いの靴や下駄を履いちゃいけない。それと、もひとつ――満開の枝垂桜の下に立っちゃいけないよ」

その夜の伯母は興が乗っていた。

御嶽山の屋敷には、狐憑きを閉じこめるための座敷牢があると、母から聞いたことがあった。だが、屋敷に生まれ育ったいとこたちに訊ねると、誰も知らない。彼らでさえ未知の場所がある広い屋敷のことなので、土蔵の奥だの物置だの、おそるおそる探検したのだが、やはりそれらしいものは見つからなかった。

狐払いの験力《げんりき》は曾祖父を最後に絶えたのだから、きっと座敷牢も壊されてしまったのだろうと思った。ところが、それはそれで怖ろしい話だった。屋敷の中には子供らにあてがわれた部屋がなく、そのつど適当な座敷に牀《とこ》を取るから、もしやここが昔の座敷牢だったのではないかと、あらぬ想像をしてしまうのである。

いつ建てられたかも定かではない屋敷には、あちこちの客間にも、廊下にも階段にも便所にも台所にも、恐怖譚が詰まっていた。そんな家に住まう伯父や伯母に、かつての座敷牢のありかなど訊く気にはなれない。

思い立って母に訊ねても、かつてあったのか今もあるのか、それがどこなのか、答えはいつもあやふやだった。

おそらくは、明治大正の時代にありがたがられた曾祖父の験力も、今となっては気味の悪い話にちがいないから、母は多くを語らなかったのだろう。

それはさておくとして、伯母の話である。

赤坂新町の借家に住んでいた春子は、母親に連れられて広尾の赤十字病院に行ったのだが、すぐに青山脳病院を紹介された。

しかし、一夏を入院しても病状はいっこうに好転せず、かさむ費用にも耐えがたくなった。貪《どん》婪《らん》な食欲にもかかわらず春子の体は日に日に痩せてゆき、睡眠薬と鎮静剤で眠り続ける有様になった。

大脳切除の手術をする、という話にはさすがに腰が引けて、あとさきかまわず退院したのが冬のかかりだった。

すでに春子は勤めを辞めており、母親も内職どころではなくなり、わずかな貯えと知人からの善意だけが頼りとなった。

そうしてふたたび花の季節が訪れたころ、近在の老人が武蔵御嶽《むさしみたけ》神社の御札を届けてくれた。牙を剝いた黒い獣の姿に「大口眞神《おおくちのまがみ》」と書かれた、お狗様《いぬさま》の護符である。

春子はこの御札を畏《おそ》れた。医者のいう「発作」を起こして、たわいもないことをしゃべり続けたり、癇癪《かんしゃく》を起こしたり、クォンクォンと鳴きながら跳ね回っても、御札をつきつけると猫のようにおとなしくなった。

だが、それはいっときの熱さましのようなもので、もとの春子が戻ってくるわけではなかった。

老人はなかば呆《ほう》けていて話がうまく通じぬのだが、何でも青梅の先の御嶽山という霊山に、狐払いで名高い神官がいるらしい。そこで母親は、とるものもとりあえず春子を連れて出発した。

地図は頭になかった。東京市のうちならば、郡部といってもさほど遠くはなく、まさかこれほどの深山であるとは考えもしなかった。

二俣尾の駐在所で、「狐払いの神主様」と訊ねると、巡査は気の毒そうに春子を見やりながら即答した。

「ああ、鈴木の御師様だね。鈴木一宮《かずみや》さん。だが、今からじゃあ日が昏れちまいますよ」

多摩川の渓流に沿って歩くうちに陽は山間《やまあい》に翳《かげ》り、滝本からの急な登りにかかるころには、とっぷりと昏れてしまった。

もし力尽きて倒れるか、春子が暴れて手に余ったなら、それもご神意のうちなのだから仕方がないと母親は思った。帯揚《おびあげ》で春子を絞め殺し、自分も首を絞《くく》るぐらいの覚悟はできていた。

そしてとうとう山道に行き昏れて、精も根も尽き果てたとき、双児のようによく似た幼い姉妹が、母親と春子の前に現れたのだった。

大口眞神の化身にちがいないと思った。

＊

「いやいや、さようにたいそうなものでありますものか。ごらんの通り、わたくしの孫娘でございますよ」

祖父は胸まで垂れた白髯《はくぜん》を撫《ぶ》しながら笑った。

「しかし御嶽神社には、ご東征の折に道に迷われた日本武尊《やまとたけるのみこと》を、黒と白のお狗様が導き奉ったという言い伝えがございましてな。だとすると、あるいはご神意かもしれませぬ」

祖父は神に類する言葉を口にするとき、必ず目を伏せて一礼した。「御嶽神社」「日本武尊」「お狗様」「ご神意」と、いちいち頭を下げる話し方は、聞く人を敬虔《けいけん》な気持ちにさせた。

突然の訪《おとな》いだったが、祖父は殿下閣下の令嬢を接遇するときといささかも変わらずに、貧しい母子を御神前に通した。

「今はおとなしくしているのですが、どうかすると手が付けられなくなって」

春子は母親のかたわらで、何も見えず何も聞こえぬふうに座っていた。

「初めはみな同じです。ここがどこで、この爺が何者なのかよくわからぬから、じっと様子を窺うているのです」

たとえお狐様ではなくとも、この屋敷を初めて訪れた人はみな仰天する。伽藍《がらん》と見えて寺ではなく、宿坊ではあるが旅館ではない。狐もとまどっているのだろうと、ちとせは思った。

「あの、御師様――」

くたびれ果てた母親は、何かを言いかけて力尽きた。

「ご心配は無用です」

祖父は母親の心を読んだ。

「お代物《だいもつ》のことは、一切ご無用に願いたい。たとえやんごとなき御方にあらせられようと、市井の娘さんであろうと、大神《おおみかみ》の御目から見れば大凡下《だいぼんげ》のひとりにすぎませぬ。むろんご神意を承るわたくしのなすことも、変わりはございませぬ」

母親はたちまち顔を歪めて、畳に泣き伏してしまった。

祖父は春子に向き合った。

「お嬢」

春子は健やかな人の声で、「はい」と応じた。狐の本性が顕《あらわ》れやしないかと、ちとせは思わず身をすくめた。

しかし祖父は、狐など無視して春子にのみ語りかけた。

「わたくしはデパートというところに行ったことがないのだが、百貨店と呼ぶからには、何でもかでも売っているのだろうね」

「はい。何でも売っています」

春子の赤い唇が、花の綻ぶように微笑んだ。

「食堂ではハイカラな洋食を出すと聞いているが、何階だろうね」

「はい。七階でございます」

「ほかにもいろいろと欲しい品物がある。いずれ伺うゆえ、案内していただけまいか」

「はい。かしこまりました」

祖父の狐落としは、そんなふうにして始まった。

＊

伯母が一息ついたとき、私は腹這いになって訊ねた。

「ねえ、おばさん。座敷牢はどこにあるのさ」

子供らはみな眠ってしまっていたのだろうか。伯母は畳の上に膝を滑らせて、私の枕元ににじり寄った。

「今どきそんなもの、あるはずはないだろう」

「でも、おかあさんが言ってた」

「あんたを怖がらせたんだよ」

「昔はあったのかな」

伯母の答えはあやふやになった。母の口ぶりと同じだ。

「つまらないことを訊くのなら、話はこれでよしにするよ」

私は黙りこくるしかなかった。伯母は私の掛蒲団の襟を押さえながら、息のかかるほど顔を寄せてきた。

「口はへらないわ寝付きは悪いわ、まったく手を焼かせる子だ。ヒゲのおじいさんが達者だったら、一日じゅう叱られっぱなしだったろう」

私ひとりを相手にして、伯母は話を続けた。

ちとせは狐憑きを見慣れていた。

祖父の験力を頼って、一年に何人も、どうかすると毎月のようにやってくるのだから、それはたとえば、医者の子供が病人を見慣れているのに似ていた。

大方の狐は入山したとたん神妙になり、それほど祖父の手を煩わせなかった。注連縄を張り繞《めぐ》らせた客間に寝泊まりし、朝夕に御神前でお祓《はら》いをし、五穀を断って黒大豆を煎じた薬湯を飲み、何日か経つと狐が落ちた。

いくらか手強い狐憑きには行法が必要だった。東に向いて息吹《いぶき》の行をし、綾広《あやひろ》の御滝まで歩いて水行をし、ときには夜更けに御神前で祖父と向き合い、禅問答のような応酬をした。それでもせいぜい十日か半月で狐は落ちた。

ごく稀に、祖父の験力の通じぬ大狐もあった。日に一升の大飯を食らい、一斗の水を飲み、行には従わず、問答でも祖父をやりこめた。そうした厄介な狐憑きは、祖父も早々に降参して下山させるのだが、中にはその機会を失して首を絞ったり、もっとひどい有様で死んでしまう場合もあった。

そのような経緯や結末を、物心ついたときから見ている屋敷の子らは、やはり医者の子供と同じなのである。それも、きのうきょうの家業ではない。三百年も代を重ねて承け継がれ、母も祖父もその弟妹たちも、みなが見てきた日常の風景だった。

「あの姐様、じきによくなるね」

翌《あく》る朝、学校に向かう山道で姉が言った。ちとせもそう思った。門前の小僧ならぬ娘たちは、人間に取り憑いた狐の性《しょう》のよしあしを論じて畏れなかった。

姉妹が家を出るとき、春子と母親は使用人たちに交じって、せっせと廊下を拭いていた。古い着物に襷掛けで立ち働く様子は、季節雇いの女中に見えた。

春の大祭のあとさきは講社の団体客が多いので、山麓の村々から女手を借りるのである。

「行って参りまあす」

二人がそう言いながら廊下を通り過ぎると、女中たちはみなかしこまって、「行ってらっしゃまし」と応じる。

春子は玄関の式台まで見送ってくれた。身なりは女中と同じでも、三日月の眉を凜《りん》と引いて、真赤な口紅をさしていた。

帯の上で手を重ね、腰をきっかりと折って頭を下げるさまは、婦人雑誌の口絵で見たデパートガールのしぐさそのものだった。


ところが、姉妹の予測に反して、春子に取り憑いた狐はなかなか落ちなかった。

春子の表情は日にいくども、美しい娘の顔と獰悪《どうあく》な獣の顔に入れ替わった。たとえば、縁側の陽だまりで何ごともなく語らいながら、ひょいと顔を上げたとたん、唇が尖り両目が中に寄った狐の相に変わっていた。そして周囲の人がアッと驚く間に、また元の春子に戻った。

夕昏どきに山奥から獣の声が渡ると、たちまち裸足で門から飛び出し、藪の中を跳ね回ってクォンクォンと鳴いた。

夜にはきまって嫌な臭いを漂わせた。何代か前のご先祖様が大立回りの末に仕止めたという、月の輪熊の敷物と同じ臭いだった。

その臭いを垂れ流すときには、どこからともなく妙な音が聴こえた。遠くで柝《き》を打つようでもあり、近くの柱が罅割《ひびわ》れる音のようでもあった。立て付けの悪い扉が、ギイと軋《きし》むようであったり、天井裏で玄能がひとつ、打ち下ろされたかと思えることもあった。

最も怪異であったのは、誰が聞くでもないのにやおら始まるおしゃべりだった。素《す》の春子はすこぶる口数が少ないのだが、その唇を藉《か》りた狐の語りは、まこと取り止めようがなかった。

「まあ、みなの衆、聞くがよい。わしが山王様の山下の、溜池《ためいけ》のほとりに棲もうておった時分の話じゃ。夏の盛りのこととて、近在の大縄《おおなわ》地《ち》にある御先手《おさきて》組の同心どもが、非番の暇に褌《ふんどし》ひとつで水浴びをしておったと思うがよい。ちょうどそこに、目の前の御門が開いて、赤坂中屋敷にお退がりになられていた、筑前福岡は黒田美濃守様の御駕籠《かご》がお出ましになられての。同心どもは水遊びに夢中で、裸の尻を御殿様に向けたまま、気付かずにいたのじゃから大ごとになった。御供衆が無礼者ッと叱りつければ、同心ばらとは申せ天下の御家人にも意地がある。御先手組の水練稽古を無礼と申すそこもとらこそ無礼であろう、と言い返しよった。押し引きするうち、大縄地からは御与力様が馬をせかして駆けつける、千石取りの御番頭《ごばんがしら》様まで出張ってくるという大騒動になった。放っておいたら血の雨が降ると思うたわしは、一計を案じての。穴から跳ね出て溜池を渡り、御駕籠からお首を出しておられた美濃守様に取り憑いたのじゃ。非番の折にもおさおさ怠りのう水練とは祝着な。どれ、急ぎの登城でもなし、余も久しぶりに稽古をつかまつろう。そう言うが早いか、御殿様は下帯ひとつの丸裸、溜池の濁り水にざんぶと御身を躍らせるや、玄海灘の荒波に鍛えたみごとな抜き手を切って、すいすいと泳ぎ始めた。いや、御殿様のお体を藉りてわしが泳いだのじゃ。こうとなっては御家来衆も御旗本もないわえ。御家老様も御番頭様も飛びこむ、馬上与力は馬ごと躍りこむ、溜池のほとりは時ならぬ水合戦のごとき有様になっての。まずは、めでたしめでたしじゃ」

そんな高調子で語り続けるのだから、まさか春子が話しているわけはなかった。

しかも、あんがい面白いのである。とりわけ、養子のせいで験力はないが、たいそう教養のある父などは、祖父をさし置いて話の先をせがんだりした。

「ところで、赤坂の溜池は御一新ののちに埋め立てられてしまいましたが、お狐様はどうなさったのでしょう」

などと、真顔で訊ねた。そのとき祖父は、婿養子を叱りつけようとして口を噤《つぐ》んだ。父は父なりに、狐の正体を暴《あば》こうとしているのである。

狐は父の計略にかかった。

「まあ、聞くがよい。わしは遥けき昔から、溜池のほとりに棲もうておったのじゃ。人の都合で里を追われる狐の身にもなってみよ。まずは星ヶ岡に登り、旧《ふる》い誼《よしみ》の日枝山王大権現様に向後《こうご》の宿りを乞うた。しかるにどうじゃ。狐の宿は稲荷にきまっておろうと、けんもほろろに断られた。わしも齢《とし》が齢じゃし、長旅はかけられぬ。そこで赤坂の界隈をさすろうておるとな、赤い提灯を懸けつらねた立派な稲荷社に行き当たった。かの大岡越前様が、御領分の豊川より勧請した稲荷じゃ。ところが腰を低うしてお頼みしてみると、野狐ばらが分限《ぶげん》を弁《わきま》えよ、とこうじゃ。致し方なくそのあたりの裏路地に棲みついて、残飯をあさり、飼犬の上前をはねるなどして、どうにかこうにか命を繋いで参った。そこいらの性悪狐でもあるまいに、よほど食うに困らねば人に取り憑いたりするものか。のう、御師様。不憫《ふびん》に思うてはくれまいか」

狐の正体がわかった。たしかに春子の体を乗っ取ってはいるのだが、さほどの悪さはせず、かと言って祖父の験力にことさら抗《あらが》うでもなかった。しかし、なかなか落ちないのである。

腹をすかせた老狐が、たまたま満開の枝垂桜を見上げていた春子に取り憑いた。やむにやまれず、そうでもしなければ飢えて死ぬからだった。

その日をしおに、祖父は狐払いの行をやめてしまった。さほど力を使ったはずはないのに、祖父の闘志は萎えて、日ましに憔悴してゆくように見えた。

三度の食事は山盛りの赤飯と油揚げに、一碗の白酒まで添えられた。狐の意のままになってはならぬはずなのに、おもうさんは耄碌《もうろく》なすったんじゃないかしらん、などと父母は蔭口を言った。

狐は験力によって屈服させねばならないのである。だから手を緩めたり好物をみだりに与えたりするのは、たいそう殆《あやう》いことだった。

だが、妙なことに春子に憑いた狐は増長しなかった。講社の季節が終わり、登山や避暑の客が訪れるころになっても、そうと聞かなければわからぬ程度に、春子の体に棲み続けていた。

狐はつけ上がらず、春子は働き者で、祖父はめっきりと老いた。だが、そのままでよかろうはずはなかった。

＊

ちとせ伯母は私の顔を覗きこみながら、思いついたように言った。

「そうそう、こんなことがあった。あんたらのおじいさんが、神社の宿直から帰るなり、かんかんに怒ってヒゲのおじいさんを叱りつけたの」

穏やかな気性の祖父が、曾祖父を叱る図など想像がつかなかった。

「さかさまだよ。ヒゲのおじいさんがおじいさんを叱ったんだ」

「そうじゃなくって、婿さんが怒鳴ったのよ。おもうさん、たいがいにして下さい、って。春子さんが真夜中に神社の社殿に忍びこんでね、御神饌《おみけ》の鯛やら雉子《きじ》やら、何から何まで食べ散らかしてしまったの」

社殿の闇の底で、雉子の羽をむしってはかぶりつく女の姿が胸にうかんだ。

「おじいさんはとても機転の利く人だったから、春子さんを追い払ったあと社殿の掃除をして、御神饌は猿に盗まれたことにしたのよ」

「ヒゲのおじいさんのせいじゃないのに」

「でも、おじいさんはかんかんに怒った。こんなことが二度あったら、猿のせいにはできません。第一、神様に申し分けが立たんじゃないですか。よろしゅうございますか、おもうさん、今日の明日にでもどうにかして下さい、って」

そこはきっと、東に向いて豁《ひら》けた裏廊下だったのだろう。稲妻の形をした神様が躍りこんだそのあたりは、夏には涼風が吹き抜けて、年老いた曾祖父が寛ぐにはころあいの場所に思えたからだった。

従順な婿に叱りつけられて、背中を丸める老人の姿が見えた。

曾祖父は呟く。

そうは言うても、年寄りが年寄りをどうこうするのもなあ——。

＊

ちとせは辛抱ならなくなって、春子の姿を捜した。

裏門の青い楓《かえで》の葉蔭に、春子はぼんやりと佇んで景色を眺めていた。その場所はとても見晴らしがよくて、真東に聳《そび》える日の出山の両袖に、筑波山から江の島までが遥かに望まれた。

断髪のうなじを陽に晒《さら》した後ろ姿は哀しげだった。東京の家に戻った母親や、あれきりになってしまった恋人を慕っているようにも思え、また見ようによっては、春子の体のほかに宿るところを失った老狐が、赤坂の街を懐しんでいるようでもあった。

「姐様――」

ちとせは絣の袖を引いた。

「おじいさんもおもうさんも、たいそう困っておいでなの。悪さはもうこれきりにしてね」

春子は両掌で顔を被った。細い指の間から洩れる泣声は、ときどきクォンクォンと裏返った。

かれこれ三月《みつき》もともに暮らして、怖れる気持ちはなくなってしまっていた。女中たちの中には、狐憑きより性悪で、みんなから嫌われている人もいた。

クスン、クスン、クォン、クォンと、ひとつの体の中で春子と狐が泣いていた。いったい何がどう切ないのか、ちとせには難しくてわからなかった。

きっとおじいさんにもわからないから、往生してしまっているのだろうと思った。


その夜、ちとせは祖父に名指されて依童《よりわら》になった。

大広間の御神前は板戸で仕切られ、灯明が立てられた。

斎戒沐浴《さいかいもくよく》して純白の浄衣《じょうえ》を着た祖父がかしこまり、父が石笛《いわぶえ》を吹いた。ちとせはそのかたわらに、小さな巫女《みこ》のなりをして座った。

ただおとなしく座っているだけでよい。神様が穢れなき童女に依り、祖父の験力を引き出すのである。

神の名は知らない。依童を務めるたびごとに、ちがう神様が憑《かか》るような気がする。御嶽山には八百万《やおよろず》の神が遍満しているので、いつもちがうのだろうと思う。

春子は神妙だった。

「高天原に神留《かむづま》り坐《ま》す皇親神漏岐《すめむつかむろき》、神漏美《かむろみ》の命以《みこともち》て、八百万の神等《かみたち》を神集《かむつど》えに集え給い、神議《かむはか》りに議り給いて――」

祖父が長い祓詞《はらえことば》を宣《の》るうちに、夜の黙《しじま》を裁《さば》いて雷鳴が近付いてきた。

「御師様、いかがいたしましょう」

父が石笛を止めて訊ねた。

「お渡り願おう」

仕切りの板戸が開けられ、表廊下と裏廊下の雨戸がそれぞれ一枚ずつ外された。生ぬるい風が吹き抜けて、御神前を繞《めぐ》る紙垂を騒がせた。

祖父は春子と対峙した。

「七十の年寄りが、齢《よわい》幾百のおまえ様に物申す無礼は承知している」

石笛がはたとやんだ。父はうろたえていた。祖父の声は神のものではなかった。

「おもうさん」

と、たまらずにたしなめる父を、祖父は浄衣の袖をかかげて制した。

「しかるに、齢《とし》を経《ふ》れば偉いという道理もあるまい。おまえ様もたんと生きたのだから、そろそろ聞き分けてはくれまいか」

神が瞋《いか》った。雷鳴が轟き、屋敷が揺れ動いた。

父はもう、神意を斥《しりぞ》けて人の説諭をする祖父を、咎めようとはしなかった。ただただ畏れ入って身をこごめ、稲光が庭先に爆ぜると依童のわが子を胸に抱き寄せた。

春子は涙を流しながら腰を浮かせ、クォンクォンと激しく鳴いた。

「人の情けにすがるのもたいがいになされよ。山王様よりも豊川様よりもやさしい娘御をかくも苦しめて、このうえ何を望むのだ。恥を知りなさい」

祖父は人の声で説き続け、狐は身悶《みもだ》えながら嘆き続けた。

慄《ふる》える父の腕の中で、ちとせはおぼろげに、今何が起こっているのかを知った。神に仕える人間が、神をないがしろにした神事を行っているのだ。

祖父は日ごろの行のように呪文も唱えず、印も結ばなかった。ただひたすら、狐を膝詰めにして道理を説いた。

「幾百年も生きて、いったい何を畏れる。真に畏れるべきは神ではない。人の情けを畏れよ。名を惜しめ」

おじいさんが死んでしまう、とちとせは思った。そのとたん、大広間の闇を鉤《かぎ》の手に引き裂いて、稲妻が光った。神様がお渡りになった。

おそるおそる顔をもたげた。春子が畳の上に仰向いており、御幣《ごへい》を握りしめて端座する祖父の白髯《はくぜん》からは、うっすらと煙が立っていた。

＊

「あのお狐様はかわいそうだった。春子さんの体を乗っ取ったつもりなどなかったんだと思う。ふるさとの山が崩されて、池が埋め立てられて、どうにも行き場をなくした野狐なんだもの」

ちとせ伯母は悲しげに言った。

いつしか天井を踏む足音も、人の声も絶えていた。屋敷は神の掌にくるまれて、眠りについていた。

私はうつらうつらと伯母の話を聞いた。

「春子さんはその晩から、天井裏のお座敷にとじこめられた。二度と悪さをさせてはならないからね」

天井裏のお座敷——そんな場所は知らない。もしやそこが、母の言っていた座敷牢なのではないかと、私はなかば夢見ごこちで考えた。

「その昔はお蚕《かいこ》部屋だったそうだけど、ヒゲのおじいさんがさかんに狐落としをするようになってからは、手の付けられないお狐様を押しこめるところになったの」

「今もあるのかな」

と、私はまどろみながら訊ねた。

「女中さんたちのお部屋に、押入れの並びの唐紙《からかみ》が立ててあるから、わかりづらいけどね」

それから伯母は、話の結末を語りおおしたのだろうか。不覚にも眠ってしまった私には、聞いた記憶がなかった。

翌《あく》る日は太々講《だいだいこう》の餅まきがあって、定刻になると子供らも使用人たちも、みな鳥居前の広場に出かけた。

講社の氏子たちが、宿坊の縁側で金や餅を撒き、さらに鳥居前の石段から同様に大盤振る舞いをし、神社に上がって御神楽《おかぐら》を奉納するのである。

餅はともかくとして、足元も怪しい赤ら顔の氏子がありったけの硬貨をぶち撒けるのだから、山上の子供らや使用人たちにとっては楽しみだった。どこそこで御太々があると聞けば、人々は仕事もほっぽらかして駆け出したものだった。

私はそのどさくさに紛れて、こっそり屋敷へと戻った。

北向きの女中部屋は陽が入らず、肥の臭気が蟠《わだかま》っていた。押入れの唐紙を一枚ずつ開いてゆくと、ふいに重ね蒲団ではない暗渠《あんきょ》が現れた。

狭くて急な梯子段が付いていた。唐紙を内側から閉め、目が闇に慣れるまでしばらくじっとしていた。

梯子段を登りつめたところで頭をぶつけた。天井裏の床に、頑丈な木を格子に組んだ板戸が嵌《は》まっていた。

やっぱり座敷牢なのだと思った。しかし錠がかけられているわけではなく、力をこめて押すと、格子戸は水平に開いた。

北側の明りとりの窓から、わずかに午後の光が差していた。巨大な長持やら、抱稲《だきいね》の家紋を徴《しる》した鎧櫃《よろいびつ》やら、座蒲団を敷いたままの山駕籠《かご》やらが、整然と並んでいた。

それらは埃にまみれていたが、指先でこすれば濡れ雑巾で拭いたように、つややかな黒漆が耀《かがよ》い出た。

そうこうして奇《めずら》しがっているうち、まったく突然、寝物語の結末が耳に甦った。夢うつつに聞いた伯母の声だった。

私はいつの時代の母のものともしれぬ長持に、背中を預けて膝を抱えた。

――春子さんをとじこめると、上がり口の格子戸にはしっかりと錠をおろしたのよ。だから、そこが座敷牢というなら、そうかもしれないね。

日に一度だけ、御神前から下げてきたご飯を小さなおむすびにして、茶碗一杯のお水を添えて持って行くの。

でも、春子さんは手を付けなかった。嫁入道具の長持の前にちんまりと座って、ずっと泣いていた。

あれは狐が泣いていたんじゃあなくって、心のやさしい春子さんが泣いてらしたんだ。ときどき、クォンクォンと狐も鳴いたけれど、その声はだんだん小さくなって、しまいには春子さんの声だけになった。

何日ぐらいそうしていらしたんだろう。雨上がりの朝に、私がおむすびとお水を持って上がってみると、長持の前に春子さんが体を丸くして、すやすやと眠っていた。とても安らかな寝顔だった。

それでね――。

春子さんの白い腕を手枕にして、お狐様が死んでいたの。

猫みたいに小さくて、からからに干からびていた。少し牙を剝いていたけれど、苦しんだふうには見えなかった。

木の枝みたいに瘦せてしまった手が、春子さんの胸元に置かれていてね。あれは息の上がるときに、ありがとうかごめんなさいかを言ったんだと思う。

春子さんのもう片方の手は、狐の尻尾を握っていた。きっと、ごめんなさいを言い続けていたんだね。

そのうち、おじいさんとおもうさんが上がってきた。有様をひとめ見たなり、おもうさんは泣き出してしまった。

おじいさんは春子さんの寝息を確かめて、ほっとした様子だった。

「お嬢が目を覚まさぬうちに、片付けなさい」

おじいさんに命じられて、おもうさんは泣く泣くお狐様を懐に抱き上げた。

「聞き分けたのでしょうか」

と、おもうさんは訊ねた。

「さて、どうだろう。年寄りが飲み食いしなければ、ひとたまりもあるまい」

本当はどうだったのか、私にはわからないわ。狐が自分で飲み食いをやめたのか、それとも春子さんがそうしたのか、どっちにしても悲しい話にちがいはないから、考えることはよしにしたの。

「つまらぬことは言わないがね」

「他人事《ひとごと》ではないで下さい」

おもうさんはそう言って、狐のなきがらを赤ん坊のように抱きすくめながら、梯子段を下りて行った。

「お嬢」

おじいさんに揺り起こされた春子さんは、大きなあくびをしてから、きょとんとまん丸な目を瞠った。ここがどこで、自分が何をしているのかわからないふうだったわ。

上ッ面だけの美人は世間にいくらもいるけれど、こんなべっぴんさんはそうそういないと思った。

いいかね。あんたも齢ごろになったら、そういう女の人をお探しよ。

それから、まちがったって自分が狐になったりするんじゃあない。おばさんと約束しておくれ。

不覚にも睡ってしまったはずなのに、伯母の話を心が覚えていたのだった。

遠い昔に、美しい人と老いた狐が横たわっていた天井裏の古畳を、私は掌で愛おしんだ。そこには悲しみなどなくて、命の灼《あらた》かさが今も残っているように思えた。

最後まで語りおえねばならなかった理由を、私は知っていた。夫に許し難い不実があり、物領の息子を婚家に残して、伯母は実家に戻ったのだった。

だが私には、春子に取り憑いた狐が悪者には思えなかった。

天井裏のお座敷を出て表廊下に立つと、曇り空が眩《まばゆ》かった。山上の社殿から、太々神楽の鐘鼓が聞こえてきた。祖父も曾祖父もとうに神上《かむあが》っていたが、太古から伝えられた御神楽の中には、父祖の魂魄《こんぱく》がとどまっているような気がした。

狐払いの修祓《しゅうばつ》は、精神医学が未発達であった時代の民間療法だったと考えられているのだが、伯母から詳細な話を聞いている私には、どうにもそうとばかりは思えない。

家伝の秘法は曾祖父を限りに絶え、必然か偶然か玄孫《やしやご》のひとりが精神科医になった。

私は今もしばしば、数葉の写真でしか知らぬ曾祖父の夢を見る。しかしその夢の中の曾祖父ですら、精神科医に言わせれば、ユング心理学でいうところの「老賢人《オールド・ワイズ・マン》」という存在であるらしい。

神に近しい人間であった曾祖父は、どこも神に似てはいなかった。ならばユングの曰《いわ》くその呼称が、やはりふさわしいのかもしれぬ。

山揺らぐ

夜話はもうこれきりだよと、ちとせ伯母は子供らの枕元に膝を据えるなり言った。

夏休みも残り少なくなって、翌《あく》る日には何人かのいとこはとこたちが山を下りるのである。まして私は小学校六年生だった。中学生になれば大人あつかいされて宿坊の手伝いをせねばならず、寝間も男女別にほかの座敷をあてがわれるのがならわしだった。

いずれにせよ伯母がそう宣言したからには、もうこれきりなのである。子供らは口々に不満を声にしたが、謹厳で潔癖なちとせ伯母は黒い着物の背をすっくりと立てたまま動じなかった。

歪んだ古ガラスの窓から射し入る月の光が、白い襖《ふすま》や障子を淡い海底《うなぞこ》の色に染めていた。屋敷を繞《めぐ》る大樹が夜風に揺らぐほどに襖や障子の表には波が寄せ、砂が巻き上がり、小魚が群れた。

神官の屋敷には虚飾が何ひとつなくて、柱も床も建具も清らかなままであったから、どうかすると襖や障子は映画のスクリーンのように、そうしたまぼろしの天然を映し出すことがあった。それらはときに美しく、またときには怖ろしくもあった。

「こわい話はよしてね」と女子が懇願し、「勝手は言うなよ」と男子の声が応じた。そうしたやりとりは開幕前の拍手のようなものだった。伯母の夜語りのおおよそは恐怖譚であったから、それらにはさして意味がなく、むしろ期待感を高らしむる手続きのようなものだった。

「それじゃあ、こわい話はよしにしよう」

だから伯母がそう言ったとき、子供らは誰に限らず安堵するのではなく落胆した。

「こわくてもいいのに」と、私は十人の子供らの総意を代弁した。伯母は海底の青い闇の中で私の顔を覗きこみ、「ああだこうだと面倒な子だね」と、呼吸を感じぬ透き通った声で言った。人の少ない山上の、広い神官の屋敷で生まれ育った人々は、幼いとこから老いた大伯母に至るまで、みなが張りのある大きな声を持っていた。それは私たち都会の子らからするとまるで常人ばなれしていて、しばしばその高らかな声のうちに、神やお狗《いぬ》様の気配を感じたものだった。

「震災のはなし」

そうした声を枕辺の畳に置き定めるように、伯母はぽつりと言った。

阪神や東北の大地震が起こる以前は、震災といえば大正十二年の関東大震災を指した。当時から溯《さかのぼ》ればたかだか四十年ばかり前の出来事で、私の母はまだ生まれていなかったが、ちとせ伯母は体験者だった。

「震災」は関東大震災。「戦災」は昭和二十年の空襲。どちらも東京が灰燼《かいじん》に帰したという悲劇だったせいか、生家の祖父母から体験談を聞くたびに、私の中で「震災」と「戦災」は混同され、同一化されていった。

そもそも私たち――つまり伯母の夜話を聴いた私たちは幸福な世代だった。祖父母や父母とはちがって、戦争も大きな自然災害も経験せず、戦後の復興とそれに続く高度経済成長に順《したが》って、おのれの身丈も伸びていった。

ときおり黙《しじま》を破ってふくろうだか夜烏だかが鳴き、樹々の枝がさわさわと揺れた。

八月も末となれば海抜千メートルの山巓《さんてん》は夜気が冷えて、子供らの牀《とこ》には綿入れ蒲団が掛けられていた。

「おばさんが小学校をおえて、来年の春には行儀見習に出ようかというころの話さ」

子供らはたちまち伯母の夜話に搦《から》め取られて、大正の昔に翔んだ。

*

大正十二年九月一日午前十一時五十八分――。

そのときちとせは関東平野を見はるかす裏廊下で、女中たちと掛け蒲団《ふとん》の襟《えり》を替えていた。泊まりの客の蒲団は、九月になれば夏用の木綿から冬用の羅紗地に襟を替えるのである。翌年の春には東京の松方公爵邸の行儀見習に上がる予定のちとせは、恥をかかぬよう針仕事をはじめさまざまの家事を、女中たちから教えこまれていた。双児のようによく似た姉は、この春から閑《かん》院宮《いんのみや》様の御殿に上がっていた。

百畳の大広間に沿った裏廊下はよく風が通り、襟を替えている間に蒲団の湿りも脱けた。

夏から秋への区切りの日というほかには常と何の変わりもない、のどかな昼どきだった。朝のうちは山を覆っていた霧も霽《は》れて、雲間からは陽光が零《こぼ》れていた。

裏庭の先は真下の大宮司の屋敷地に向かって切り落ちているので、崖には樹木が少なく、そのぶん見晴らしがよかった。

女中たちは針仕事をしながら、かわるがわる御神前《ごしんぜん》の柱時計を振り返った。早起きの使用人たちは昼餉《ひるげ》を待ち望んでいた。だからその時刻が、正午のわずかに前であったことは誰もが覚えていた。

まず、ゴオーッという不穏な音が聴こえた。よもや地鳴りとは思わず、近くに熊でも来たかと、ちとせは肩をすくめて裏庭を見回した。

庭先からの景観は壮大な箱庭のようである。奥多摩の山々の尾根が今し降り立たんとする巨鳥の爪のように延び、谷間《たにあい》には林業を営む集落がぽつぽつと望まれた。多摩川の上流は昔から江戸で使われる木材の生産地だった。数十年ごとに整然と植林された山々は美しく濃密だった。

そうした眼下の山々が、ふいにゆらりと揺れたように見えた。それからその揺らぎは獣の咆哮《ほうこう》とともに近付いてきた。伐採をおえた禿山は土煙を上げて崩れた。そして御嶽山《みたけさん》の麓から杉木立を波打たせて地震が這い上がってきた。

屋敷が軋《きし》み、体は豆のようにはねた。誰かが「針、針」と叫んだので、ちとせは縫針を針山に刺して廊下から奥座敷に転げこんだ。女中たちも同様に畳に這いつくばるかせいぜい柱にしがみつくかで、とっさには動きようがなかった。

揺れは長く続いてなかなか収まらなかった。そのうち女たちの悲鳴の向こうから、まるで祝詞《のりと》を上げるような朗々たる祖父の声が聴こえた。

「火を消せ、竈《かまど》に水をかけろ」

台所に据えられている竈の火は「天之香具山《あまのかぐやま》の磐村《いわむら》の清火《さやび》」と称する神の火であるから四六時中消されることはなく、真夜中でもあかあかと熾《おき》を灯《と》もしていた。また神社の裏山から引かれてくる懸樋《かけどい》の水は「天之忍石《あまのおしは》の長井《ながい》の清水《きよみず》」とされる御神水だった。その水をかけてその火を消せと祖父は命じたのである。だから火と水の灼《あらたか》さを承知している屋敷の人々は、信じがたい大地の鳴動にもまして事の重大さと非常とを知ったのだった。

続けて祖父の大声が通った。

「外に出てはならぬ。大黒柱に集まれ。こっちだ、こっちだ」

ちとせの祖父は慶応元年の生まれであったから、白髯《はくぜん》を蓄えた老人と見えてもいまだ五十七か八だった。大正の昔ならそれでも立派な年寄りだったろうが、鍛え抜かれた山上御師《おし》の体は靭《つよ》かった。

表の客間と奥居《おくい》との間に径一尺五寸の大黒柱が据えられていた。家族も使用人も、まさしくほうほうの体《てい》で、揺れの合間に少しずつ祖父の声に向かって躙《にじ》った。

「よいか、取り乱すな。この家はけっして倒れぬ。外に出れば危ない」

祖父は大黒柱を抱えるようにして踏ん張り、その浅黄《あさぎ》色の袴《はかま》にすがるように、人々は幾重にも蹲《うずくま》った。あちこちで器の割れる音や家具調度の倒れる音がしたが、大黒柱の周囲は揺れぬように思えた。

ようやく人ごこちがついたのは、五分後であったのかそれとも一時間が経っていたのか、ちとせにはわからない。揺り返しは続いていたが、ともかく命は助かったと思った。

人々は顔をもたげて無事を確かめ合った。母はちとせの隣りで、この二月に生まれた弟を袖ぐるみに抱いていた。父は朝から神社に上がっており、二人の弟は麓の小学校に行っていた。よりにもよって、今日から新学期という日だった。

若い女中の姿が見えぬので、口々に「おきくちゃん」と呼べば、気を喪《うしな》ってでもいたのか大広間の遠くから「はあい」と細い声が返ってきた。

「イタルさん」

と、ちとせは呟いた。

達《いたる》は門長屋に住まっているが、そこが母屋にもまして堅牢な造作であることはわかっていた。なおかつ母屋は茅葺きだが表門は瓦だから、飛び出したりせずにじっとしていたほうがよいということぐらい、頭のいい達叔父が考えぬはずはなかった。

折も折、開《あ》け閉《た》ての悪くなった門長屋の戸をごとごとと引いて、達が顔を覗かせた。

瓦、瓦、とみなが口々に言ったが、先刻承知の達は豊かな髪の上に書物を載せていた。

「やあ、よく揺れたなあ」

庭に出て揺り返しに踏みこたえながら、達叔父は上等の笑顔を繕って、人々の心を宥《なだ》めてくれた。

＊

「イタロウさんじゃないの」

闇の中で誰かが訊ねた。

「いえ、イタルさんですよ」

達さんは伝説の人である。イタロウという名は私も聞いたためしがあったが、おそらく「潮来《いたこ》笠《がさ》」というその当時の大ヒット歌謡の歌詞から、子供らが取りちがえていたのだと思う。鈴木の家の男子は漢字一文字の名が多かった。

伯父や伯母が達さんの思い出を語るときには、必ず賞讃の前振りがついた。曰《いわ》く、誰よりも頭がよく、誰よりもハンサムで、まるで映画スターみたいな人だった、と。

しかし、その達さんが私たちとどのような関係にあるのかは知らなかった。歴代に多くの子があって、しかも近親婚がくり返されたから家系は複雑だった。説明されても子供にはわかりづらく、考えるのも面倒くさかった。

たとえば、そうしてちとせ伯母の夜話を聴いている子供らのうち何人かは、私のいとこではなく、伯母や母のいとこだった。つまり私には同じ齢ごろの叔父叔母があった。そんな具合だから、私と達さんの関係など、どうでもいいことだったのである。

「面倒でもはっきりさせておこうかね」

伯母が私の心を読んで、顔を覗きこみながらそう言った。

「達さんは明治二十七年午《うま》の生まれで、ほんとうなら鈴木の家を継ぐ人だったの。でも病気がちで体が弱かったから、神主の修行にはとても耐えられない。そこでヒゲのおじいさんは、達さんを東京の大学に出してね、あんたらのおばあさんにお婿さんをもらった」

私の記憶にはない祖父。山麓の旧家から婿に入り、カリスマの曾祖父によく仕えて、験力《げんりき》こそ身につかなかったが伎芸をよく修めたやさしい人。その祖父は明治十六年の生まれだから、達さんより十一歳も年かさだった。

なぜそんなにも早く実子をあきらめて養子を迎えたのだろうと思えば、それはおそらくヒゲのおじいさんが長男のはかない命を予見していたからにほかなるまい。神官の修行には耐えられないにせよ、東京の大学に出すほどの体力はあったのである。

「ねえ、おばさん――」

私はふと思いついて訊ねた。

「ヒゲのおじいさんは地震が来るって知ってたんでしょ」

「どうして」

「超能力者だから」

伯母は口元に手の甲を当ててハハッと笑った。

「そんな言い方するもんじゃあない。ヒゲのおじいさんには蔵王権現が降って狐払いをなすったのよ。でも、地震だの嵐だのはわからない」

自然はすなわち神そのものであるから、人間にはけっして予知などできないと、伯母は言ったのであろうか。

「ヒゲのおじいさんだけじゃなくって、鈴木の家には勘働きのする人が多いけれど、おかあさんも私も、達おじさんもわからなかった。山がゴオッと鳴って、いきなりグラリだもの。そりゃあ驚いた」

ちとせ伯母はきのうの出来事のように続けた。

*

余震は長く続いた。

そのつど悲鳴が飛び交い、物の落ちる音や壊れる音がしたが、剛直な木組みの屋敷はびくともしなかった。

御嶽山《みたけさん》は急峻な山肌に石垣を組んで平らかな土地を造り、その段々に山上御師の屋敷が三十余りも設《しつら》えられている。だから人々はみな、そうした石垣や土手が崩れて屋敷ごと埋まるか滑り落ちやしないかと懸念した。しかし余震の合間に男衆が出て検《あらた》めれば、あたりを千年の杉や欅《けやき》に鎧《よろ》われた勾配はどこも石くれが転げ落ちている程度で、一筋の地割れすら見当たらなかった。神様がお護り下すったのだと言いながら、人々は山頂の神社を仰いで掌を合わせた。

じきにその神社から、袴の股立《ももだ》ちを取った父が下りてきた。

表廊下から屋敷に上がるや、父は大声で家族の名をひとりひとり呼んだ。大黒柱のもとに集っていた義妹や娘たちは、まるで点呼のように手を挙げて返事をした。

「ちとせ」

「ハイ」と答えると父は、「どうもないな、足の裏も怪我はないな」と念を押した。

それでも父はよほど動顛《どうてん》していたらしく、いるはずのない幼い息子らの名を呼んだ。

「こうちゃんとつうちゃんは学校ですよ」

末の弟をあやしながら母が答えた。

「ああ、そうかそうか。学校ならば大丈夫だ。達《いたる》さんは」

寝巻姿のまま大階段に腰を下ろしていた達叔父は、明治の書生のような長髪をかき上げて、

「はいよ」と白い顔をもたげた。

「それよりも、にいさん。東京はどうなんでしょう」

父は頤《おとがい》を振った。母の妹たちであり達さんの姉妹にあたる鈴木家の娘らは東京市内の芝と小石川に嫁しており、ちとせの姉が行儀見習に出ている宮様御殿も永田町にあった。

「どうもこうも、電話が通じないから何もわからない。二俣尾《ふたまたお》の駅まで伝令を出すしかあるまいね」

父は読み書きのできる使用人を呼んで判紙と鉛筆を与え、駅や駐在所で話を集めてくるよう言いつけた。

そのころ山上の電話器は社務所にある一台きりだった。それが通じなければ事情は何ひとつ伝

わらない。むろんラジオ放送の開始は後年である。

祖父は奥の御神前で鎮魂《たましずめ》の祝詞《のりと》を上げていた。家族の心配をする父は当たり前の人間だが、祖父は神に近いのだとちとせは思った。

「何かわかったら知らせるから、気を揉まずに休んでなさい」

父は達さんをねぎらって言った。

「いやいや、にいさん。気がかりでとても眠れたもんじゃありません。僕はまァ、生きているか死んでいるかもわからん男ですが、こうちゃんは鈴木の跡取りだ」

たがいを気遣う二人の会話は、聞く人も気を遣った。

子供の時分からどうにも体の弱い達さんにかわって、一回りも齢上の父が婿養子に入ったのである。そしてこの年には跡とりの康《こう》をはじめ、三男二女を授かっていた。

「そんなことは言うもんじゃないよ、達さん。おもうさんの耳に入ったら癇癪《かんしゃく》玉が破裂する」

達叔父が弱音を吐き、祖父が叱りつけるという図は屋敷内の風景だった。よく似た気性の親子は口喧嘩までねちこくて、見かねた父か母が仲に割って入るまで終わらなかった。

「つるかめ、つるかめ」

大階段から尻を上げて奥の御神前を覗き、達さんは肩をすぼませてお道化《どけ》た。

むろん親子の仲が悪かったわけではない。早稲田の哲学科を出た倅《せがれ》と、狐落としの実践者である父とでは、話が合わなくて当たり前だった。

「さて、こうしていても始まりません。僕はそこいらを一回りしてきます」

「それは人を出せばいいことだ。達さんのすることじゃあない」

「こんなときでもなけりゃ、幼なじみに会うこともありません。思いがけずに元気な顔を見せてやりましょう」

達さんは肺病なので屋敷の外にはほとんど出ず、家族たちとも間《ま》を取って暮らしていた。もっとも、東京で胸を病んで山に帰ってくる人は珍しくもなかったから、こちらが気遣っているだけで他《はた》が嫌がっているというわけではなかった。御師の集落は神気に満ち、住人たちは寛容だった。

達さんは門長屋で袴を着け、長髪に櫛を入れて戻ってきた。来年は三十になろうというのに、絣《かすり》の着物と小倉袴が初々しかった。

「ちとせ、一緒に行っておやり」

母が心配そうに言った。門を抜けて杉林の径《みち》をたどる達さんは、杖にすがるというほどではないが、三本の細い足でちょこまかと歩んでいるように見えた。

ちとせは達さんの後を追って腕を支えた。おののくほどに痩せていた。

「やあ、ちいちゃんか。もう子供じゃないんだから」

と言って振りほどこうとする達さんの手を、ちとせは両手で握りとめた。

「おじさんは病人だからね。あたしは付き添い」

ときどき樹々の先を騒がせて山が揺れた。そのつどちとせは達さんの胸に顔を埋め、達さんはちとせの頭を抱きよせてくれた。

「ご近所まわりと言ったって、上り下りは一苦労さ。鳥居前に上がって水筒にご神水を入れてね、あとは休み休み歩いた。達《いたる》さんが血を喀《は》くんじゃないかって、気が気じゃなかったわ」

テレビもラジオもなく、電話線も切れてしまったのでは、どこの屋敷だろうと特別の情報が入るわけはない。たがいの無事を確かめ合い、東京に出ている家族や学校に行っている子供らの身を案ずるだけだった。

「やあやあ、達さん。元気そうじゃんか」

と、訪ねる家の人は口々に言った。達さんは東京の大学を出た学士様だが、けっして学問を鼻にかけたりしない如才ない人柄だった。御師の屋敷の門を通るときには、着物の両袖を摑んでポンと突き、袴の折目も正した。それから烏天狗《からすてんぐ》のような黒いマスクをかけ、いかにも元気を装った声で人を呼んだ。

「みなさんご無事ですかあ、鈴木の達《いたる》でございまあす」

日ごろ疎遠になっている山上の人々に自分の達者な姿を見せたかったんだろう、と伯母は悲しげに言った。

「ケーブルカーは」

掛け蒲団をはねのけて身を起こした子供が訊ねた。

「ケーブルカーが通ったのはその十年もあとだね。戦時中は鉄砲の玉になって、あんたらが生まれたころまた通ったのよ」

歩けば二時間の山道を一気に登るケーブルカーがない時代を、私はどうしても想像できなかった。それでも私の母やおじおばたちは、山麓の沢井の村にある小学校まで毎日通っていたのである。その苦労は母からも聞かされてはいたが、聞けば聞くほど現実味を欠いて、むしろ狐《きつね》憑《つ》きや天狗の話に近くなった。

「子供たちが小学校から帰ってきたのは、あたりが薄暗くなってからだったかしら。伝令に出た人が気を利かせて、沢井の小学校に寄って下すったの。それで御嶽山の子供らをぞろぞろ連れて帰ってきてくれた」

よかったァ、と胸を撫で下ろすような女の子の声がした。

満月が樹間に顕《あらわ》れると、座敷は青々とした海底《うなぞこ》の色に定まった。

＊

最も気がかりだった男子二人が無事に戻って屋敷は欣喜した。

達叔父とちとせが見舞に巡った限り、御師の屋敷はどこもさしたる損傷がなかったから、実は東京が大変なことになっていようなどとは誰も考えていなかった。

根が呑気者の父は言った。

「電気も電話もすぐには直るまいから、昔に戻ったと思ってのんびりやろうじゃあないか」

たしかに二十年ほど前まで、御嶽山には電気が来ていなかった。そののちも電灯は貧しいもので、人々は暗闇に親しんでいたから停電などは大した苦労ではなかった。

祖父の鎮魂《たましずめ》は続いていた。握り飯と香の物で非常の夕餉《ゆうげ》が設えられても、祖父の祓詞《はらえことば》は終わらなかった。

そうしている間にも余震は絶えなかった。大きく揺れれば蠟燭《ろうそく》や行灯《あんどん》の火を吹き消し、落ちつけばまた灯もすという面倒がくり返された。

ふいに大広間から悲鳴が上がった。御神前の火の番を言いつかっていた若い女中の声だった。人々が駆けつけると、お菊は大広間のまんまん中で腰を抜かしていた。

「どうしたの、おきくちゃん」

母が訊ねても、お菊は慄《ふる》えながら虚空を指さすばかりだった。祖父の祓詞に導かれて見えざるものが顕れでもしたかと、ちとせは母の肩ごしに首をすくめた。

しかし、狐や天狗のほうがよほどましだった。裏庭から望む関東平野が、紅蓮《ぐれん》に燃え盛っていたのである。

江戸時代に生まれた祖父は、北東に向かって豁《ひら》けたその眺望を、「武蔵一望」だの「一国一望」だのと讃えて扁額や軸に誂《あつら》えていた。それは旧国名の「武蔵」すなわち東京と埼玉を一望するという意味であり、武蔵御嶽《むさしみたけ》神社の神官の館にふさわしい景観だという自讃でもあった。

晴れた晩には都会の灯火が細石《さざれいし》のように望まれるが、きょうばかりは一面が漆黒の闇であった。

眼下を行き来するのは、奥多摩街道を往還する自動車の前灯で、ほかには光という光がなかった。

そしてその闇の先に、緋毛氈《ひもうせん》でも拡げたような、そうと教えられなければわからぬほど厚く大きく、炎が敷きつめられていたのである。

日のあるうちは雲がかかって見えなかったのか、さもなければ雲だと思っていたのは煙だったのか。

東京があかあかと燃えていた。夜の竈《かまど》の燠火《おきび》のように。

「きれいなもんだ」

ちとせの肩に手を置いて、達さんが呟いた。

「そんなこと、言うもんじゃない」

母が大声で叱った。ある人はその場にへこたれ、ある人は佇んだまま、みんなして眼前に拡げられた闇の絵巻を見つめていた。

「きれいなものをきれいと言って、どこが悪いんだい、ねえさん」

達さんの物言いは力強かった。ちとせの背中に鼓動が伝わり、血の滾《たぎ》りすら感じられた。おじさんは軽口を叩いたわけではなく、何か思うところあってそんな言い方をしたのだ、とちとせは信じた。

「だって、あんた。トキちゃんもキヨちゃんも東京にいるんだよ。シノだって行儀見習に出ているのよ」

「承知してます。しかし、ねえさん。地震も火事も、みんな神様の領分ですよ。僕らが泣いたり騒いだりしてどうなるものでもありますまい。だったらせめて人間らしく、きれいなものはきれいでいいじゃありませんか」

達叔父の言い分が、ちとせにはよくわからなかった。だがその強い声からは、胸の底に蟠《わだかま》ることのうえなく正当な怒りが感じられた。

ふいに祖父の祈禱《きとう》がやんだ。

「達《いたる》、それくらいにしておけ」

おじいさんはやり場のない息子の気持ちをお見通しなのだ。

屋敷はそれきりしんと静まって、遥かな熾を望むばかりの長い夜が来た。

＊

伯母は話しながら指を折った。

「東京にお嫁入りしたトキおばさんにキヨおばさん。宮様御殿に上がっていたシノねえさん。みなさん今もお元気で何より」

鈴木の家は男が立たぬ女系家族で、私にはとっさに数え切れぬほど多くの大おばやおばがいた。

「じゃあ、誰も死ななかったんだね。よかった」

いとこが言った。いつもの怖い話とは色がちがうせいか、子供らはみな目覚めているらしかった。

不穏な沈黙のあとで、伯母は溜息まじりに言った。

「亡くなったおじさんがいらした」

誰かが「イタルさん？」と訊ねた。伯母はかぶりを振った。達叔父がいつ亡くなったのかは知らないが、震災の犠牲者でないことだけはたしかだった。

「そうじゃなくてね、畏《かしこ》さんという人よ。ほらかしこみかしこみまをすのかしこさん。達さんの弟、私の叔父さん。明治四十年の未《ひつじ》の生まれだったから、私より少し齢上なだけで、シノねえさんよりひとつ上だった。だから姪とおじさんが手を繋いで学校に通っていたの」

「変なの」と誰かが言った。子沢山の時代の家族は子供らの理解を超えていた。

「あれ。だったらさあ、おばさん。その畏さんが神主になるんじゃないの」

同い年のいとこが言った。伯母の影がこくりと肯《うなず》いた。

「達さんをあきらめて婿養子をもらってから畏さんが生まれたのよ。ヒゲのおじいさんもおばあさんも四十を過ぎて授かった子供だから、ちょいと恥ずかしかったんだろうね。講社のお客さんなんかは孫だと思ってたけど、そう思わせておいたほうが納まりはいいやね」

長男の達さんは体が弱くて神職を継げず、末息子の畏さんはよもやまさかの授かりものだった。早めの婿取りは家を無事に存続させるための手堅い方法だろうが、養子の祖父は居場所を失った二人の義弟に、よほど気を遣ったことだろう。

「達さんと畏さんは一回りも齢《とし》が離れた兄弟だけれど、とてもよく似ていた。どっちも頭がよくてハンサムで――」

それから伯母の話は、ふいに山を下って思いがけぬ方向に飛んだ。

＊

畏《かしこ》は東京の縁者の家に寄宿して府立中学を出た。

姉が婿養子を迎えたからには自立しなければならなかった。ならば兄の達《いたる》と同様に高校にも大学にも進んで、役人かお堅い勤め人になるべきなのだろうが、東京で暮らす間に夢を抱いた。

日本が欧洲列強と肩を並べて世界の一等強国となったそのころ、洋服の仕立職人は特別の職業になっていた。中学校の帰途や休日の外出の折など、通りすがったテーラーの窓ごしに覗き見ていつまでも飽かぬくらい、畏は仕立屋に憧れた。

周囲からの反対はなかった。それどころか講社の世話人が仲に立って、横浜山下町のテーラーに徒弟として雇われた。

使い走りの小僧にはちがいないが、職業がら背広一式が与えられた。中学卒も立派な学歴だった。

山家育ちだが躾が行き届き、色白で見目《みめ》のよい畏は店の人気者だった。手先が器用なのは鈴木の家の血で、英語も得意だったから何かにつけ重宝された。

十六歳の畏の前途は、それなりに洋々たるものと言ってよかった。

ところで、ちとせの記憶する限り、九月一日の震災に際して畏の心配をした人はいなかった。そこには御嶽山に住まう人々の奇妙な思いちがいが働いていた。

屋敷の裏廊下から東京は一望されるが、真東に聳《そび》える日の出山が横浜の町も港も隠していた。左手には東京、右手には江ノ島まで見えても、横浜という場所は社殿まで登るか日の出山の頂上に立たぬ限り視野に入らなかった。だから人々はどうしたわけか、横浜が東京からずっと離れた、江ノ島よりもまだ遠いところにあるように思っていた。

その錯覚には横浜という土地柄の持つ異国情緒が加担しており、あるいは軍港として名高い横須賀と混同する向きもあったかもしれない。

地震の翌《あく》る朝、日の出山まで見張りに出ていた人が報《しら》せてくれた。横浜が丸焼けだと。日の出山の見晴台からは横浜の大火事が真正面に見えたのである。

それでやっと、人々は畏の無事を願い始めた。

しかし依然として、山上には情報のかけらももたらされなかった。いつに変わらず秋蟬が鳴き、たまに森を騒がせて山が揺らぐほかには、誰も彼も盲《めし》い聾《みみし》いたまま無為の時間が過ぎていった。

ようやく下界からの使者がやってきたのは、九月二日の夕まぐれだった。

地震のときには打つ間もなかった半鐘が鳴り渡った。拍子には大宮司の屋敷に集まれ、という符牒《ふちょう》がこめられていた。

大広間で神官たちを待っていたのは、村役場の戸籍係だという若い吏員と、とっくに引退したはずの老巡査だった。浄衣を着た三十人もの神官に囲まれただけで、二人は貰い猫のようにちぢこまってしまった。役場も警察もてんてこまいで、人手が足らないのは明らかだった。

挨拶もそこそこに、若い吏員が手帳を開いて言った。

「本日十四時、東京市および府下五郡に戒厳令が布告されました。明日にはこの御嶽山をはじめ府下全域も戒厳令下に入るとの予報がありましたのでご承知おき下さい」

神官たちはどよめいた。天皇陛下のご命令により、一時的な軍政が敷かれたのである。

それから吏員は、滴る汗を腰手拭でしきりに拭きながら、東京が地震と火災で壊滅状態にあることや、軍隊に動員がかかって被災者の救出や治安の維持にあたっていることを簡潔に語った。いや簡潔も何も、吏員の表情から察して詳細はわかっていないのだろうと誰もが感じた。

そこで話は若い吏員から老巡査に引き継がれた。沢井の駐在所にいたこともあるその人は神官たちも見知っていた。そうした縁で古い制服を引っ張り出し、非職の身でありながら老骨に鞭《むち》うって山を登ってきたのだった。

老巡査は神官の誰もが思いもしなかったことを、唐突に語り始めた。

「天災は致し方ないとしても、実は困ったことが起こりましてなあ。地震のどさくさに乗じて不逞鮮人が暴動を起こしまして、あちこちに火をつけたり、爆弾を投げたり、井戸に毒薬を投げこんだりしておるのです」

大広間はふたたびどよめいた。「不逞鮮人」とは日本からの独立をめざす朝鮮人の呼称だが、そのころはアナーキストやコミュニストとひとからげに国家転覆を目論《もくろ》む危険分子とされていた。よって「不逞」なのである。

折り悪しく強い揺り返しがきて、大宮司の立派な屋敷がみしみしと軋《きし》んだ。

余震が収まるのを待ってから老巡査は話を続けた。

「暴動は川崎あたりで始まりまして、半分は横浜を襲ってさんざんに暴れ回り、半分は多摩川を越えて蒲田、大森あたりまで来ておるそうです」

「それは大ごとだ」と神主のひとりが太い声で言った。

「戒厳令はそのためですな。地震そのものではなく、不逞鮮人の暴動を鎮圧するためですな」

「まあ、そういうことでありましょうが、話はそれだけでは終わらんのです」

老巡査の声はくたびれてしまった。二時間もかけて山を登り、天下の一大事を伝える膂力《りょりょく》は残っていないようだった。

そこで若い吏員が膝立って、両手で人々を鎮めながら話の続きを引き受けた。

「不逞鮮人の一部は多摩川の土手ぞいに進みまして、府中の大國魂《おおくにたま》神社を焼き打ちしたあと、この御嶽山をめざしております」

言い終わらぬうちに驚きの声が上がり、あまりのことに腰を浮かせる人もあった。

「それを早く言わんか。呑気に構えている場合ではなかろう」

怒鳴りながら駆け出てゆく人もあった。大國魂神社は武蔵国の総社とされ、多摩川の上下《かみしも》という地縁もあって、武蔵御嶽神社とのつながりは深かった。

吏員は両手を口に当てて声を裏返しながら言った。

「お静まり下さい。大変なことではありますが、軍も警察も手が足りません。ここは大宮司様以下、御師のみなみなさんが心をひとつにして御嶽神社をお護り下さい」

つまり、住民が結束して不逞鮮人を迎え撃て、というお達しなのである。

誰も妙には思わなかった。まんじりともせずに夜を明かし、業火に灼かれる東京を手に取るように眺め、しかもその炎の中に多かれ少なかれどの屋敷も家族の誰かしらがいるのである。

「六所宮《ろくしょのみや》が焼かれたのはいつですか」

質問が飛んだ。六所宮は大國魂神社の別称である。吏員は老巡査と何やら囁きかわしてから答えた。

「詳しい時間は警察でもわかりませんが、きのうのうちです」

青梅《おうめ》まで鉄道が来たのは明治二十七年で、それまではどこへ行くにしても人の足だった。日の出山を下って五日市から八王子へとたどれば、府中の六所宮まで一日の行程だということぐらい、年長者ならば誰でも知っていた。

「きのうのきょうなら、いつ攻め上ってくるかもわからんじゃないか」

「こうしてはおられんぞ。神社を護ろう」

そのようなことを口々に言いながら、神官たちがこぞって立ち上がりかけたとき、たいそう間がよく声がかかった。

「ありえん、ありえん、そいつはデマゴーグにちがいありません。みなさん、落ちつきなさい」

大広間の廊下に烏天狗のようなマスクをかけた長髪の男が佇んでいた。

「知らん人だが、どちらのお方かね」

怪しみながら老巡査が訊ねた。

「はあ。鈴木一宮《かずみや》の倅で、達《いたる》と申します」

久しく会わぬ人もあったのだろう、あれこれと噂する声が拡がった。

「東京の大学に行ってらした先生だわ」と言う人がおり、達は答えて「いえいえ、そんなたいそうなもんじゃあありません」と、マスクをはずして豊かな髪をかき上げた。

その手で若い吏員を指さしながら達は思いがけぬことを言った。

「あんた、信じとらんでしょう。流言飛語の類《たぐい》だと思っとるでしょう。だったら自分の考えをきちんと述べるべきだ」

吏員は答えずに達から視線をそらし、厚い近眼鏡をはずして汗を拭った。

虚弱で神職を継ぐことはできなかったものの、達には父ゆずりの験力《げんりき》が備わっていた。このときも人間ではない何ものかが、達の手を引いて大宮司の屋敷に導き、廊下の隅でともに話を聞きながら、人ならぬ声で囁いたのだった。

あの男は信じていない。上からの言いつけに逆らえないだけだ、と。

大広間に居並んでいた義兄が振り返って叱りつけた。

「達さん、無礼を言うもんじゃあない。いくらか学があるからといって図に乗るんじゃあないよ。お役人も駐在さんも、神社の無事を願って駆けつけて下すったんだ」

二人の関係を知らぬ人はなかった。山上の人々や老巡査はむろんのこと、村役場の戸籍係ならば地方の名士たる山上御師の家族関係ぐらいは把握しているはずだった。まして達に代わって婿養子に入った人の実家は、村の税金を一人で納めているほどの素封家である。

老巡査がにじり寄って尋ねた。

「鈴木の御師様。よもやと思うが達さんは、東京の大学で悪い風にでも吹かれたんじゃああるまいね」

「胸を患いまして」

「いや、そうじゃあなくって。ほれ、無政府主義だの社会主義だのという物騒な連中の仲間入りをなすったんじゃなかろうね」

「ああ、そんなこたァありません。しごくまっとうに、カントだのデカルトだのって難しい学問をね」

温厚な人柄の義兄がきつい言葉で叱ったのはよほど意想外であったのか、達は少し押し黙ってからいくらか声音を改めて言った。

「みなさんも、よおくお考え下さい。暴動というのは、あらかじめ緊密な連絡のもとに計画されなければ起こりえない。さもなくば日露戦役のあとの日比谷焼き打ち事件のように、大きな集会の流れが暴発したかのどちらかでしょう。地震のどさくさに乗じて不逞鮮人の暴動が起こるとしたら、彼らだけが大地震を予知していたことになりゃしませんか。だから僕は、そんな話はありえんと言っとるんです。デマゴーグに決まってます」

一気にまくし立ててから、達はつらそうに息をついた。

「だったら達さん、どうしてそんなデマが拡がるんだね」

神官のひとりが訊ねた。

「天災は誰のせいでもないからですよ。だが誰かのせいにしなけりゃ気がすまない。神様のせいだと言うんなら、焼かれても仕様がないでしょう」

この一言はさすがに聞き捨てならなかった。神官たちは憤り、口々に達《いたる》を罵《ののし》った。

「何だと、もういっぺん言ってみろ」

「御師の息子が恥を知れ」

「穀潰しが」

「大学で何の勉強をしてきた」

しかし達は怯まなかった。小倉袴の腹に指をさしこんで、まるで明治時代の壮士のように大声で言った。

「朝鮮人のせいにするくらいなら、神様のせいにしたほうがよほどましだ。ちがうか」

身も心もくたびれ果てた人々には、達の主張の正当さがわからなかった。

もしそのとき達が激しく咳きこんで血を喀《は》かなかったら、殴り倒されていただろう。

義兄は人を押しのけて駆け寄り、血にまみれるのも厭わずに達を抱き留めた。

「この通り、病気が言わしておるのです。どうか勘忍してやって下さいまし」

それをしおに、人々はいそいそと大宮司の屋敷を後にした。崇神天皇の御代から二千年余りの歴史がある武蔵御嶽神社は、太古から仕える彼らが守り抜かねばならなかった。

「きつい言い方をしてすまなかったな。みなさん気が立っていたから、ああでも言わなけりゃ収まりがつかない」

「すみません、にいさん」と、達は柱に背中を預けたままようやく言った。

「あんたの声は神様のお声だったよ。よくぞ言ってくれた」

廊下の血を拭いながらそう言う義兄の声こそ、神様のお声だった。

＊

「見てきたように言うけどね、あらましはのちのち聞いた話よ。私はあんたらのおじいさんに支えられて帰ってきた血まみれの達おじさんを介抱しただけ。姪ッ子に肺病をうつしやしないかって、おじさんはそればかり心配してらした。そばに寄るな、あっち行ってろって、そんなこと言われたってねえ」

ちとせ伯母は何を思い出したのか、俯いて洟《はな》をすすった。話は止まってしまったが、先をせかす子供はいなかった。

私たちはみな年に一度のツベルクリン検査のつど、結核という病の怖ろしさを聞かされていた。いや、聞くまでもなくどこの家にも、その病気で亡くなった人がいた。ストレプトマイシンという薬が登場するまでは、不治の病とされていたことも知っていた。つまりかつては業病である以前にあまりにも身近な病であったから、ちとせ伯母は達さんの介抱を厭わなかったのだろう。

だからそのときの達さんと祖父や伯母のやりとりは、日常からすっかり死を排除して暮らす私たちの思い及ぶところではない。そして実は、関東大震災で喪われた十万の命も、デマゴーグによって奪われた六千を超すともいう命も、やはり私たちの思い及ぶところではない。しかしいかに思い及ばざるとも、思い致さねばならぬのが歴史である。

ややあって、伯母は黒い着物の背筋をすっくりと伸ばした。

「日のあるうちにまた半鐘が鳴ったので、鳥居前の広場に行ってみるとね、青年団のみなさんが勇ましいなりをして集まっていた。刀をさして槍を立てたり、猟銃を担いだり、中には家伝の鎧甲をつけてる人もいらした。ほら、日の出祭でみなさん鎧甲で道中をなさるだろ。なにしろ神社あってこその御嶽山だからね。達おじさんの言ったことなんて、誰も気に留めちゃいなかった」

闇の中でハーイと手が挙がった。伯母は学校の先生のように指名をして子供らを笑わせた。

「あのさ、どうして朝鮮人が攻めてくるの」

伯母はしばらく言葉を択《えら》んだ。

「いじめっ子はね、仕返しが怖いのよ。あんたらも弱い者いじめをしちゃいけないよ。怖い思いもするし、まかりまちがえば大変なことになるかもしれない」

子供らが何となく了簡したのは、それぞれが年長者の口から、朝鮮人に対する悪口雑言《あっこうぞうごん》を聞いていたからである。そうした時代にあって、伯母の譬《たと》えは適切だった。

朝鮮人が攻めてくる。

ちとせ伯母の懐旧譚を聞きながら私たちが覚えた心のどよめきは、四十数年前に震災下の日本人が等しく抱いた恐怖心と同じだったかもしれない。

＊

九月三日の朝早く、達叔父は周囲が止めるのも聞かずに屋敷を出た。女中のお菊が付き添い、ちとせも後をついていった。

御嶽山は深い霧にくるまれていた。大鳥居の先に見上げる随身門《ずいしんもん》の赤も薄ぼんやりとしか見えず、広場には篝火《かがりび》が焚かれていた。

「タレかッ！」と声がかかり、達さんが名乗った。霧の中から現れた人は具足の胴だけを着け、手槍を立てていた。

かつて御嶽山の御師は、徳川幕府から奥多摩道中の護りを命ぜられていたから、どこの家にも武具甲冑《かっちゅう》の類があって、春の大祭にはそれぞれの当主が武者のみなりで練り歩いた。大正軍縮の時代だから兵役に出た若者はなかったが、少し年長には日露戦争に動員された人もあった。あちこちに土嚢《どのう》を積んだ陣地が設けられているのは、その人たちの指導によるらしかった。

達叔父はそうした陣地をめぐって、朝鮮人の来襲などけっしてないから家に戻って休めと説いた。陣地は随身門の下にも置かれ、石段を登れば頂上の本殿に至るまで、参道のあちこちに築られていた。一晩でよくもここまでと思える作業はまだ続いていた。

たったひとりの説得に耳を貸す者はなかった。見るに見かねてお菊が言った。

「達《いたる》さん、言ったところで始まりませんよ、来なけりゃ来ないでけっこうじゃないですか」

しかし達叔父は細い顎を振った。

「それはちがうよ、菊ちゃん。来るか来ないかの話じゃない。疑うことがいけないんだ。だからこんなことをしてはならない。それに、誰が聞いてくれなくたって、僕は言わなければいけない」

深い霧の向こうから、日本 武 尊《やまとたけるのみこと》がそうおっしゃっているように思えた。

それから達さんは、神社の裏手の水源に向かった。山々から出る清水を蒐《あつ》めて宿坊に供給する池泉を、たくましい若者たちが守っていた。朝鮮人が井戸に毒を投げ入れている、という噂のせいだった。

誰何《すいか》をされて達さんは名乗った。すると、抜き身を提《ひっさ》げた若者が、寄らば斬るぞとでも言わんばかりに近寄ってきた。お菊とちとせは二人して達さんをかばった。

「ははあ。おまえさんかね、御師様に匿《かくま》われている社会主義者は」

とんと見かけぬ顔だから、加勢にきた山下の人だろうか。知らぬ人が噂だけを聞いているのは殆《あやう》い話だった。

それでも達さんは懸命の説得を始めた。すべては流言飛語で、朝鮮人が御嶽山を攻める恨みなど何もないのだ、と。

若者たちはろくに聞こうともせず、しまいには刀の切先《きっさき》を達さんに向けた。

「みんなのやる気を挫《くじ》くような真似はしなさんな。病人は病人らしく帰って寝るがいい。この、役立たずが」

そこからの達さんは、お菊とちとせに両脇を支えられて、よろぼい歩く有様だった。それでも屋敷に戻ろうとはしなかった。いったい何がこんなにもおじさんを頑張らせているのだろうとちとせは考えた。少なくとも、おじさんの得になることは何ひとつなく、ただ命をすり減らしているだけに思えた。ならばおじさんは、長患いで自棄《やけ》を起こしているのではないか、と思った。

鳥居前から下る町場のみやげ物屋は雨戸を閉て《た》て人の気配もなく、そこから折れて山一番の急坂を下りると、神代欅《じんだいけやき》の聳える岐《わか》れ道だった。茶店の前にひときわ大きな陣地が築かれていた。要衝に拠る人々は急坂をよろめきながら下りてくる達叔父を、あんぐりと見上げていた。

山の頂から白い絹を解いたような霧が流れ落ちて、篝火や槍の穂先や酒樽を巻き、積み上げられた土嚢を乗り越えて過ぎていった。

精も根も尽き果てた達さんは泣く泣く言った。

「なあ、みなさん。よおっく考えてくれ。このデマは、たちが悪すぎる。真理は数の多寡《たか》じゃあない。自分自身に問うてくれ」

熱り《いき》立つ人々から達さんを庇《かば》ったのは、同い年の神官だった。彼は幼なじみを背に負って鈴木の屋敷へと送り届けてくれた。

門前には白髯を撫《ぶ》しながら祖父が待っていた。

「達。気がすんだか」

山々に谺《こだま》するような冴えざえとした声で祖父は言った。

＊

「話はそれでおしまい」

えー、と子供らは不平を声にした。

「だって、何も起こらなかったんだから話にならない。その日も翌《あく》る日も、そのまた次の日も朝鮮人はやってこなかった」

なーんだ、とまた声が揃った。するとちとせ伯母は、「なーんだ、じゃないのよ」と子供らをたしなめた。

「何も起こらなかったのは、とても幸せなことなのよ。あんたらも、何も起きないからって退屈するんじゃあない。それこそ神様に感謝しなくちゃ。いいね、何かをいただけるのはご利益じゃないのよ。何も起きないのがご利益。その間によく勉強をして体も鍛えて、立派な人におなんなさい」

ちとせ伯母はそれから長いこと、子供らを見守るように黙って座っていた。そしていくつもの寝息が重なったころになって、終わったはずの話の先を続けた。

幼い子らが眠り、齢かさの子らが残るころあいを、伯母は計っていたのかもしれない。

大正の大地震にも砕けなかったガラス窓は海底《うなぞこ》の色に歪んで、悲しい話を余計に青ざめた悲しみで染めた。

＊

達伯父《いたるおじ》はその年の十二月のかかりに亡くなった。

肺病患者が息を引き取るときは黴菌《ばいきん》が散ると言い伝えられていて、家族は末期の牀《とこ》から襖を隔てた座敷に集まり、枕辺には前夜から泊まりこんでいた医師のほかに、女中のお菊が願い出て座っていた。

臨終は早朝だった。医師が脈を取りながらそう告げる前に、祖父は家族に向き直って「神上がります」と言った。

それから祖父は忌色《いみじき》の衣に着替え、御神前にかしこまって昇霊の祭文を宣《の》り始めた。父は遺体の足元にうなだれて動かなかった。

目と口を半開きにした死顔がいかにも無念そうで、ちとせは正視できなかったが、ひとりお菊はその顔を撫でさすって、どうかなってしまうのではないかと思うほど嘆きに嘆いていた。

養生していた門長屋の小部屋は、始末のよい達さんらしくきちんと整頓されていたが、それは日ごろからお菊が片付けていたのだとのちになって知った。

そういえば、月に一度早稲田の下宿を訪ねて金品を届け、掃除や繕い物をするのは定めてお菊の役目だった。二人の間に主従の矩《のり》を踰《こ》えた情が通っていたのかどうか、ちとせは知らない。むろん、主従であるからには詮索も噂も禁忌だった。だからお菊の尋常ならざる嘆きようを見ても、慰める人はいなかった。

それからのお菊については憶えがない。ちとせが行儀見習に出た翌春には、もう屋敷にいなかったと思う。

昇霊の夜も更けたころ、神社の大太鼓がドンとひとつ鳴った。神官が身罷《みまか》った夜には太鼓が鳴るという言い伝え通りだった。達さんは神主になれなかったが、神様みたいな人だから太鼓も鳴るのだろうとちとせは思った。

もひとつ、ふしぎがあった。

よく晴れた冬の朝、裏廊下の雨戸を送っていると、目の前を真白な鳥がよぎった。女中たちは鷺《さぎ》だと言ったが、ちとせにはどうしても白鳥に見えた。達さんの魂は八尋《やひろ》の大白鳥になって高天原《たかまがはら》に昇るのだと思った。関東平野は何ごともなく静まって、空の青が眩《まばゆ》いほどだった。


達さんの葬祭をおえて間もなく、もうひとつの訃報がもたらされた。

年の瀬になってようやく復旧した社務所の電話が、畏《かしこ》さんの不幸を報《しら》せたのだった。

震災のあと、祖父と父はかわりばんこに横浜を訪ねて消息を探っていたのだが、行方は杳《よう》として知れなかった。

雇い主も番頭も亡くなっており、生き残りの店員が言うことには、グランドホテルに滞在している外国人に仕立て上がった背広を届けに出たきり行方しれずになったという。

横浜は市内の六割が焼け、二万三千人余りが命を落とした。山の手が焼けなかった東京よりもむしろ悲惨で、わけても港に近い山下町の界隈は、逃げ場のない地獄絵図だったと聞いた。

訃報と言っても、遺体が見つかったわけではない。震災から三月もたって、もはや生存の希《のぞ》みは断たれたのだから、年内に届出をすましてほしい、という横浜市役所からの連絡だった。それは相談ではなく命令であり、すなわち公式の死亡宣告だった。よって「訃報」であり「不幸」なのだった。

祖父はひとりで横浜に向かい、グランドホテルの瓦礫を骨箱に納めて帰ってきた。泣き崩れる家族を見渡して、「四十の恥じかきっ子を十六で死なせてしまった」と言った。祖父の胸中を慮《おもんぱか》って家族は泣きやんだ。

それから祖父は斎戒沐浴して死亡届を書いた。十二月二十八日の御用納めまでに届け出なければ区切りがつかなかった。長男と末息子の二人を失ったこの年に、すべての凶事を封じこめようと祖父は考えたにちがいなかった。

ちとせは祖父のかたわらで墨をすり、どのような祭文にもまして美しい祖父の筆跡を見届けた。

おそらく祖父は、二人の実子が短命であることを予知して、父を養子に迎えたのだとちとせは思った。

鈴木　畏　明治四拾年参月拾九日出生
大正拾弐年九月壱日正午拾弐時　横濱市山下町百六拾五番地ニ於テ死亡
戸主鈴木一宮届出

横浜市山下町一六五番地という畏叔父の終《つい》の場所が、住み込んで働いていたテーラーであるのか、背広を届けたグランドホテルであるのか、祖父に訊ねることは憚《はばか》られた。

＊

「今度こそおしまいだよ」

ちとせ伯母は子供らの蒲団の襟を斉《ととの》え、衣ずれの音を残して去っていった。

森に囲まれた小さな星空をうつらうつらと見ながらふと考えた。

御嶽山の夜話は昔から続くならわしで、ちとせ伯母が子供のころにはべつの語り部がおり、その人が子供のころにはさらに上の媼《おうな》が、昔話を聞かせたのではないか、と。

ならば話は時代とともに次々と使い捨てられてゆくのだろうが、するとまたべつの話が次々と生まれて、ときの子供らを飽きさせせぬにちがいなかった。

睡気に抗《あらが》いながら二人の大叔父を夢想した。山上の不便で大正時代に生きた二人の写真はない。だから私のうちで達叔父は日本武尊の化身に、畏叔父はハンチングと背広姿で横浜の町を流す妖精になった。

そして想像をたくましくしながら、今さら彼らとの血の繋がりに気付いた。それはちとせ伯母の話の深い場所に祀《まつ》られた最も肝心な部分に思えた。

夜風が過ぎて太古の樹々が撓《たわ》み、山が揺らいだような気がしたが、夢の妨げにはならなかった。神坐《いま》す山は何ごともなく更けていった。

1910年の韓国併合以後、日本では朝鮮出身者の略称として「鮮人」と呼ぶようになりました。背景には朝鮮出身者に対する優越意識や侮蔑の感情があり、現在では「鮮人」は民族的差別表現とされていますが、本書では、時代性を鑑み使用しております。ご理解のほど宜しくお願いいたします。（編集部）

長いあとがき　あるいは
神上《かむあが》りましし諸人《もろびと》の話

御嶽山《みたけさん》の祖父は記憶にない。

脳卒中で亡くなったのは昭和二十八年の正月明けで、訃報に接した母は取るものもとりあえず、兄の手を引き私を背負って実家に駆けつけた。

中野の家を出るときは好天の日和であったものが、青梅線《おうめ》の中途から空が翳《かげ》って、御嶽駅に降り立ったころにはまさかの大雪となった。ケーブルの先からは喪服の裾《すそ》を端折《はしょ》り、草履《ぞうり》を懐に押しこんだ足袋裸足だったという。

祖父は十八人もの孫に恵まれた。母親が幼な子をかたときも手放さぬ時代の話だから、屋敷は保育所のような有様になった。親たちは動顛《どうてん》しており、赤ん坊は顔立ちがよく似ているので、いったい誰の子供やらわからなかった。

そこで、どこの子供だっていいじゃあないか、どれもおじいさんの孫にはちがいないのだから、という話になって、手の空いた母親が泣いている赤ん坊に、かまわず乳を与えたらしい。

同年配のいとこたちは、等しく爺《じい》と媼《おうな》になった今でも、兄弟姉妹のように似ている。顔立ちばかりか、身丈も体つきも同じである。

おそらくそれは、遠い昔からくり返されてきた近親婚の結果なのだろう。嫁取り婿取りをするのは、ほんのいくつかの旧家と定まっていて、私の世代ですらその例は多かった。家系図などは複雑すぎて書きようがない。

母の世代までは忠実にそのならわしに従っていたから、遺伝子が重複している私のいとこたちは、みなよく似ているのである。

私の母は笑えぬ冗談を言う人だった。祖父の葬儀の折の混乱を口癖のように語ったのだが、話の落ちはいつも決まっていた。

「だからおまえは、おかあさんの子供じゃないかもしれない」

耳を塞ぎたくなるような冗談である。橋の下から拾ってきた、などという伝説とはわけがちがう。祖父の葬儀という疑いようもないディテールののちにそうと聞けば、ミステリーの意外などんでん返しを読んだように、私は慄《ふる》え上がったものだった。

もしかしたら、映画女優のように奔放で華やかな人生を送った母は、当たり前の母性を欠いていたのかもしれぬ。あるいは、そうした人生に不要な母性を、みずから排除していたとも思える。

悲しいことに母は、手本とするべき自分自身の母の記憶を持たなかった。イツという私の祖母は、まるで国生みの女神のように、あまたの子らを生み落として死んだ。末から二人目にあたる私の母は、おのれの母を知らなかった。

よほど慎ましい人であったのだろうか、祖母の写真は遺影とされた一葉しか知らない。

手探りで母性を探し求めた母は、とうとう探しあぐねて、根之堅州国《ねのかたすくに》に身罷《みまか》った母神を慕う素《す》素戔嗚尊《さのおのみこと》のように泣き暮らしたあげく、あとさきかまわず出奔してしまったように思える。それからの母は、終生美貌を失わぬ、高貴で荒ぶる神だった。

祖母に先立たれた祖父は、二十年の歳月を独身で通した。

いつのことかは知らぬが、その間に後添を娶《めと》る話もあった。何でも先方は、鎌倉の著名な古刹《こさつ》であったらしい。

神主の家に禅寺の娘か、とも思うのだが、明治の神仏分離令までは御嶽山にも曹洞宗の別当寺が存在していたのだから、さほど奇縁ではなかったのだろう。

破談となった経緯は知らない。おそらく、幼な子を抱える祖父を見るに見かねた周囲がお膳立てをしたのに、律義者の本人が了簡しなかったのだろう。

祖父母はたいそう仲の良い夫婦だったと伝わるから、操を立てたとも思えるし、また入婿の立場を慮《おもんぱか》ったとも思える。

ほかの理由が考えられぬことには、破談となったあとも、その古刹の女性とは一族こぞっての親類付き合いが続いていた。

彼女は「鎌倉のおばさん」と呼ばれていた。私も一度だけ会った記憶があるのだが、御嶽山でたまたま出会ったのか、私が母に連れられて鎌倉の寺を訪ねたのかも定かではない。

ただ、静まり返った清浄な奥座敷で、とても貴い感じのする老女が、仏様のような笑顔で私に語りかけてくれたことだけを憶えている。

「どこそこのおばさん」と称される人は数え切れぬほどいたので、私はよほど齢《とし》が行くまで、鎌倉にも親類がいるのだとばかり思っていた。

その人はきっと、破談になったあとも妻を失った男や母のない子らを、気遣ってくれていたのだろう。祖父の亡くなったあとも交誼《こうぎ》は続いていたのだから、生涯を独身として過ごしたことになる。

神の潔癖と仏の慈悲が、そもそも相容れなかったのだろうか。

彼女の正体を知ったあと、もし祖父との縁が結ばれていたなら母の人生も変わっていただろうと考えた。


御嶽山の屋敷に、「与平さん」と呼ばれる使用人がいた。

苗字すら知らなかった。年齢はどうかすると六十を過ぎて見えたが、夏の盛りに半裸で山仕事から戻ってくる姿などは、筋骨隆々とした壮年だった。私が物心ついたころから成人するまで、その印象は時を止めたように少しも変わらなかった。

講社講中《こうじゅう》の登山が華やかだったころには、屋敷にも男女の使用人が大勢いたらしい。御嶽神社は官幣大社《かんぺいたいしゃ》に格付けされていたから、賓客を迎えるために板前とコックまで住みこんでいた。

与平さんはどうやら、そうした旧《ふる》き良き時代の生き残りであるらしかった。

屋敷の北側の、押せば倒れてしまいそうな小屋が彼の住まいだった。歪んだガラス窓から中を窺うと、反り返った板敷に囲炉裏《いろり》が切ってあり、万年床の向こうに急な梯子段が架かっていた。

その小屋はおそらく、かつて多くの使用人たちが起居した場所で、時代に取り残された与平さんだけが専有していたのだろう。

二つの蔵と、長屋門の袖部屋と、天井裏のお蚕《かいこ》部屋と、与平さんの小屋は、子供らが勝手に立ち入ってはならない場所だった。いや、誰が禁忌としたわけでもないのだが、神の宿る母屋の清浄さに比べて、それらは子供心にも穢れている場所のように思えたからだった。

与平さんは隻眼《せきがん》だった。そのせいで片方の眼光が鋭く、まるで山賊のような悪相に見えた。感情はまったく色に顕《あらわ》れなかった。そういう人物だから、子供らは彼を使用人とも思わず、屋敷の中の動く風景のように捉えていた。

朝早く、まだ明けやらぬ時刻に、与平さんは台所の端の勝手口に腰を下ろしている。何をするでもなく、いつまでもじっとそうしている。

そのうち手の空いた女中が、盛り切りのどんぶり飯に一汁一菜の箱膳を据える。与平さんはたちまち食事をおえると、刻み莨《たばこ》を一服つけ、悠然と山に向かう。

昼食も同様だった。いったん屋敷に帰ると、おしきせの箱膳で飯を食い、莨を一服つけて山に戻った。

山仕事がどういうものかは知らないが、与平さんが手ぶらで帰ってくることはなかった。薪《たきぎ》を背負子《しょいこ》にくくりつけていたり、山菜や岩茸《いわたけ》を籠《かご》いっぱいに背負って帰ってきた。尾根筋の奥城《おくつき》に近い小さな畑から、南瓜《かぼちゃ》や馬鈴薯を担いでくることもあった。

夜の膳には肉か魚が付き、必ず一合の燗酒も添えられた。与平さんは少し時間をかけて、旨そうに酒を飲んだ。飯のおかわりをすることも、一合の上の酒を望むこともなかった。そして食事をおえれば、また古い煙管《キセル》を一服つけて、裏の小屋に帰るのである。

べつだん差別がどうのという話でもあるまい。屋敷に残った最後の使用人が、遠い昔から続くしきたりを踏んでいただけだった。

いつの時代の物かもわからぬ箱膳には、与平さんの食器と箸と銚子が据えられていた。上げ膳据え膳のあてがい扶持《ぶち》なのだから、お供え物の神酒神饌《しんしゅしんせん》のようなものだった。

こんなふうに食事の仔細まで憶えているのは、私が与平さんに興味を持っていたからなのだろう。好奇心の強い私は、勝手口の上がりがまちに膝を抱えて、逐一を観察していたのかもしれない。だが、無口な与平さんと改まって言葉をかわした記憶はなく、朝夕の挨拶すらなかった。

私が物心ついてから大人になるまで、屋敷の顔ぶれはずいぶん入れ替わったのだが、与平さんの日常には何の変化もなかった。


祖父にまつわる民話がある。

鈴木の屋敷に伝わる話ではなく、山麓にある祖父の実家の言い伝えである。

昔むかし、その家には心の広い主《あるじ》があった。苗字帯刀を許された主人と、使用人たちとが食膳を伴にするなど思いも寄らぬ時代だったが、大晦日の晩だけは主従の分け隔てなく、囲炉裏を囲んで浮かれ騒ぐのが屋敷の習いだった。

この一年はよく働いてくれた、今宵ばかりは旦那もご新造も、作男《さくおとこ》も女中もないぞ、というわけである。

豊作であったのか、山林の伐り年であったのか、その晩の宴はいつにもまして華やいだ。

やがて夜も更け、酔い潰れる者も出てきたので、主人は「お膳も酒もそのままでよろしいわい、もう寝《ね》まれ寝まれ」と言って寝所に入ってしまった。

使用人たちは言われるままに、みな炉端で寝入ってしまったのだが、夜更けに咽《のど》の渇《かつ》えを覚えたひとりの作男がふと目を覚ますと、雨戸を開けてぞろぞろと入ってきた影がある。

はて、よもや大晦日に押し込みを働く不届き者もおるまいと、胸を騒がせながらしばらく様子を窺っていれば、何のことはない、せいぜいが犬か猫ほどの獣である。やがて目が闇に慣れてきて、一群の狸であるとわかった。

そうと知れば、化かされるのもたまらぬと思い、作男は寝たふりを決めた。

狸たちはいっとき立ち止まってあちこちをおっかなびっくり眺めていたが、そのうち安心したと見えて、わけても一番の古狸が人の声でこう言った。

「この家の旦那様はさすがに有徳の人じゃ。わしらのためにこのようなごちそうを設《しつら》えて下された。さあ、みなの衆。遠慮なく頂戴しましょうかい」

古狸が上座にでんと座って手招きをすると、まずは女房らしい牝狸がそのかたわらに寄り添い、子供らも順序よくかしこまった。

また、こうした獣の間にも身分の上下《かみしも》があると見えて、先刻使用人たちがついたお膳には、やはりそれらしい狸どもが行儀よく座った。

あまりのことに作男は、咽の渇きも忘れてその光景に見とれていた。

「さあさ、みなの衆。今年もよく働いてくれた。心の広い旦那様のお振舞いじゃ、たんといただこうぞ」

さかんに飲み食いを始めると、やがてそれぞれの腹が丸々とせり出してきた。酒の進むほど上機嫌になった狸どもは、膨れた腹を太鼓のように叩きながら浮かれ騒いだ。

「さて、たいそうなごちそうにあずかって、このまま山に帰るのも後生《ごしょう》が悪い。ここは得意の狸踊りでもひとさし舞って、わしらからのお礼といたそうぞ」

古狸が立ち上がって音頭を取り、ほかの狸どもも輪になって面白おかしく踊り始めた。

「づんづく、づんづく」と古狸が唄えば、「ポンポコ、ポンポコ」と腹鼓が調子を取る。すると、その「づんづく、づんづく」「ポンポコ、ポンポコ」に続いて、何やら「ザザァッ、パラパラ」と妙な音が聞こえた。

しばらく舞い踊ったあと、「そろそろお暇《いとま》いたそうか。これでこの家も子孫繁栄まちがいないわい」と古狸が言い、感心なことにはみな打ち揃って「ごちそうさま」と頭《こうべ》を垂れ、屋敷から出て行った。

これほどの騒ぎだったのに誰も目を覚まさぬのは、きっとおのれひとりの夢にちがいないと思った作男は、ともかく水を飲んで正気に戻ろうと起き上がった。

すると、何やら足裏に踏んづけたものがある。ひとつつまんで行灯《あんどん》のほの明かりに晒してみれば、ぴかぴかと光る小判ではないか。仰天してそこいらを見渡せば、小判やら小粒やらが、それこそ板敷を被うばかり一面にばら撒《ま》かれていた。

なお夢でないことには、あちこちに梅の花のような狸踊りの足跡があった。

作男に叩き起こされた使用人たちは、いったい何が何やらわからず、きょとんとしていたが、それぞれの袂《たもと》や懐からも小判小粒が出てきて腰を抜かした。

さてさて、何の騒ぎじゃと主人も起き出してきた。作男がかくかくしかじかと見たままを伝えれば、さすが物事に動じぬ主人も驚いて、夥《おびただ》しい宝の山に目を瞠《みは》った。

使用人たちはみな正直者であったから、袂や懐の小判小粒までひとつ残らず差し出した。

「いやいや、それはおまえたちが天から授かったお宝じゃによって、取っておくがよいぞ」

こうして屋敷も使用人たちも裕福になったのだが、感心なことには根が働き者の人々であったから、いっときの福は福として従前通りに労を惜しまず仕事に精を出した。去る者もなく、蕩尽《とうじん》する者もなかった。

するとそのうち、木材の値は上がる、糸も高値をつける、牛馬はよい仔を産む、豊作は続く、屋敷は何もかも良いことずくめになって、身上《しんしょう》はずんづくずんづくと増えていった――。


めでたし、めでたし、である。

「づんづく大尽」と呼ばれた家から婿に入った祖父が、多くの子や孫を授かったのも、もしかすると狸のもたらした福禄のうちなのかもしれない。もっとも一方では、妻に先立たれたうえ、敗戦によって国家神道が没落し、いかんともしがたい旧家の衰運を支え続けた、苦労の多い人生でもあったのだが。

祖父が亡くなってほどなく、高度経済成長の時代がやってきた。しかし御嶽山は何ひとつ変わらなかった。山中に点在する三十余の屋敷は、参詣者のための宿坊であったし、それら屋敷の当主はみな、神に仕え続けていたからである。

自然に恵まれた母の里は文明から取り残された。身辺の事物がひとつひとつ解釈され、正体を明かし、つまらぬものに堕落してゆくのに、私にとっての御嶽山は神秘のままだった。

肉体が成長した分だけ世界は確実に小さくなり、知識を得た分だけ謎はなくなるが、そんな当たり前の原理すらまったく通用しなかった。だから、与平さんも鎌倉のおばさんも、づんづく大尽の伝承も、屋敷にまつわるさまざまの物語も、私の見聞したことのすべては時制を欠いて一緒くたに記憶された。

死生観を基《もとい》とした仏教には時制があるが、そもそも生命の概念と無縁の神道には、過去も現在も未来もないのである。私が幼いころからそこで体感していた「神々の遍満」という空気は、つまるところそうしたものだった。

与平さんには暦日というものがなかった。

山仕事を休むのは雨の日である。誰が指図するわけでもなかった。休日の与平さんは小屋で寝ているか、表廊下の端に座って日がな一日、ぼんやりと雨を眺めていた。

地下足袋《じかたび》を脱いで母屋に上がることはない。それが作男の分限《ぶげん》というものだったのだろうか。まるで食事を摂《と》る台所の上がりがまちと雨の日の表廊下の端に、主従の結界が繞《めぐ》らされているかのようだった。

ぼんやりと雨を眺めていても、食事の時刻になれば母屋の外をぐるりと遠回りして、勝手口に腰を下ろすのである。

そんな与平さんは著しく現実味を欠いていた。もしや私以外の人の目には見えていないのではないか、などと思うこともあった。

私と与平さんの間の結界が破られたのは、霖雨《りんう》が降り続く夏休みの一日《いちじつ》だった。いとこたちとの座敷遊びに飽いて表廊下に出てみると、ずっと先の戸袋のあたりで、与平さんが将棋の一人指しをしていた。

生家の祖父に手解《てほど》きをされていた私は、渡りに舟とばかりに廊下を滑って、与平さんの対《むか》いに座った。

――挟み将棋かね。

と、与平さんは隻眼を向けた。本将棋が指せる、と私は答えた。そうして、まったく思いがけずに結界は解かれた。

生家の祖父とは飛車角落ちで指しても勝てなかった。だが、与平さんはそんな私よりも下手だった。

わざと手心を加えているか、それとも子供を馬鹿にしているのか、と思った。

「本気を出してよ」

呆気なく一番を勝ったあと、私は駒を並べ直しながら言った。

――本気さ。

と、与平さんは答えた。

二番目も指し方は変わらなかった。のっけから角道《かくみち》を開けようともせず、櫓《やぐら》も組まなかった。ひたすら駒を前に進めるだけだった。勝ち負けなどはてんから頭になくて、ただ駒を動かしているばかりに見えた。そのくせ、ひどく長考だった。

二番目も私が勝った。

――あんまり人と指したためしがねえんだ。

与平さんは妙な言いわけをした。いつも一人将棋を指しているのか、それとも人ではない何物かの相手をしているのか、と私は思った。

駒の動かし方だけを知っていて、教えられることも学ぶこともなかったから、こんな指し方しかできないのだろうか。あるいは神様を相手に、形ばかりの将棋を奉納しているのだろうか。

あれこれ考えるうちに怖くなった。雨は大杉の森をとよもして降り続けており、与平さんの白髪まじりの蓬髪《ほうはつ》も、長考しながら駒を弄ぶ真黒な指も、関わってはならぬ異界のもののように思えてきたのだった。

何番かを指したあと、私は駒を投げてその場から逃げ出した。

しかし困ったことに、それからというもの雨が降るたびに、与平さんは私の姿を捜すようになった。

どうかすると、いつの時代の物かもわからぬ重い将棋盤を胸前に捧げ持って、表廊下の軒下を行きつ戻りつしながら私の名を呼んだ。

そうまでして望まれれば拒みようもないから、いやでも相手をするほかはなかった。

何か面白い昔話でも聞かせてくれるのなら、退屈な将棋も辛抱できるが、与平さんは私が水を向けても答えてはくれなかった。屋敷の古い住人である彼から、私が知りえた話は何ひとつなかった。

雨の日の与平さんには食事のほかの時間割もないので、黙って相手をしていたのではいつまでも終わらない。どうにも我慢ができなくなると、勝負がついていようがいまいが隙を見て逃げ出した。そんなとき与平さんは、雨を見ながらじっと私の帰りを待っているが、よほど待ちわびたころに諦めて盤面を崩し、一人将棋を指し始めるのだった。

そんな与平さんの姿を記憶しているのは、辛抱たまらず逃げ出したうしろめたさが私にあって、表廊下の端が見えるどこかの物蔭から、覗き見でもしていたのだろうか。

妙なことに、将棋を指したくて私を捜し回る与平さんは、自分自身もいくらか飽きるのか気が済むのか、もう私の名を呼ぶこともしなかった。

祖父が脳卒中で急に亡くなったあと、家督を継いだ伯父も十年ばかりで急逝してしまった。曾祖父も祖父も当時としては長命であったうえ、伯父は軍隊で体を鍛え上げた人であったから、その死は誰にとっても思いがけなかった。

國學院大学の神道学科に学んでいた従兄が、中途退学して家を継いだ。そうした学歴は神職の階位にかかわるらしいから、親が亡くなった場合はただちに世襲しなければならぬ掟でもあったのだろうか。

まだ成人前であった従兄の代になると、今さら変わりようもないはずの屋敷の空気が一新された。とりわけ与平さんの立場は、作男という仕事についているというよりも、一種の既成事実でしかなくなった。

私は相も変わらず、学校が休みに入れば宿題をリュックサックに詰めこんで、御嶽山に向かった。ありていに言うのなら、たいそう口やかましかった伯父の説教を聞かぬ分だけ、居心地のよい場所になった。

しかしその一方、母は伯父の死を境にして里には帰らなくなった。甥の代になれば実家の敷居も高くなって当然だが、やはり母には、自分の離婚が気苦労となって、伯父の命を縮めてしまったという負い目があった。そのころの母は、二人の子供を抱えて、東京の夜を漂泊しているようなものだった。

そんな夏休みのことだったと思う。

たそがれて霧の降る時刻になっても、与平さんが屋敷に戻らなかった。そこで、従兄に言いつかった私が捜しに向かった。

奥城《おくつき》に近い小さな畑で野良仕事をしているはずだという。尾根筋の一本道だから、どうせ途中で行き会うだろうと高を括って出かけたのだが、霧の中を歩いているうち不安になってきた。どこかで南瓜を背負ったまま、倒れていやしないかと思ったのである。正しくは与平さんが気がかりだったのではなく、そうした事態に出くわすことが怖かったのだが。

与平さんは奥城の草むしりをしていた。コの字に組まれた墓所の入口には、山上の夏の寒さに育ちきれぬ、握り拳の大きさの南瓜を詰めた背負い籠が置かれていた。

感情を色に見せぬ人の悲しみがふいに胸を締めつけて、声をかけそびれてしまった。与平さんは霧の中を腹這いながら、雑草をつまみ続けていた。

まだ新木の墓柱が立つだけの伯父の奥城に、白く愛らしい野の花が手向《たむ》けられていた。私に気付いても、与平さんは手を休めなかった。

「日が昏れちゃうよ」

得体の知れぬ悲しみを振り払って、ようやくそう言っても、与平さんは答えなかった。そのかわりに、草をむしりながら思いも寄らぬことを言った。

――おっかさんは達者かね。

私はすぐさま答えられなかった。与平さんが浮世の人のような問いをするのは意外だったし、母は病弱だったからだ。

「元気だよ。とても忙しいけど」

罪にならぬ程度の嘘をついた。すると与平さんは、そのことがさも気がかりであったかのように、身を起こしてほっと息をついた。

会話はそれきりだった。与平さんは小さな南瓜を盛った籠を背負うと、こぼれ落ちたひとつを伯父の墓柱に供え、手を合わせるでもなく奥城を去った。

老いたなりにたくましい背中を追いながら、胸に映った風景があった。すっかり日の昏れた山道を、幼い姉妹が手をつないで登っている。その足元を、若い作男が提灯《ちょうちん》をかざして照らす。吐き出す息は白い。

山を登り下りして沢井の小学校に通った苦労は、母から聞かされていた。冬には暗いうちに家を出て、暗くなってから帰りついたのだと。

だが、与平さんが送り迎えしてくれたとは知らなかった。たぶん語り忘れたのではなくて、昔の子供らも私たちと同様に、与平さんを人間ではない景色のように捉えていたのだろう。

悲しいことに、与平さんの記憶は喪《うしな》われているのか、それとも心を鎖《とざ》しているのか、一片のその風景のほかに伝わってくるものはなかった。

伯父が死んでからとんと顔を見せない母を、与平さんは気にかけてくれていたのだった。

その日以来、私は与平さんとの退屈な将棋から逃げることをやめた。

中学三年のとき、母と別れた。

いったんは父に引き取られたのだが、若い後添との間に子供まで儲けていたので居ごこちが悪く、翌年には気儘な独り暮らしを始めた。

休みのたびに御嶽山を訪ねたのは、ほかに帰るべき家がないからだった。山上のならわしも屋敷のたたずまいも、何ひとつ変わらなかった。むしろ、交通の発達から取り残されてしまったために、東京都内であるにもかかわらず、御嶽山を訪れる人は減った。講社講中も代替わりして、古来の団体参詣は少なくなった。

　与平さんは相変わらず屋敷の北側の小屋に住んでいた。いったいいくつになったものか、ふしぎなことに風貌はどこも変わらなかった。暮らしぶりもずっと同じで、三度の食事を台所の上がりがまちで摂り、夕食には一合の燗酒を旨そうに飲んだ。

　雨の日には昔ほどではないにしろ、たまに将棋を指した。腕前は上達するどころか、齢《とし》の分だけ退行していた。どうかすると長考の間に、居眠りをすることもあった。

　しかし私は、幼いころのような苦痛を感じなかった。与平さんと表廊下の端で将棋を指していると、憎悪や嫉妬や劣等感や、そのほかの負の感情が、つかのま消えうせた。とりわけ、勝ち負けにまったくこだわらぬ与平さんの将棋は、安息を与えてくれた。私は勝手に語りかけ、与平さんは何も答えなかった。

　御嶽山は変わらず、その不変の核である見えざる神が、ひとりの作男を依代《よりしろ》としてそこにあるような気もした。

　そうしてまた何年かを算《かぞ》えた、正月休みのことだった。いとこはとこたちもみな大人になって、子供のころのように御嶽山には集まらなくなっていた。

　とりわけその年は、職場の勤務割の都合があって、ようやく休暇を取ることができたのが正月もなかばだったから、里帰りしていた鈴木の家のいとこたちも、私と入れちがいに山を下りてしまっていた。

　もっとも、二十歳《はたち》にもなって何の遊びがあるわけでもない。むしろ、初詣の客が一段落して、一年のうちで最も静まり返る季節を、思うさま怠惰に過ごすことができるのは幸いだった。

しかし朝寝ができないのは、躾に厳しい職場の習い性である。六時には目が覚めてしまうので、日ごろの時間割通りに着替えをして屋敷から駆け出した。

日の出山は御嶽山の東に聳《そび》える独立峰である。その名の通り、朝日は関東平野をあかあかと染めながら、日の出山の頂に昇った。

御嶽山を駆け下り、東の稜線を走り、また日の出山に駆け上る。足には自信があったから、クロスカントリーのような往還で二時間ほど、文字通り朝飯前の一ッ走りだった。

もともとはさほど体力に恵まれていたわけではない。うさ晴らしにおのれの体を苛めているうち、上等な筋肉がついただけである。そのころの自衛隊は世間の好景気とも血族のしがらみとも学園闘争とも無縁の、まったく浮世ばなれのした場所だった。

日の出山からの帰り途、薪を背負子にくくりつけた人影に追いついた。一歩を踏みしめるような前のめりの歩き方で、与平さんだとわかった。いや、わかるも何も、そのころには山仕事にたずさわる作男など、ほかにはひとりもいなくなっていた。

どうして薪など背負っているのだろう、と思った。かつては炭と薪を熱源としていた山頂の暮らしも、プロパンガスと電気に変わっていた。

もしいまだに薪を必要とする場所があるとすれば、与平さんの住まう北の小屋の囲炉裏である。おそらく彼は、まったく私事の薪を、山仕事にかかる前に蒐《あつ》めていったん小屋に戻るのだろうと思った。

私は走ることをやめた。物心ついたときから、ふるさとの風景のひとつとしか考えていなかった与平さんだが、今ばかりは若さと脚にまかせて追い抜く気にはなれなかった。

たとえそのかたわらを駆け抜けても、彼はどうとも思わないだろう。「おはよう」と声をかけたところで、返答はあるまい。それでも私は、与平さんという人格ではなく、その固有で神聖な時間を、追い抜く勇気が持てなかった。

与平さんの歩みは遅くて、私がどれほどのんびりと進んでも隔りは詰まっていった。やがて尾根道は、太古の杉に鎧《よろ》われた登りにさしかかり、与平さんはときどき立ち止まって息を入れた。

霜柱を踏む足音に気付いたのか、与平さんは振り返って私の姿を認めた。隻眼に見据えられて私は立ち止まった。

ふいに、叱りつけるような声で与平さんは言った。

――どうして兵隊になんぞなったんだえ。

私は答えに窮して、空とぼけるようにあたりを見渡した。朝鳥があちこちで閑《のど》かに囀《さえず》っており、曙光《しょこう》に押し倒された木々の影が、尾根道を幾筋も裁ち切っていた。

ひとつの風景がありありと胸にうかんだ。

「祝出征」の幟《のぼり》がはためく鳥居前の広場に、大勢の人々が集まっている。若い伯父が、随身門《ずいしんもん》を背にした石段に立って、敬礼を返している。

紋付袴《はかま》の祖父は白髪を垂れてうなだれ、その足元に、柳行李《やなぎごうり》を背負子《しょいこ》にくくりつけた与平さんが、隻眼を手拭で押さえて蹲《うずくま》っていた。

神主が再召集されるようじゃ、この戦争も長くは続かねえなあと、歓平の声に紛れたひそかな愚痴が聞こえた。

そんなこともあったのだ。

悪い時代を見てきた与平さんは、どのような事情があれみずから志願して兵隊になる若者など、恕《ゆる》しがたかったのだろう。

まぼろしを打ち払って我に返れば、薪を背負った与平さんは何ごともなく、尾根道を登り始めていた。

その行手に聳《そそ》り立つ御嶽山は、頂に坐《まし》ます社殿の朱がとろけ出たように、冬枯れたまま朝日に映えていた。

それから何年後だったろうか、年齢とともに足が遠のいていた御嶽山を、久しぶりに訪れてみると、与平さんの姿が見当たらなかった。

何が変わったわけでもないのに、見慣れた風景のどこかしらが、欠けているように感じたのである。それで、あれこれ考えた末に、与平さんがいないと気付いた。

従兄の語る事の顚末《てんまつ》は、まったく浮世ばなれしていた。

与平さんはすっかり齢をとって、山仕事も満足にできなくなった。頭も呆《ほう》けてしまった。北の小屋から一歩も出ずに、囲炉裏端《いろりばた》でぼんやりと過ごす日も多くなった。

そうとなっては、家族もまさか知らん顔はできない。呼んでも出てこないときは箱膳を小屋まで運び、まちがって火でも出しやしないかと、たびたび様子を窺った。

祖父の代からの作男である与平さんについて、従兄は何も知らなかった。べつだん冷淡であったわけではない。従兄の生まれる前からの既成事実を、そのまま相続していただけの話だった。

雇用関係という言葉も中《あた》らない。主従といえばそうだが、それも今日《こんにち》の社会ではすでに死語である。寝食は従前のまま、衣類は当主や家族の古着を下げ渡すのが習いだった。

月々の給料のようなものはあったが、むろん世間並みの労働の対価ではなかった。衣食住が足りて、盆暮の小遣いでもあれば御の字という、大昔からのならわしである。

「どうにかしようにも、今さら変えようもなし、変わりようもないからなあ」

と、従兄は話しながら言った。実に言いえて妙で、ほかに表現のしようがないのである。

わかっていることといえば、「守屋与平」という姓名と、子年《ねどし》の干支《えと》だけだった。「守屋」という苗字は多摩に多くあるらしい。その地域には古くからの講社講中があるので、たぶん出自はそこいらなのだろうと従兄は言った。

干支から年齢を推量するのはたやすかった。私の父が大正十三年の子年《ねどし》、御嶽山の伯父がその一回り上の大正二年の丑《うし》だった。

まさか私の父と同年ではあるまい。大正元年の子年《ねどし》だとするなら、その当時は七十近くで、過酷な山仕事には耐えがたい年齢である。

かつて胸にうかんだまぼろしの風景を思い出した。母が沢井の小学校に通っていたころ、与平さんは二十代、伯父が再召集された戦時中には三十を少し出たくらいで、符合するのである。

姓名と年齢だけはわかった。

「軍隊には行かなかったのかな」

と、私は思いついて訊ねた。自衛隊では自分自身の身上《しんじょう》を、こと細かに報告する義務があった。むろん嘘偽りがないかどうかも調査されたはずである。兵役法に則《のっと》った旧軍ならば、より詳細な資料を作成しただろうし、今からでも調べようがあるのではないか、と思った。

問題は隻眼である。徴兵検査以前に片方の視力を失っていたのなら、兵役につくことはありえない。

だが、与平さんの人生に、そうした世間の常識は通用しなかった。

「いや、それよりも何よりも、戸籍がないんだ」

私は息を詰めた。戸籍がない。そんな話があるのだろうか。

従兄は労を惜しまなかった。いったい体のどこが悪いのかもわからないので、嫌がる与平さんを担架に乗せ、無理強いに青梅の病院へと連れて行った。

それまで大病も大怪我もしたことのなかった与平さんは、健康保険証を持っていなかった。多額の自己負担が続くのではたまらぬから、役場に相談した。ところが、どこをどう捜しても、大正元年生まれの守屋与平なる人物は存在しないのである。

伯父は地域の民生委員を務めた人であったから、役場にはまだ知り合いも多くあって、懇切丁寧な調査を重ねてくれた。だが、どうしても与平さんの出自はわからなかった。

結論はふたつしかなかった。何かの事情があって実名を偽っているか、さもなくば――はなから戸籍がなかったか、である。

与平さんは嘘をつかない、と私は思った。

大正元年という時代は遥か過ぎて、想像が及ばなかった。いったい与平さんがどのようないきさつで御嶽山にやってきたのか、心に映る風景もなかった。

だから、こう思うことにした。

与平さんはづんづく大尽の屋敷の作男で、あの大晦日の狸踊りを見ていたのだ、と。そして、婿入りした祖父に付き従って山に登り、狸の福禄に与《あずか》って病ひとつせず、平安な人生を送ったのだ、と。

そうとでも思うよりほかに、与平さんの固有で不変で神聖な人生は、解釈のしようがなかった。できるだけのことはするよ、と従兄は父親によく似た神官の声で言った。


母と私はそれぞれがまこと自由に生きた。

親子にはちがいないが干渉も束縛もしない、という不文律は、たいそう都合のいいものだった。たまに会っても会話は台詞《セリフ》めいていて、おたがい他人行儀にならぬよう苦心した。

いくつになろうと母は一回りも若く見え、私はいくらか老けていたから、傍目《はため》にはよんどころない事情を抱えた男女と映ったかもしれない。

そうした曖昧《あいまい》な親子であるくらいなら、いっそ絆を断ってしまえばよさそうなものだが、そうもできぬのが血縁という魔物であるらしかった。

母はよほどの義理事でもない限り里には帰らなかった。しかし私は相も変わらず、暇を見つけては御嶽山に通っていた。

所帯を持てば妻を伴い、子が生まれれば子を連れて山に帰った。家族はそこが私の里であるような錯覚を抱いていた。御嶽山に向かう私は、たとえば籔入《やぶいり》の徒弟のように、いつも高揚していたからである。

ところで厄介なことに、私の血の中に伝えられた験力《げんりき》のようなものは、いくつになっても滅びなかった。

他人の心が読めたり、生き死にを予感したり、あるいは何か邪《よこしま》な獣が憑《つ》いているとわかるのは、便利なようで益はひとつもなかった。そして、何よりも私自身が怖くて仕方ないので、思いついたとたんにかぶりを振って打ち消した。

だから、母がふいに人生を全うしたときは、それがいつ幾日《いつか》であるかということまでわかっていた。わかっていながら旅に出たのは、死に水を取らされるのはたまらぬと思ったからだった。弔いは私の領分でも、そればかりは御免だった。思惑通りに、外国から帰る空の上で母の死を感じた。

自由で華やかだった人生にふさわしい葬儀をおえたあと、終《つい》の家の後始末をした。居間も台所も、まるで夢見る少女の住いのように整頓されていたが、覗いたこともない北向きの六畳間だけが荒れすさんでいた。

そこには絵も花も、射し入る光すらなくて、ただ無造作に、捨て切れぬ記憶が積み上げられていたのだった。

神の山の、神に服《まつろ》う家に生まれた母には教義も哲学もなく、ひたすら清浄で簡潔な生活を心がけていたように思えた。しかし生身の人間がそれをめざせば、あらゆる情念を押しこめる一間が必要なのだった。

母は七十を過ぎても簡浄で愛らしい、ひとりの巫女《みこ》だった。


与平さんの消息は知らない。

それはあえて語ることでもなく、訊ねることでもなかった。

御嶽山の屋敷が改築されると聞き、これが見納めかと親類が誘い合って山に登った。

都会の蒸し暑さなど嘘のような、夏の盛りだった。屋敷を繞《めぐ》る杉木立に、昼日中から蜩《ひぐらし》がカナカナと鳴いていた。

今どき講社講中の宿坊でもあるまいから、観光客向きの旅館に改造するという話だった。もったいない気もするのだが、たしかに百畳を超す大広間などは使い途《みち》もなし、唐紙一枚で仕切られた客室など喜ぶ客はいない。

長屋門も二つの蔵も、式台の付いた玄関も東西に延びる表と裏の廊下も、みな消えてしまうらしい。屋敷にまつわる数々の物語に欠くことのできぬ、大階段と大黒柱が残るのは幸いだった。

狐憑きの少女も兇状持ちも、大階段に腰を下ろして庭を眺めていた。関東大震災で山が鳴動したときには、曾祖父が家族も客も大黒柱のまわりに集めて、誰ひとり外に出さなかったという。

そうした大改築なのだから、かつて与平さんが棲《す》みついていたまま荒れ果てている北の小屋などは、まるで論外だった。

広い屋敷の中には、私がいまだ立ち入ったためしのない場所があり、与平さんの小屋もそのひとつだった。いや、正しくは何十年そこにあろうと、作男が家族の数に入らぬのと同じ理屈で、その小屋は屋敷の一部分と見なされてはいなかった。

そこで私はふと思い立ち、北の小屋を訪ねた。好奇心というほどのものはなかった。ただ何とはなしに、数にも入れられず滅びてしまう小屋が、哀れに思えたからだった。

大宮司の屋敷の茅葺き屋根を見おろす北側の敷地は、ずいぶん狭くなったように思えた。殆《あやう》いことに、大雨のたび少しずつ崩れるのである。かろうじて斜面を支えているのは杉や檜《ひのき》の根だった。

小屋はその崖の上に、それこそ押せば転げ落ちてしまいそうに傾《かし》いでいた。たとえ屋敷の普請はしなくても、これだけは早々にどうにかしなければならないはずだった。

積み重なる杉の朽葉に足を取られながら、歪んだガラス窓に倚《よ》った。

幼いころ、こわごわ覗いたことがあった。囲炉裏端で温《ぬく》まる与平さんの隻眼に睨みつけられ、悲鳴を上げて逃げ出したものだ。

小屋が傾いているわりに、入口の引戸は造作もなく開いた。そのとたん、薪の燻《いぶ》る懐しい匂いが漂い出た。

かつては屋敷をくるみこんでいた、ふるさとの匂いだった。神代欅《じんだいけやき》の根方を巡って屋敷の玄関に向かう小径《こみち》に入ると、竈《かまど》や湯殿から洩れ出てくるその匂いが、見えざる神の袖のように私をくるむのだった。


廃屋にはその芳しい香りがしみついていた。

板敷は埃をかぶっていても、土足が躊《ため》われて靴を脱いだ。宿坊が盛んであったころは何人もの使用人が起居していたのであろう、外観は小さく見えるのに、そうして佇めば思いがけぬほどの広さだった。

藁筵《わらむしろ》と囲炉裏だけで、よくも山頂の寒さが凌げたものだと思った。広いばかりではなく、東側の壁の上には煙抜きの細長いすきまがあって、軒ごしに杉木立が見えた。そこから風雨が吹きこんだらしく、板壁には滴の痕が白く残り、舞い落ちた木の葉が乾いていた。

それでも、与平さんの暮らした板敷には神籬《ひもろぎ》のうちの沙庭《さにわ》を見るような、清らかさがあった。

よもやと思って、急な梯子段を昇った。厚い板を渡しただけの天井裏に、何が入っているかもわからぬ行李や木箱や籠やらが、ぎっしりと積み上がっていた。

ひとめ見たとたん、梯子段を駆け降りた。そしてもういちど、清らかな部屋を眺めた。

与平さんについては何も知らない。いつどこで生まれ、いつどのように死んだのかもわからなかった。だが、彼は捨て切れぬ記憶や拭い切れぬ情念を天井裏に押しこめ、このうえなく簡浄に生きていたのだと思った。

教義も哲学もない自然そのものの神に服《まつろ》う人の、それはまこと正しい方法にちがいなかった。

歪んだガラス窓の向こうには、杉木立から解き落ちる夏の光が、枝葉の風にそよぐままに揺らいでいた。蜩の声が葉音に和した。
それらは玲瓏《れいろう》として、不自然が何もなかった。

「赤い絆」「お狐様の話」
『あやし うらめし あな かなし』（双葉文庫・二〇〇八年／集英社文庫・二〇一三年）所収
「神上りましし伯父」「兵隊宿」「天狗の嫁」「聖」「見知らぬ少年」「宵宮の客」「天井裏の春子」
『神坐す山の物語』（双葉文庫・二〇一七年）所収
「山揺らぐ」 書き下ろし
「長いあとがき あるいは 神上りましし諸人の話」（「小説推理」二〇一四年七月号）

浅田次郎●あさだ　じろう

1951年東京都生まれ。95年『地下鉄《メトロ》に乗って』で吉川英治文学新人賞、97年『鉄道員《ぽっぽや》』で直木賞、2000年『壬生義士伝』で柴田錬三郎賞、06年『お腹召しませ』で中央公論文芸賞および司馬遼太郎賞を受賞。08年『中原の虹』で吉川英治文学賞、10年『終わらざる夏』で毎日出版文化賞、16年『帰郷』で大佛次郎賞を受賞。19年菊池寛賞、20年日本歴史時代作家協会賞を受賞。15年には紫綬褒章を受章した。

完本《かんぽん》　神坐《かみいま》す山《やま》の物語《ものがたり》

2024年 6月22日　第1刷発行

著　者――浅田次郎《あさだじろう》

発行者――島野浩二

発行所――株式会社双葉社

東京都新宿区東五軒町3-28　郵便番号162-8540
電話03(5261)4818〔営業部〕
　　03(6388)9819〔編集部〕
http://www.futabasha.co.jp/
(双葉社の書籍・コミック・ムックが買えます)

DTP製版―株式会社ビーワークス

印刷所――大日本印刷株式会社

製本所――株式会社若林製本工場

カバー印刷――株式会社大熊整美堂

ISBN978-4-575-24746-6 C0093

清浄島

河﨑秋子

風が強く吹きつける日本海最北の離島、礼文島。昭和二十九年初夏、動物学者である土橋義明は単身、ここに赴任する。島の出身者から相次いで発見された「エキノコックス症」を解明するためだった。それは米粒ほどの寄生虫によって、腹が膨れて死に至る謎多き感染症。懸命に生きる島民を苛む病を撲滅すべく土橋は奮闘を続ける。だが、島外への更なる流行拡大を防ぐため、ある苦しい決断を迫られ……。

四六判

半暮刻《はんぐれどき》

月村了衛

児童養護施設で育った元不良の翔太は先輩の誘いで「カタラ」という会員制バーの従業員になる。ここは言葉巧みに女性を騙し惚れさせ、金を使わせて借金まみれにしたのち、風俗に落とすことが目的の半グレが経営する店だった。〈マニュアル〉に沿って女たちを騙していく翔太に有名私大に通いながら〈学び〉のためにカタラで働く海斗が声をかける。「俺たち一緒にやらないか……」。二人の若者を通した日本社会の歪み、そして「本当の悪とは」を描く社会派小説。

四六判

龍の墓

貫井徳郎

東京都町田市郊外で身許不明の焼死体が発見された。所轄の女刑事・保田真萩は警視庁捜査一課の南条と組んで捜査を開始するが、事件解決に繋がる手がかりを摑めずにいた。そんな中、都内で女性の変死体が発見される。その殺害状況が公表されるや、人気ＶＲゲーム《ドラゴンズ・グレイブ》と関連づける噂がネット上で流れ始める。ＶＲツールが日常に浸透した〈すぐ先の未来〉を舞台に描く、渾身の長編本格ミステリー。

四六判

作家の贅沢な時間
そこで出逢った店々と人々

伊集院静

第一章では自分が居を構えた場所や旅に出た土地、馴染みの街で通った〝食の名店〟をはじめて紹介。高級店から庶民的な居酒屋まで作家が辿り着いた最高の贅沢を語る。第二章では日々思うことや身の回りで起こった出来事など作家独特の目線で綴っていく。

文庫判